판타지 유니버스 창작 사전 1

이세계 판타지

판타지 유니버스 창작 사전 1

이세계 판타지

지은이 에노모토 아키, 에노모토 구라게, 에노모토사무소

옮긴이 전홍식

들어가며

판타지는 본래 '환상'이나 '공상'이라는 뜻이지만, 마법과 신화적인 괴물, 요정과 신의 기적 같은 환상적인 소재를 다루는 이야기 전반을 가리킬 때 쓰인다. 그러한 판타지 중에서도 가공의 세계를 무대로 펼쳐지는 이야기를 '하이 판타지high fantasy', 현실이나 현실의 연장선에 있는 세계를 무대로 펼쳐지는 이야기를 '로 판타지low fantasy'라고 한다. 종종 오해하는 사람도 있지만 전자가 수준이 높고, 후자는 수준이 낮다는 의미는 아니다(적어도 일반적으로는). 어디까지나 상상의 정도가 높고(하이) 낮음(로)을 나타낸다고 생각하면 된다.

하이 판타지는 일찍이 1980년대에 판타지 붐이 시작된 이래, 오랫동안 젊은이들을 위한 엔터테인먼트(애니메이션, 만화, 게임, 소설) 분야에서 주요 장르 중 하나로 정착했다. 한때는 소년 취향 라이트노벨의 주류에서 멀어지면서 게임 관련 작품이나 신인상 수상작 같은 일부 작품을 제외하면 거의 새 시리즈가 출판되지 않던 시절도 있었지만, 근래에는 '소설가가 되자小説家になろう'로 대표되는 웹 소설 분야를 중심으로 장르 작품으로서 활발하게 전개되고 있다.

과거 판타지 열풍이 불었을 때는 J·R·R 톨킨의 『반지의 제왕』으로 대표되는 외국 판타지 소설이나 〈위저드리〉, 〈울티마〉 같은 컴퓨터 롤플레잉 게임RPG의 직접적인 영향을 받아 미즈노 료의 『로도스도 전기』 등 다양한 작품이 꽃을 피웠다.

일본의 독자적인 색채가 물씬 풍기는 '검과 마법의 판타지'는 〈드래곤 퀘스트〉나 〈파이널 판타지〉 같은 판타지 게임이 폭넓은 계층에서 받아들여지면서 생겨났다. 그 때문에 과거에 판타지 소설을 읽고 게임을 즐긴 이들이 창작한 요즘의 작품들은 매우 게임적인 분위기가 넘치는 세계관을 갖게 되었다. 물론 현재의 독자들도 판타지 게임의 영향을 많이 받았기에 자연스레 이러한 작품을 선택한다.

이에 더하여 지금 가장 활발한 게임 장르인 스마트폰 게임 세계에서도 하이 판타지가 인기다. 이 장르에서는 많은 양의 텍스트가 필요한데, 캐릭터의 삶과 세계의 세부 사항을 묘사하려면 당연히 상당한 지식을 갖고 있어야만 한다. 물론, 게임 이용자들도 '아, 이 몬스터의 원천은 이거구나'라고 알게 되면 더욱 즐겁게 플레이할 수 있을 것이다.

이런 상황을 고려하여 '환상적인 이세계 만드는 방법'을 제시하는 것이 이 책의 목적이다. 이 책은 2010년에 선보인 졸저『환상 레시피: 판타지 세계를 만드는 방법幻想レシピ～ファンタジー世界の作り方～』을 바탕으로 모든 문장을 새롭게 정리한 것으로서 전체적인 내용도 크게 늘렸다. 물론, 일러스트 역시 새로 그렸으므로 기존 도서를 소유한 분들에게도 충분히 의미 있는 책으로 완성되었다고 자부한다.

우선 판타지 세계의 분위기를 소개하는 '판타지 파일'에서 예시가 될 만한 캐릭터와 도시, 세계를 설명한다. 나아가 세계 설정을 만들 때 도움이 될 만한 지식을 소개하는 1장, 세계 설정을 간단하게 안내하는 2장, 마법 같은 판타지 요소에 주목한 3장으로 구성되어 있다.

1장 이외에는 판타지 세계의 요소를 나열한 것으로서 사전적인 성격이 강하다. 너무 부담을 가질 필요 없이 흥미가 가는 부분부터 가볍게 읽어나갔으면 한다.

에노모토 아키

차례

1장
캐릭터가 매력적으로 살아가는 '세계'와 '이야기'를 만들자

2장
판타지의 세계관

3장
판타지의 '약속'

판타지 파일

환상적인 이세계의 풍경, 그곳에서 살아가는 사람들의 모습,
그리고 예시로서 참고할 만한 세 개의 세계를 제시한다.
또한 캐릭터가 작품 속에서 주인공, 아군, 적대, 중립의 위치에 있을 때, 각각 어떻게 행동하는지,
예시 세계에는 어떤 창작에 관한 힌트가 담겨 있는지 등을 소개하겠다.

신전 도시

◆ 신전 주변에 거리가 생겨난다

교회, 신전, 모스크, 신사, 사원. 종교적인 시설 주변에는 때때로 사람들이 모여들며, 문 앞으로 이어지는 길에는 상점이 늘어선다. 이른바 '문전 마을'(몬젠마치)이다. 참배나 순례 여행을 하는 사람들을 대상으로 하는 가게들이 생겨나는 것이다.

그 종교 시설이 거대 종교의 본거지이거나 '성지'라고 불릴 만한 장소라면 문전 마을 역시 그에 맞추어 규모가 커진다. 종교를 기반으로 한 도시가 생겨날 수도 있다. 이 책에서는 이를 '신전 도시'라고 부른다. 가톨릭(천주교)교회의 총본산인 로마의 바티칸시가 대표적이다. 일본에는 히에이산 엔랴쿠지 아래에 사카모토라는 도시가 있는데, 여기는 문전 마을인 동시에 유통의 중요한 거점으로 발달했다.

신전 도시는 어떤 의미에서는 유흥가와 비슷한 느낌이 든다. 밖에서 많은 '손님'이 찾아오는 것을 전제로 한 도시이기 때문이다. 다만, 손님은 신전 도시에 오락을 바라기보다는 신앙적인 정열에 이끌려서 찾아오게 마련이다. 종교적인 시설을 참배하고, 성지 앞에서 기도를 드리는 것이 그들의 목적이다. '평생 한 번은 순례 여행에 나서야 한다'는 규칙이 있는 상황도 생각해볼 수 있다.

방문객을 맞이하는 이들은 두 종류로 나눌 수 있다. 신전에서 일하는 신관과 신전 주변에서 점포를 운영하는 상인이다. 신관은 신에게 봉사하기 위한 수행을 하면서 순례자들을 맞이하는 게 보통이지만, 장사를 충실하게 준비하는 경우도 있을 것이다. 기도 의식을 진행하거나 부적을 판매하고 돈을 받는다.

신전 도시의 상인들은 무엇을 팔까? 여행에 지친 사람들에게 휴식을 제공하는 동시에 참배를 기다리는 사람들을 위해서 숙소를 운영하거나 선물을 판매한다. 한편 성지 주변이라고 해도 사람들은 세속적인 것에 끌리기 쉽다는 이유로 술집이나 윤락업소를 운영하면서 돈벌이를 하려는 사람도 있다. 그중에는 '이것은 신전에서 몰

래 빼돌린 신성한 아이템이다', '나는 신관과 잘 아는 사이라서 참배 순서를 앞당길 수 있다'며 사기를 치는 악랄한 장사꾼도 존재한다.

◆ 신전 도시의 특징

순례자들을 끌어들이는 신전 도시에는 어떤 특징이 있을까?

· 거대 종교의 본거지다.

· 몇 번이나 다시 태어나는 살아 있는 신이 있다.

· 일찍이 신이 이 땅에 강림했다는 전설이 있다.

· 이곳에서 신과 신자가 처음으로 계약을 맺었다.

· 신에게서 받은 전설적인 아이템이 안치되어 있다.

· 국가에 의해 충실하게 보호되고 있다.

· 적중률 높은 예언을 하거나 사람을 소생시키는 등 특별한 능력을 지닌 인물이 있다.

이러한 요소가 있다면 순례자, 참배자의 발길이 끊이지 않을 것이며, 다른 신전에서 손님을 끌어들이려 하거나 빼앗으려는 움직임이 있을지도 모른다.

공중 도시

◆ 공중 도시는 존재할 수 있는가?

예로부터 사람들은 하늘을 날고 싶다는 꿈을 꾸곤 했다. 이를 입증하듯이 세계의 불가사의에는 바빌론의 공중 정원이 포함되어 있다. 또는 세계 유산으로 꼽히는 남아메리카의 공중 도시 마추픽추에 낭만을 느끼는 사람도 많을 것이다.

아쉽지만 이들은 매우 높은 곳에 위치해 마치 하늘에 떠 있는 기분이 든다는 점에서 '공중'이라고 불릴 뿐이다. 하지만 『걸리버 여행기』에 등장하는 공중 도시 라퓨타(애니메이션 〈천공의 성 라퓨타〉의 소재가 되었던 도시)처럼 창작 이야기 속에는 하늘을 나는 도시와 성이 등장한다. 그런 만큼, 당신의 판타지 세계에 공중 도시가 등장하더라도 전혀 문제가 되지 않는다.

공중 도시를 설정한다면 '그 도시는 어떻게 하늘에 떠 있는가?'를 생각해야 한다. 예를 들어 다음과 같은 것들이 있다.

- 기존의 성이나 도시가 마법이나 과학, 신의 힘으로 떠올랐다.
- 떠오르는 힘을 가진 바위나 물건을 태울 수 있는 구름 위에 성이나 도시를 세웠다.
- 자석처럼 서로 반발하는 두 장치가 공중 도시와 지상에 각각 놓여 있다.
- 하늘 위에서 내려온 실이나 끈에 매달려 있다.
- 거대한 탑이나 기둥이 아래에서 받치고 있다.
- 하늘을 나는 괴물(거대하거나 수많은 존재)이 받치고 있다.

판타지 세계가 아니면 불가능한 동화적인 것부터 현실에서도 충분히 가능할 듯한 방법에 이르기까지 여러 가지를 제시해봤는데 어떤가? 여하튼 하늘에 떠 있는 방법이 정해지면 공중 도시의 상황도 저절로 보이게 된다. '둥실둥실 떠 있을 뿐이

니 바람에 휩쓸려서 어딘가로 날아가버린다'거나 '지상 시설을 정기적으로 점검해야 한다', '주변에 여러 개의 바위가 하늘에 떠 있으며, 그 안에 진짜 공중 도시가 숨어 있다'는 등 다양한 상황을 떠올릴 수 있다.

◆ 공중 도시의 생활은 편안할까?

이어서 공중 도시에서 사람들이 어떤 식으로 살아갈지도 상상해보자. 공중 도시라고 해도 애매한 분위기라면 현실성이 떨어지기 때문이다.

주민들이 모두 하늘을 날거나 하지 않는 한 물자를 실어나르거나 주변과 교류하기는 쉽지 않다. 지상에 순간 이동을 할 수 있는 시설이나 엘리베이터 같은 것이 있다 하더라도 그곳이 점령당하면 큰일이다. 특히, 물은 어떻게 구할 것인가? 빗물만으로도 어떻게든 살아갈까? 쓰레기나 배설물은 어떻게 처리할까? 밖에 내버리면 되겠지만, 공중 도시의 우아한 이미지와는 거리가 멀다.

자유롭게 공중을 이동할 수 있어서 여기저기를 떠돌아다니는 도시라는 설정도 재미있겠다. 하지만 전쟁이 일어났을 때 지나치게 편리한 느낌이다. 그만큼 주변 국가의 눈총을 받지 않을까?

지하 도시

◆ 땅속 깊은 곳에 있는 도시는?

하늘에 도시를 띄우기 어렵다는 점과 비교하면 지하에 도시를 만드는 것은 충분히 현실적이라고 볼 수 있다. 하지만 그런 만큼 모처럼 등장시킨다면 좀 더 판타지적인 양념을 치고 싶은 장소이기도 하다.

구체적으로 지하 도시란 어떤 곳일까? 가장 쉽게 떠올릴 수 있는 사례가 드워프처럼 지하를 선호하는 종족이 자신들이 살기 적합한 땅속에 도시를 세운 경우일 것이다. 그들은 햇빛을 싫어하고 땅속에 있는 유용한 자원(광물이나 석유 등)을 채굴한다는 이유로 땅을 파고 땅속에 구멍을 만들어 그곳을 도시로 활용한다.

또는 지하 종족이 만든 도시와 공간을 나중에 다른 종족이 들어와 사용하는 상황도 벌어질 수 있다. 과거 그곳에 살던 종족의 유산을 찾기 위해서이기도 하겠지만, 지하에 사는 것이 장점으로 작용할 가능성도 있다. 우선, 지하는 기온이 안정되어 있으며, 비바람을 피하기에 좋다. 나아가 지상에 거대한 괴물이 활보하는 세상이라면 그런 무서운 것들을 피할 수 있다는 점도 충분한 장점이 된다.

좀 더 판타지적인 요소로서 원래는 지상에 있던 도시가 어떤 이유로 땅속으로 이동한 상황도 생각할 수 있다. 어느 날 갑자기 땅이 갈라지면서 한 도시를 집어삼킨 것인가? 아니면, 다가오는 위기에 대응하고자 도시를 통째로 지하로 옮겨버렸는가? 평소에는 지상에 있던 도시가 위기에 노출되면 지하로 대피하거나, 혹은 평소에 지하에 있다가 어떤 조건이 갖추어지면 지상으로 올라가는가?

◆ 땅속에 사는 일도 쉽지만은 않다

판타지적인 색채가 강한, 즉 땅속에서 발생하는 모든 문제를 마법으로 해결할 수 있는 지하 도시라면 몰라도 인간과 이종족이 땅을 파고 건설한 도시라면 땅속에서

살아가는 것에 대한 단점도 구체적으로 생각하는 편이 좋다.

가장 우려되는 점은 공기 문제다. 토양 아래에는 신선한 공기가 없다. 사람이 많을수록 더더욱 공기는 금방 나빠지게 마련이다. 또는 독가스가 분출되는 일이 생길지도 모른다. 충분한 환기 수단이 필요하다.

평범한 사람이 살아간다면 어둠에 대한 대책도 필요하다. 불을 태워 등불을 준비하면 좋겠지만, 그러면 공기 상태는 더욱 나빠진다. 아무것도 하지 않아도 스스로 빛을 발하는 돌 등이 있다면 문제가 해결될 것이다.

땅속에서 발생할 수 있는 가장 위험한 상황은 붕괴 사고다. 아무리 뛰어난 전사라도 대량의 토사가 쏟아져서 생매장되면 어쩔 도리가 없다. 흙이나 바위 상태를 파악하고 적절하게 처리하여 안정화하는 기술이 필요하다.

하지만 이러한 문제는 거주자가 평범한 존재가 아니라면 모두 해결된다. 공기가 필요 없고, 어둠 속에서도 잘 보이며, 파묻혀도 바로 빠져나올 수 있는 존재. 가령 로봇과 같은 이종족이 살아가는 지하 도시라면 어떨까?

요새 도시

◆ 벽으로 둘러싸인 전투용 도시

판타지 세계에서 야수나 산적, 다른 마을이나 국가, 야생의 괴물이 습격하고 범죄자나 사악한 의도를 가진 자들이 침입해오는 상황이라면 일반적으로 도시 주변을 울타리나 벽으로 둘러싼다. 처음부터 도시 전체를 벽이 완전히 둘러싸는 구조로 만든 경우도 있을 것이고, 최초로 세워진 벽 주위에 사람이 모여 새로운 도시가 생겼고, 이를 둘러싸는 벽을 계속 세우다 보니 동심원 모양으로 여러 겹으로 둘러싸인 도시가 되었다는 설정도 재미있다. 마법의 힘으로 순식간에 벽을 만들었다는 전설이 전해질지도 모른다.

여기서는 단순히 벽으로 둘러싸인 것에 그치지 않고 명확하게 적에게 대응하는 군사적 거점으로서의 측면도 있는, 이른바 '요새 도시'라고 할 만한 도시를 소개하고자 한다.

요새 도시는 높은 벽을 갖추고 있고, 충분한 수의 병사가 생활할 수 있으며, 식량과 무기, 각종 물자도 충분히 비축되어 있어야 한다. 주변에 높은 산이나 강이 있고, 호수나 바다, 늪지와 접해 있거나 본래부터 약간 높은 언덕 위에 있는 등 방어에 유리한 지형을 갖춘 경우도 많을 것이다.

이 도시는 무엇과 싸우고 무엇을 지키려 하는 것일까? 아마도 다른 나라와의 국경 근처라서 침략에 대비하는 상황이 가장 그럴듯하다. 이 경우 대부분은 요새 도시가 큰 길거리 근처에 있고, 적군이 그곳을 통해서 자국을 침략할 때 방어하기 위한 목적으로 건설되게 마련이다. 또는 만리장성 같은 장대한 방어선의 일부로서 그 방어선을 지키기 위한 거점이 되었다는 상황도 생각할 수 있다.

침략자가 다른 나라만 있는 것은 아니다. 이민족이나 이종족의 습격도 대비해야 한다. 도적 떼나 산적, 여기저기 돌아다니는 괴물 때문에 요새 도시가 필요하다고

한다면 조금 과하게 느껴질 수 있다. 하지만 도시 바깥이 괴물에 의해 완전히 지배되고 있거나, 괴물이 거대한 괴수 수준이라면 요새 도시가 필요하다.

◆ 요새 도시의 분위기

이 요새 도시는 지금, 전쟁하는 중일까? 전쟁 중이거나 어쩌면 평화가 오래 이어진 나머지 요새 기능은 유명무실할지도 모른다.

전시 및 경계 중이라면 충분한 병력이 주둔하고 매일 실전과 엄격한 훈련을 반복하게 마련이다. 그들이 싸울 때 필요한 물품을 준비하기 위해 도시 밖에서 식료품 등이 실려 오고, 생활을 지원하기 위해 도시에는 수많은 상인들과 장인들이 살아간다. 이후에 24쪽에서 소도시를 소개하면서 개성적인 특징을 부여하라고 했는데, 요새 도시는 '전쟁', '방위'의 특징을 지닌 소도시라고 생각하면 된다.

또한, 이 요새 도시가 국경 근처에 있다면 방어 거점인 동시에 침공과 탐험의 거점이 될 수도 있다. 모험심이 강한 젊은이들과 국가의 명령을 받은 정예들이 도시 밖으로 향하고 이들이 가지고 돌아온 귀중한 아이템이 시장에 나열된다. 각지에서 이것들을 노리는 상인이 모여 도시는 매우 활기를 띤다.

유흥 도시

♦ 유흥가가 확장되면서 도시가 된다

어느 정도 규모의 도시에는 유흥가가 생기게 마련이다. 호쾌하게 술을 마시고 떠들기 위한 술집, 하룻밤의 쾌락을 판매하는 윤락업소, 일확천금을 꿈꾸는 이들이 모여드는 도박장. 사람들이 피로를 풀고 울분을 떨쳐내며 화려한 꿈을 꿀 수 있는 곳이다. 그런 유흥가가 중심이 되는 도시도 재미있겠다는 생각에 여기서는 '유흥 도시'를 소개하겠다. 라스베이거스의 이미지와 비슷하려나?

그런데 이러한 도시는 어떤 경위로 태어나는 것일까. 라스베이거스를 예로 들자면 우선 댐 건설의 거점으로서 번영하기 시작하여 유흥가가 발전했고, 나중에 대불황에 대한 대책으로 도박이 공인되면서 도박의 도시로 성장했다. 과거 일본의 유흥가였던 요시와라도 에도 시대에 있던 윤락업소들이 막부의 명령으로 한 곳에 모이면서 탄생했다고 한다. 다시 말해서 다음과 같은 흐름을 생각할 수 있다.

· 사람의 왕래가 활발해지고 경제가 급격히 활성화하여 유흥가가 커진다.
· 거기에 어떤 상황이 겹쳐 유흥 도시가 탄생한다.

이때 '어떤 상황'에서 개성이 드러나게 된다. '선견지명이 있는 상인이 거대한 도박장을 만든 것이 계기였다'와 같은 설정도 좋지만 '그 도시의 영주가 밤놀이를 사랑하여 자신이 즐길 수 있는 홍등가를 발전시켰다'든가 '도박이나 매춘부를 수호하는 신의 도시이므로 저절로 유흥가로 바뀌었다'와 같은 설명도 좋다.

특별한 도시이므로 아예 '요정들이 운영하고 있어서 특별한 방법이 아니면 들어갈 수 없다'거나 '어떤 꿈도 이루어지는 꿈속 세계의 장소'처럼 판타지적인 개념을 도입해도 좋다.

◆ 유흥 도시의 빛과 어둠

유흥 도시처럼 저속한 장소에서는 문제도 많이 일어난다. 공무원이나 경비가 이에 대처할 수 있겠지만, 마을 사람들도 켕기는 부분이 있어서 그들의 개입을 꺼리는 이도 많다. 그럴 때 문제를 해결하는 쪽은(혹은 문제를 일으키는 쪽은) 반사회적인 집단이다.

그들은 문제를 해결하고 외적을 제거하는 대신에 어느 정도의 금액을 요구할 것이다(보호비 명목으로 정기적으로 징수하는 경우가 많다). 술집 주인이나 윤락업소의 매춘부, 카지노 딜러 같은 반사회적 세력 역시 유흥 도시에서는 빼놓을 수 없는 인물이라고 볼 수 있다.

유흥 도시를 연출한다면 눈부신 빛과 함께 칠흑 같은 어둠도 잊지 않았으면 한다. 도박에서 일발 역전을 맛보는 행운아가 있는가 하면, 돈을 다 써 노예 신세로 전락하는 이들도 있다. 성공한 사람의 저택이 늘어선 곳이 있는가 하면, 고향에 돌아갈 돈도 없는 낙오자들이 사는 슬럼가도 있을 것이다. 이 모든 것이 합쳐져야만 유흥 도시, 꿈의 도시가 생겨난다.

사막의 오아시스

◈ 오아시스는 사막의 '항구'다

모래나 바위밖에 보이지 않는 마른 사막에서도 생명은 살아간다. 적은 물로도 충분히 살아갈 수 있는 벌레나 도마뱀, 선인장 같은 동식물이 있고, 사막이라고 해도 고산의 눈이 녹아 생긴 물이나 땅에서 솟아난 샘물이 고여서 만들어진 작은 호수 같은 장소가 있기 때문이다. 이러한 곳에는 사람들이 모여 마을이나 도시를 이루는데, 이것을 오아시스라고 한다. 물이 있으면 아무리 척박한 곳이라도 사람이 살아갈 수 있다.

사막에서 사람이 정착할 수 있는 곳은 기본적으로 오아시스뿐이다. 여기라면 물이 있으므로 농업이 가능하다. 물과 음식이 필요한 여행자나 행상인이 오아시스에 들르게 마련이기에 숙소나 술집처럼 그들을 상대하는 가게들이 생겨난다.

이러한 오아시스는 종종 사막이라는 바다 곳곳에 흩어져 있는 항구나 섬으로 비유된다. 사람들은 곳곳의 오아시스를 잇는 한정된 루트로만 왕래하며, 이것은 항구와 항구를 잇는 항로와 비교된다. 그리고 오아시스를 통제할 수 있다면 사람들의 움직임이나 물건, 돈의 흐름을 좌우할 수 있는 만큼, 오아시스를 지배하는 자야말로 사막의 지배자가 될 수 있다.

이쯤 되면 오아시스를 둘러싸고 피로 피를 씻는 싸움판이 벌어지는 모습도 쉽게 상상할 수 있다. 오아시스마다 방어 병력이 가득하고, 오아시스를 습격하여 보물을 약탈하려는 사막 도적단 같은 이들이 있을지 모른다. 그러다 치열한 싸움 끝에 황폐해져서 사용할 수 없게 된 오아시스가 늘어나고, '오아시스에서는 싸우지 않는다'거나 '오아시스 자체를 파괴하는 독극물이나 마법은 사용하지 않는다'와 같은 내용의 협정이 맺어지는 상황도 재미있을 듯하다.

또한, 이 발상을 살려서 사막 이외의 지역에 있는 오아시스와 비슷한 장소를 생각

해봐도 좋다. 사람이 살아갈 수 없는 늪지대나 독으로 가득한 연못, 안개 때문에 전혀 앞이 보이지 않는 숲이나 마법으로 생겨난 어둠. 그 열악한 환경 속에서 몇 안 되는 오아시스를 찾아다니며 살아가는 사람들의 이야기는 어떨까?

◆ 오아시스는 마법의 산물인가?

사람은 자연의 신비로부터 신을 떠올린다. 불모의 사막에서 사람이 살아갈 수 있는 오아시스 같은 장소는 특히 신이 일으킨 기적처럼 보인다. 그리고 판타지 세계에서는 정말로 오아시스가 기적과 마법의 산물이 될 수 있다.

그것은 사막에서 고통받는 백성을 불쌍히 여긴 신이 선물한 기적일지도, 예전에 물이 풍부했던 곳에 살던 물의 정령이 마지막 남은 힘으로 지키는 호수일지도 모른다. 고대 마법 문명이 만들어낸 물을 생성하는 마법 도구가 호수 바닥에 잠들어 있을지도 모른다. 또는 사막이야말로 부자연스러운 마법의 힘으로 만들어진 곳이고, 오아시스는 이에 대항하는 또 다른 마법의 힘으로 지켜진 마지막 장소일 수도 있다.

이 마법이나 기적은 과연 영원할까? 탐욕에 눈이 먼 사람이나 사악한 존재에게 빼앗기면 어떻게 될까?

초거대 도시

◈ '사람이 많다'는 현실이 만들어내는 상황

도시의 규모와 인구는 도시와 소속된 나라의 역사, 상황, 주변 지역과의 관계에 따라 달라진다. 하지만 '초거대 도시'로 불릴 정도라면 최소한 수십만 명이 살아가는 곳이어야 한다. 실제로 중세 유럽에는 거대 도시가 별로 없었으며, 설령 있었다 해도 인구 10만 명에 못 미치는 정도였던 듯하다(비잔틴 제국의 수도 콘스탄티노플처럼 인구 40만 명이 넘는 도시도 있었다 - 옮긴이 주).

하지만 고대 로마시의 인구는 전성기에 100만 명(주변 농촌을 포함한 인구. 단, 노예는 제외)에 이르렀다. 게다가 중세 중국에는 인구 100만 명의 도시가 있었다고 하니, 중세 유럽풍 판타지 세계에 수십만~수백만이 사는 도시가 있어도 전혀 문제가 없을 듯하다.

그렇다고는 하나, 이러한 초거대 도시가 세계 곳곳에 있을 리 없다. 대개 그러한 곳은 여러 민족(종족)을 아울러 지배하고 있으며 광대한 영토를 소유한 초거대 제국의 수도일 것이다. 수십만~수백만 명이 살고 있으니 도시 자체의 부지도 상당히 광대할 것이다. 주변에는 도시 사람들이 소비하는 음식과 물자를 생산하는 농촌 지대가 펼쳐져 있는데, 그것을 포함해 하나의 도시로 보는 경우도 많다.

그 도시를 향해서는 잘 정비된 몇 개의 가도가 뻗어 있으며, 바다나 강을 이동 경로로 활용하기 마련이다. 판타지 세계라면 마법이나 아이템, 몬스터의 힘으로 움직이는 배라든지 순간 이동 장치 등이 있어도 재미있겠다.

이러한 교통 인프라를 이용해 매일 엄청난 수의 사람이 도시로 향하고, 물자를 나른다. 상인과 구경꾼만이 아니라 '도시에 가면 틀림없이 일자리가 있을 것이다', '대박이 날 게 분명하다', '마을에서는 세금 징수가 심해서 살 수 없지만 도시라면 어떻게든 할 수 있을 것 같다'고 믿는 사람들이 밀려든다. 하지만 초거대 도시라고 해도

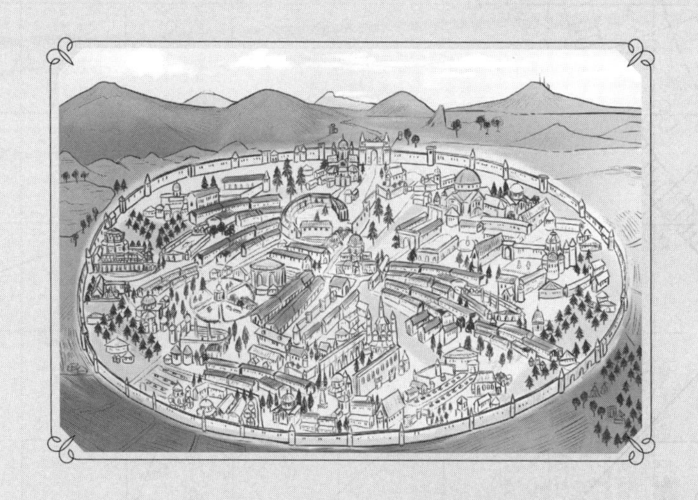

그러한 꿈을 쉽게 이룰 수는 없다. 결과적으로 가난한 사람이 모이는 슬럼가가 곳곳에 형성된다. 그렇게 되면 치안이 악화하고, 반사회적 세력이 생겨날지도 모른다.

인구가 증가하면 다른 문제도 늘어난다. 더욱더 많은 음식과 물이 필요하고, 쓰레기와 배설물 처리가 어려워진다. 관리하는 국가로서는 머리가 아플 수밖에 없다.

◆ 자연스레 '세계 도시'로

이렇게 거대한 도시라면 외국인이나 먼 지역에서 찾아오는 이방인도 적지 않다. 진기한 물건을 구하려는 다른 나라 상인이나 선진적인 학문과 문화, 기술을 배우고 싶은 유학생, 또는 이민자의 후손으로서 오랜 세월 그 지역에 익숙해진 2세, 3세가 있을지도 모른다.

초거대 도시라면 특유의 시설이나 직업도 존재할 것이다. 대학, 극장, 투기장, 도서관 같은 시설은 어느 정도 규모 이상의 도시가 아니면 존재하기 어렵다. 도시의 명소나 치안이 좋은 곳과 나쁜 곳, 싸고 서비스 좋은 숙소 등을 알려주는 안내인 등도 등장하게 된다. 거대 도시이기 때문에 발생하는 문제 해결(하수도에 정착한 괴물 퇴치 등)을 전담하는 직업도 생겨날 수 있다.

소도시

◆ 대도시는 흔하지 않다

일반적으로 판타지 세계 주민 중에서 앞에서 소개한 초거대 도시를 평생 단 한 번이라도 방문하는 사람은 매우 드물다. 왜냐하면 그런 도시는 좀처럼 없기 때문이다. 일반적으로 사람이 모이는 도시라 해도 그 규모는 수천 명 정도이며, 대개는 1,000~2,000명 정도로 생각하면 된다.

이러한 도시는 현대인인 우리나 초거대 도시에 사는 사람들이 볼 때는 소도시로서 시골이라고 여기기 쉽다. 하지만 그곳에 사는 주민 대부분(작은 마을에서 식량 생산에 몰두하는 이들)은 그 도시를 충분하고도 남을 정도인 도회지처럼 느낄 것이다. 이러한 감각의 차이 정도는 기억해두는 편이 좋다.

도시의 특징은 '모여드는(모으는) 것'이다. 초거대 도시 정도는 아니겠지만 소도시에도 주변의 여러 가지가 모여든다. 도시에 사는 주민 대부분은 장인과 상인이기 때문에 식량을 생산할 수 있는 능력이 부족하다. 따라서 도시에 인접한 마을에 사는 사람들이 식량을 비롯한 물자를 들여온다. 이렇게 해서 얻은 현금으로 이 도시에서 생산한 도구류(농업이나 어업 도구, 의복 등)를 구매하여 주변 마을로 가지고 돌아간다. 아니면 도시 사람들의 배설물을 실어 날라서 퇴비로 사용할 수도 있다.

이러한 순환 구조는 현대적으로 말하면 물류센터나 공장을 떠올리면 이해하기 쉽다. 그 세계의 중심에 거대 도시나 초거대 도시라는 커다란 물류센터가 있고, 이곳과 물류 라인으로 연결된 도시가 곳곳에 있으며, 그 주변으로 수많은 마을이 존재한다.

◆ 도시의 특징

소도시를 설정할 때는 무언가 특징을 하나 부여하길 권한다. 가도에 인접한 역참 마을이거나, 산악과 숲, 호수와 바다 같은 특징적인 지형이 있다든지, 대장일이나 목축 등 기술이나 생산품 면에서 주변보다 한 단계 더 높은 수준에 이르렀거나, 도시의 탄생과 위기에 얽힌 전설이 있거나, 도시 주변이나 도시 아래에 과거의 유적이 있다는 식이다. 특히 이야기를 만들 때는 개성 없는 도시보다 뭔가 차별되는 독특한 특징이 있는 도시가 이야기의 무대로 사용하기 쉽다. 마법이나 특수한 아이템 등 판타지 세계 특유의 개념을 이용해 이동이 손쉽다면 특색 있는 도시를 돌아다니는 관광객이 있어도 재미있을 것이다.

그런 도시를 구성할 때는 간접적인 영향도 고려해야 한다. 예를 들어 야금술이 발달한 도시는 대장장이만으로 이루어지지 않는다. 원료가 되는 금속을 생산하는 광산이나 연료로 사용되는 나무를 캘 숲이 가까이에 있게 마련이며, 그것들을 운반할 인부도 필요하다. 물론, 대장장이가 만든 제품을 다른 곳에 가져가 판매하는 상인이 없으면 사업이 이루어지지 않는다. 대장장이가 금속 가공에 사용하는 도구를 만드는 장인도 있고, 그러한 장인들 전체의 삶을 책임지는 식품점이나 술집도 있다. 이러한 상황을 그려볼 수 있다.

항구 도시

◆ 물의 흐름이 만들어내는 도시

예로부터 '문명은 큰 강 유역(옆)에서 탄생했다'고 한다. 최근의 역사 연구에 따르면 반드시 그렇지만은 않다고 하지만, 문명의 발전과 물이 깊은 연관이 있다는 사실은 부정할 수 없다.

사람은 물 없이는 살 수 없기 때문인데, 또 다른 이유도 있다. 나일강처럼 강이 범람하면서 영양분이 풍부한 토양이 옮겨져 농경이 발전하는 사례도 있다. 그리고 무엇보다 강, 바다, 호수를 활용한 운송 수단으로 인해 사람과 물건의 왕래가 활발해진다는 이점도 무시할 수 없다. 철도와 자동차가 발달하고 비행기가 대중적으로 보급된 현대에도 많은 물건을 한 번에 운반할 수 있는 선박의 장점은 매우 크다. 하물며 그러한 운송 수단이 등장하기 전이라면 사람의 발이나 말, 마차보다 속도가 빠르고, 수송량도 월등히 많은 수단은 배가 거의 유일하다. 그렇기 때문에 큰 강 유역이나 바다에 접한 만 구조로 되어 있어서 배를 정박하기 쉬운 장소에는 항구가 생겨난다. 이곳을 거점으로 사람과 물건의 교환이 이루어지므로 자연스럽게 도시가 형성된다. 그리하여 항구를 가진 도시, 항구 도시가 탄생한다.

항구 도시는 교통과 유통의 중요한 지점이 된다. 상당히 큰 도시가 아니면 구할 수 없는 희귀한 도구나 물품, 정보도 여기서라면 발견할 수 있을지도 모른다. 또한 초거대 도시처럼 여러 나라가 뒤섞인 듯한 분위기를 풍기기도 한다.

역사적으로 보면 베네치아처럼 구석구석까지 수로가 뻗어 있고 수운이 발달한, 이른바 수상 도시라고 부를 만한 도시도 있었다. 판타지 세계라면 정말로 물 위에 떠 있는 도시가 있어도 좋겠다. 이 경우 도시를 구성하는 건물들이 배에 실려 있고, 각각은 사슬로 연결되어 있을 것이다.

◆ 항구 도시의 분위기

한편, 배가 위험한 이동·운송 수단이었던 것도 사실이다. 바람이 강하면 뒤집혀서 가라앉기 십상이고, 암초에 걸리면 움직일 수 없다. 하물며 먼바다로 나간다면 도대체 어떤 위험이 도사리고 있을까?

이러한 이유로 위험을 두려워하지 않는 난폭한 사람이나 그것 말고는 먹고살 길이 없는 밑바닥 인생들이 선원이 되는 경우가 많다. 그들을 고용하는 선주 역시 비싼 배에 짐을 싣고 위험한 항해에 나설 정도이니 보통 성질머리가 아닐 것이다. 자연스레 항구 도시는 좋건 나쁘건 활기찬 분위기를 띤다. 거친 성격을 가진 선원들의 다툼이 끊이지 않으며 그들이 시민에게 폐를 끼치는 일도 적지 않게 벌어질 것이다. 그로 인해 매일 다양한 사건과 사고가 벌어지는 이야기의 무대에 어울리는 장소가 된다.

여기서는 수상 운송과 관련한 도시를 소개했지만, 판타지 세계라면 수상 운송을 대신할 운송 수단이 등장해도 이상하지 않다. 마법을 활용한 철도가 실용화되고, 비행선이 날아다닌다면? 그들이 특정 장소에만 머무를 수 있다면(비행선이 지상에 내려앉지 못하고 산 위의 공항에만 정박하는 상황처럼) 항구 도시와 비슷한 모습으로 발전하지 않을까.

농촌·어촌

◈ 살아가기 위해 식량을 생산하는 장소

인구는 많으면 수백 명에서 적어도 수십 명. 허술한 나무 울타리로 둘러싸여 있으며, 마을 안에는 특별한 시설도 거의 없다. 고작해야 작은 술집이나 큰 공간이 마련된 촌장의 집, 교회나 작은 신당 같은 종교 시설 정도다. 이러한 몇 안 되는 특별한 시설은 사람이 모이는 장소이며, 공공 행사를 치르는 거점인 동시에 유사시에는 대피 장소가 되기도 한다. 상황이 이렇다 보니 화폐 경제가 그다지 발달하지 않은 곳이 많다. 돈을 사용하는 것은 도시에 가서 필요한 도구를 살 때 정도다.

마을 사람들의 노동력은 대부분 자신들이 먹거나 도시에 내다 팔아서 돈을 벌거나 세금을 내는 데 필요한 식량 생산에 투입된다. 농촌에서는 논밭에서 곡식과 채소를 재배하고, 이것들을 사료로 먹여 소, 돼지, 닭 등의 가축을 기른다. 어촌에서는 해산물을 잡는다.

수확물을 그대로 먹기도 하겠지만, 주요 생산품(유럽은 밀, 아시아는 쌀)은 대체로 세금으로 빼앗기거나 술 등의 가공 원료로 쓰이기 때문에 사람들이 밀이나 쌀을 거의 못 먹고 대개는 감자나 잡곡을 먹는다는 설정도 상당히 그럴듯하다.

◈ 좁고 내향적인 공간

큰 가도 옆에 있는 경우를 제외하면 많은 농어촌에서는 외부인이 찾아오는 일이 드물다. 마을 사람들은 서로 잘 아는 사이이고, 좋게 말하면 편안하고 나쁘게 말하면 좁다고 할 수 있는 인간관계 속에서 살아간다. 정기적으로 마을을 방문하는 행상이라면 몰라도, 처음 보는 사람이 찾아온다면 당연히 경계할 수밖에 없다. 도적의 동료가 아닐까, 나쁜 짓을 꾸미지는 않을까 하며 감시하고 불편하게 여길지도 모른다.

한편, 손님으로서 환대받을 가능성도 있다. 보기 드문 물건이나 주변 정보 같은 것

을 여행자가 가져다줄 수도 있기 때문이다. 어른들은 경계하고 아이들은 순진하게 따르는 경우도 많을 듯하다.

일반적으로 나그네는 촌장의 집 같은 곳에서 머무를 가능성이 크다. 가도 근처의 마을이라면 모를까, 일반적으로 숙소 시설을 갖춘 마을은 흔치 않다. 그렇다면 방이 남아도는 큰 건물이 머물기에 좋다. 환대하기도 좋고, 감시하기에도 적당하다는 이점도 있다.

마을 사람들의 친절한 태도 뒤에는 특별한 사정이 숨어 있을지도 모른다. 무언가 비밀을 감춘 상황이다. 판타지 세계라면 강력한 마법의 힘을 지닌 아이템이나 신화 시대 유적을 비밀리에 지키는 상황도 생각할 수 있다. 비밀을 캐러 온 이들을 환대하는 척하면서 속여 넘기거나, 아예 비밀을 알아낼 수 없도록 살해하기도 한다.

이러한 대응은 소규모 집단 특유의 단결력 덕분에 가능하며, 그만큼 이질적인 존재에 대한 처사는 가혹하다. 부모가 뒤바뀌는 바람에 인간 부모 밑에서 자란 이종족 아이나 집단 내에서 갈등으로 인해서 따돌림을 받는 자들은 살아가기 힘들다. 아니, 그나마 죽지 않으면 다행이라 할까.

산의 터주

♦ 산과 숲처럼 이질적인 세계에는 터주가 있다

중세를 살아가는 사람들에게 산과 숲은 이질적인 세계였다. 그곳은 원래 사람이 살아가는 장소가 아니라 동물, 요정, 요괴, 괴물의 영역이었다. 그리고 당연히 그곳에는 반드시 '터주'가 있다.

산의 터주는 다양한 형태로 등장한다. 예를 들어, 다음과 같다.

· 오랜 세월을 거쳐 거대해지거나 신비한 힘을 얻은 동물.
 → 현실에서도 그 지역을 세력권으로 살아가는 동물이 '○○의 터주'로 불리는 경우가 종종 있다.
· 산과 숲 등의 자연 에너지를 받거나 초자연적 존재의 간섭으로 오랜 수명과 신비한 힘을 얻은 동물.
· 자연의 에너지가 모여들어서 생겨난 정령이나 괴물.
· 옛날부터 그곳에서 살아가는 괴물, 신, 이종족.

그들은 산과 숲을 세력권으로 삼으며, 대부분 자신의 영역에 사람이 들어오는 것을 거부한다. 깊은 숲속에 반드시 지켜야만 하는 성역이 있거나, 사악한 존재가 봉인되어 있거나, 누구에게도 빼앗기면 안 되는 강력한 아이템이 잠들어 있을지도 모른다. 또는 숲을 지키라고 누군가(신이나 고대인 등)가 명령한 상황일 수도 있다.

그들의 힘을 알 수 있는 대표적 사례가 '돌아오지 못하는 숲'이다. 숲속 깊은 곳에 들어가면 안개가 짙어 자신의 위치를 알 수 없게 되고, 잘못하면 숲 밖으로 나가버리거나 길을 잃고 헤매다가 아사할 수도 있다.

한편, 사람들은 산이나 숲을 그대로 내버려두지 않는다. 숲의 나무는 연료로서 마을의 발전을 위해 필요하고, 숲에 사는 동물은 식량이 되며, 밭을 늘리기 위해서는

벌목이 가장 편리한 방법이기 때문이다. 그 결과, 산의 터주와 그들이 지배하는 동물과 괴물은 종종 사람들과 대립하고 토벌된다. 그렇게 산과 숲은 이계로서의 색채를 잃고, 인간의 발길이 들어서게 된다.

◈ 이야기 속 캐릭터의 위치와 모습

판타지 세계라면…	현실이라면 사람들이 잘못 보았거나 조금 큰 동물에 불과하겠지만, 판타지 세계라면 실제로 위협이 될 정도로 거대할 수 있다.
주인공	산과 숲이 소중한 무언가를 빼앗긴다면 터주나 그 일족이 모험에 나선다.
아군	신비한 모험의 과정에서 터주의 힘을 빌린다면 자연 그 자체를 동료로 삼은 것이나 다를 바 없다.
적대	산과 숲을 개척하거나, 터주의 보호를 받으며 그곳에 잠든 아이템을 손에 넣기 위해서는 반드시 싸워야 한다.
중립	터주의 행동 기준은 사람과 같지 않다. 사람으로서는 이해할 수 없는 이유로 주위로부터 고립되기도 한다.

도시에 숨어 사는 괴물

◆ 괴물은 왜 도시에 숨어들었나?

괴물이 도시 바깥에서만 돌아다니는 것은 아니다. 본래는 사람의 영역인 마을이나 도시에 숨어 있을 가능성도 충분하다.

작은 마을에 괴물이 숨어 있는 사례는 많지 않다. 사람들의 눈길이 두루 미치기 때문이다. 작은 마을에서 괴물이 살아간다면 그럴듯하게 변신하는 능력이 있거나, 혹은 인간에게 받아들여졌거나 보호받거나 길러지고 있을 가능성이 크다. 그 예로 적의가 없는 괴물이나 신으로서 숭배되는 괴물, 사람에게 유용한 가축으로 여겨지는 괴물 등을 들 수 있다. 하지만 실은 사람들이 괴물에게 세뇌당했거나 괴물이 적의를 감추고 있을 가능성도 있다.

여하튼 괴물이 숨어서 살 정도라면 어느 정도 규모 이상의 큰 도시일 것이다. 특히 이웃의 얼굴도 모를 정도로 거대한 도시라면 괴물 한두 마리가 몰래 잠입할 가능성도 적지 않다.

그들은 왜 도시에 숨어드는 것일까. 그 이유는 대부분 도시 밖보다 훨씬 살기 편해서가 아닐까. 예를 들어 현실에서도 쥐나 바퀴벌레 같은 동물에게 사람이 사는 집은 매우 아늑한 둥지다. 기온이 안정적이고, 외적도 적으며, 게다가 식량도 풍부하다. 판타지 세계의 도시 또한 몸집이 작아서 도시의 어둠에 숨을 수 있거나, 겉모습이 사람과 비슷해 망토 등을 걸쳐서 눈속임할 수 있는 괴물에게는 살기 좋은 장소일지도 모른다.

또한 사람 주변이 가장 살기 좋은 환경인 괴물도 있다. 사람의 피를 빨아먹으면서 살아가는 사람과 비슷한 외형을 가진 흡혈귀 같은 이들이 대표적이다. 그들은 사람을 조종하는 힘을 지닌 경우도 많으며, 자신의 식량인 사람이 많은 도시야말로 가장 살기 좋은 곳이 아닐까.

이외에 삶의 터전을 잃고 어쩔 수 없이 도시에 잠입한 괴물도 존재할 수 있다. 예를 들어, 도시에서 쫓겨나 지하로 숨어버린 괴물이 있다면 어떨까. 지상은 사람들이 차지하고 있지만, 지하는 여전히 괴물의 손안에 있다. 물론 사람들은 그 사실을 모른다.

◆ 이야기 속 캐릭터의 위치와 모습

판타지 세계라면…	역사에 남은 여러 살인마와 범죄자의 정체가 사실은 도시에 숨어든 괴물이었다고 하면 어떨까.
주인공	사람들에 의해 궁지에 몰린 채, 복수와 생존의 길을 모색할 것인가. 또는 도시의 어둠에 숨어 들킬까 봐 두려워하면서도 살고자 발버둥을 칠 것인가?
아군	그들과 함께 적에 맞설 수도 있지만, 사람이 아니라는 점 때문에 결별하게 될지도 모른다.
적대	야생의 괴물과는 다른 의미로 강적이다. 거대한 도시에서 그들을 어떻게 찾을 수 있을까.
중립	생존을 위협하지만 않는다면 그들도 사람에 대한 증오나 식욕을 억제하고 중립을 지킬 수 있다.

봉인된 신

◆ 신은 사람과 닮았지만, 사람이 아닌 것

사람과 비슷하면서도 사람을 초월하는 초자연적 존재. 그것이 신이다. 판타지 세계의 이야기가 시작되기 전에 신들은 그 세계 주역의 자리에서 내몰리는 경우가 많다. 그렇게 됨으로써 사람들이 그 세계의 주역이 된다.

그렇다고 신이 이야기에 등장하지 못하는 것은 아니다. 추방된 신이 다시 세계로 돌아올지도 모른다. 신이 사실 어딘가에 봉인되어 있을 수도 있다. 세상에 대한 직접적인 간섭이 금지된(혹은 그 정도의 힘은 지니지 못한) 신이 어딘가에서 방황하고 있을지도 모른다. 사람으로 다시 태어났지만 기억과 힘(의 일부)은 아직 남아 있는 상황도 가능하다.

이 항목에서는 봉인된 신을 생각해보았다. 신은 언제, 누구에 의해, 왜 봉인됐는가. 어떻게 해야 봉인이 풀리는가. 봉인된 상태에서도 다른 사람에게 영향을 줄 수 있을까. 무엇보다 그가 풀려난다면 그 세계에 어떤 영향을 미치게 될까.

신은 사람들에게 두려운 존재다. 많은 신화에서 신이 사람에게 다양한 영향을 주었다고 이야기한다. 지식과 기술을 가르치고 생활 방법을 알려주는 등 선한 영향을 주기도 하지만, 부정적인 감정을 자극하거나 저주를 걸고, 많은 사람을 죽이는 등 사악한 영향을 미치기도 한다. 신이 얽혀 있는 이야기는 자연스레 규모가 커진다고 봐도 좋다.

또한 신은 사람과 가치관이나 관점이 다른 경우가 많다. 예를 들면, 인간의 수명인 100년이 그들에게는 순간이고, 삶과 죽음에 대단한 의미를 두지 않으며, 자신과 타인의 경계가 모호하다. 이런 신 특유의 위화감을 그려낼 때 세계관에 깊이가 생긴다. 예를 들어 '크툴루 신화'의 마신들은 우주적 규모로 행동하며 사람들을 개미 정도로도 생각하지 않는다. 하지만 그들이 존재하는 것만으로 사람들은 죽고 매료되

며 미쳐간다. 본인의 선의나 악의와는 무관하게 위협이 될 수 있는 존재가 바로 신인 것이다.

◈ 이야기 속 캐릭터의 위치와 모습

판타지 세계라면…	세계 유산 등 각지의 유적이나 명소에 누군가가 봉인되어 있을지도 모른다고 생각해보자.
주인공	해방된 곳에서 시작할 것인가? 일단 해방되었지만 힘의 일부가 봉인된 상태인가?
아군	봉인된 선한 신을 풀어주기 위하여 모험을 거듭할 것인가? 봉인된 악신과 운명을 함께할 것인가?
적대	일단 악신의 봉인이 풀리려 하며 이를 저지해야 한다는 전개는 매우 흔하다.
중립	신은 때로 사람의 선이나 악을 초월하는 존재다.

다른 세계에서 온 방문자

◆ 휘말려 들어온 부적절한 존재

그 세계에서 태어난 존재만이 이야기의 등장인물이 되는 것은 아니다. 오히려 다른 세계에서 온 어떤 존재야말로 고전적인 등장인물 중 하나라고 해도 과언이 아니다. 그들은 왜 이 세계에 찾아온 것일까? 다음과 같은 상황을 생각해볼 수 있다.

· 다른 세계에서 자신의 의지로 찾아왔다.

· 어떤 문제에 휘말려 이 세계로 떨어졌다.

· 신과 악마 같은 한 차원 위의 존재에게 이끌려서 왔다.

· 마법사가 소환 마법으로 불러들였다.

이 중 어느 쪽이건 그들은 이 세계에서 이질적인 존재다. 그러므로 이야기에 큰 영향을 주며, 극적으로 스토리를 끌어가는 힘을 지니고 있다.

가장 먼저 방문자가 어떤 세계에서 왔으며, 그쪽 세계와 이쪽 세계가 어떻게 다른지를 생각해야 한다. 예를 들어, 현대 세계에서 온 방문객은 현대적인 지식을 갖추고 있고, 그가 가진 기술, 도구, 가치관이 이 세계에 엄청난 변화를 가져올 수 있다.

또는 상식이나 습관의 차이가 사건·사고로 이어질 가능성도 크다. 양손을 올리는 것이 '널 죽일 때까지 나는 포기하지 않는다'는 신호인 세계에 그것을 '항복'의 신호로 알고 있는 사람이 찾아온다면 상황이 완전히 꼬여버리고 말 것이다.

여하튼, 다른 세계에서 찾아온 존재를 연출하려면 '그는 이 세계에 대해 어떤 인상을 받을 것인가', '그는 이 세상에서 무엇을 하려고 하는가'에 주목하기를 권한다. 판타지 세계를 즐기려 하는지, 혐오감을 느끼고 어떻게든 빨리 돌아가고 싶어 하는지, 어디까지나 자신을 소환한 사람에 대한 의리를 다하려고 하는지, 자신의 욕망을

충족하는 일에 집착하는지……. 세계의 이물질이라고 할 수 있는 그들이 받은 인상과 이 세계에 대한 태도를 충실하게 정리하는 것만으로도 세계를 명확하게 그려낼 수 있다.

♦ 이야기 속 캐릭터의 위치와 모습

판타지 세계라면…	항상 방문자가 있다고 해도 이상하지 않으며, 어쩌면 최초의 방문자일 가능성도 있다. 무엇이 계기일까?
주인공	다른 세계에서 온 용사 또는 다른 세계를 만끽하고 싶은 관광객 등.
아군	마법사가 소환한 정령이나 괴물이 다른 세계의 힘을 가지고 활약할 것이다.
적대	다른 세계에서 온 침략자나 마왕도 방문자다. 또한 가치관이 다르다면 싸움을 피하기 어려울지도 모른다.
중립	다른 세계의 존재인 만큼, 가치관과 목적이 너무 다르다면 자신만의 이유로 중립을 지키는 상황도 있을 것이다.

유랑 예능인

◆ 자신의 재주에만 의지해 여행을 벗 삼는 존재

유랑 예능인은 여기저기 마을을 돌아다니며 재주를 선보인다. 술집에서 노래를 부를 수도, 도시의 광장에서 마술을 선보일 수도 있다. 그리고 신청받은 곡의 요금이나 즐겁게 재주를 즐긴 사람들이 던진 푼돈을 수입으로 삼는다.

유랑 예능인의 재주는 다양하다. 악기를 연주하며 시를 노래하는 음유 시인, 보통 사람은 상상도 할 수 없는 움직임을 보여주는 곡예사, 동물을 자유자재로 조종하며 재주를 뽐내는 사육사, 인형을 마치 살아 있는 것처럼 다루는 인형술사, 마술을 펼치면서 관객의 마음을 사로잡는 마술사, 단체로 연극을 공연하는 배우들, 과거나 미래를 말해주는 예언자…….

그들의 재주는 중세 사람들에게 일종의 마법처럼 여겨졌을 것이다. 그런 이유 때문인지 아니면 본래 떠돌이라서 신용을 얻기 어려워서였는지 유랑 예능인의 사회적 지위는 대체로 낮았다. 각지를 방랑하는 집시족은 종종 차별의 대상이 되었다고 한다.

그렇기 때문에 어디를 가도 이방인 취급을 받는 유랑 예능인들은 단결했고, 자신을 지키기 위한 힘을 길러야 했을 것이다. 유랑 예능인의 호위를 위해 고용된 전사 이야기, 또는 자신의 재주를 살려 도적단을 물리치거나 암살자로서의 일면을 지닌 유랑 예능인 이야기 등도 재미있을 것이다.

이러한 예능인의 뿌리와 활동은 종종 종교와 결부되기도 한다. 다양한 예능의 뿌리를 거슬러 올라가면 종교 의식과 닿아 있으며, 그들은 각지에서 열리는 축제에서 엄청난 활약을 펼친다. 시끄럽고 분주한 축제에서 예능인들의 즐거운 재주는 결코 빼놓을 수 없는 요소다. 사실은 이들이 잃어버린 종교에 얽힌 이야기와 비밀을 지키고 있다는 설정도 흥미롭다.

마지막으로 모든 예능인이 떠돌이로 활동하는 것은 아니다. 왕이나 귀족에게 고용되어 기예를 보여주기도 하며, 어릿광대로서 궁정의 분위기를 휘저으며 활동하기도 한다. 그런 그들 눈에 유랑 예능인들은 어떻게 비칠까?

♦ 이야기 속 캐릭터의 위치와 모습

판타지 세계라면…	예능에 사실은 마법의 힘이 담겨 있거나, 예능으로 판타지 세계 특유의 동물이나 괴물을 조종한다.
주인공	예능에 전념하는 것이 목적인가. 아니면 예능인의 가면 뒤에 무언가 목적이나 사명을 숨기고 있는가?
아군	음유 시인은 전해 내려오는 이야기들을 잘 알고 있으며, 각지를 떠돌며 곳곳의 사정이나 소문을 들을 것이다.
적대	단결력이 강한 예능인들을 적으로 돌리면 귀찮다. 또는 그 뒤에 첩자의 얼굴을 감추고 있을지도 모른다.
중립	음유 시인은 술집에서 싸움이 벌어져도 무시하고 여유롭게 곡을 연주하는 모습이 어울린다.

마법사

♦ 신비한 힘, 마법의 명수

마법사는 마법이라는 신비한 힘을 조종하는, 그야말로 판타지에 어울리는 존재다. 그러나 판타지 세계를 현실적인 느낌으로 묘사하고자 한다면 마법사도 사회에 속하는 직업의 일종으로서 그려내는 편이 자연스럽다.

마법이라고 해도 그 내용은 매우 다채롭다. 타고난 재능으로 마법을 펼쳐내기도 하고, 후천적으로 학습을 거쳐서 마법사가 되는 사례도 있다. 대개는 타고난 재능과 지적인 학습, 수행이 모두 갖추어짐으로써 처음으로 마법사로서 활동하게 된다. 이런 경우에 마법사는 학자이자 관리로서 지적 노동의 측면을 맡게 된다. 결과적으로 왕이나 귀족, 부족 족장의 법률 고문을 맡는 마법사가 많다. 이때 마법력의 우열보다는 지식의 폭과 인품, 넓은 시야가 요구된다.

물론, 마법을 적극적으로 사용해야 하는 상황도 적지 않을 것이다. 그 세계의 마법이 공격적인 성격이 강하다면 이웃 나라의 침략이나 괴물의 습격 같은 위기 상황에서 마법사가 비장의 존재로서 활약하게 된다. 마법의 특성에 따라서는 자연재해를 막아주거나 더 일상적인 작업(산업에 필요한 물자를 대량으로 준비하고, 화학적 변화를 순간적으로 일으키는 등)을 해주기를 요구받을 수도 있다.

어떤 일을 맡건 마법사는 경외의 존재로서 여겨질 가능성이 높다. 보통 사람은 절대로 하지 못하는 일을 해낼 테니까! 그러한 경외심이 '굉장하니 멀리서 지켜보자'는 정도라면 괜찮지만, '너무 엄청난 힘을 가졌으니 나를 불살라버리기 전에 저놈을 죽여버리자'가 되지 않도록 주의해서 행동해야 한다.

그로 인하여 마법사들은 왕국이나 일반 사람들로부터 공격받지 않도록 집단을 이루거나, 적의를 사지 않도록 한곳에 머무르지 않거나, 마을 밖 숲속이나 산속 깊은 곳에 은둔하면서 살아갈지도 모른다.

◈ 이야기 속 캐릭터의 위치와 모습

판타지 세계라면…	마법 세계의 비밀과 관련되어 있거나 세계를 존속시키는 임무 등을 지닌다. 마법사의 역할은 막중하다.
주인공	마법사로서 성장을 추구하거나, 마법의 힘을 도구로 삼아 어떤 목적을 달성하려고 하거나, 타고난 재능 때문에 고생하는 상황도 흔하다.
아군	마법의 성질에 따라 다르지만, 무기나 기술만으로는 해결할 수 없는 무언가를 처리할 수 있는 마법은 매우 도움이 된다.
적대	마법사가 적이 된다면 단순히 손에서 불을 뿜는 정도로 그치지 않을 가능성이 크다. 사람의 마음을 뒤흔들고 괴물 군단을 만들어내는 것도 마법사의 기술이다.
중립	강력한 마법사는 종종 다른 사람과는 교류하지 않고, 한적한 곳에서 살아간다. 그들의 힘을 빌려야만 하는 상황이 생길지도 모른다.

용병

♦ 돈에 따라서 오늘은 아군, 내일은 적군

용병은 어느 나라에도 속하지 않는 자유로운 전사다. 그들은 돈으로 고용되어 자신의 목숨을 담보로 싸운다. 용병에게 가장 친숙한 노동 현장은 바로 전장이다. 전쟁이 벌어지면 나라에선 용병을 모집하는데, 프리랜서 용병들을 모으거나 용병단을 소집하곤 한다. 그처럼 거창한 일 외에도 여러 마을을 돌아다니며 여행자를 호위하거나 괴물이나 도적단을 퇴치하는 일을 맡기도 하고, 마을과 촌락의 방위 등 다양한 일에 뛰어들 수 있다.

용병은 전투의 전문가로서 전투 능력이 가장 필요하다. 무기를 휘두르는 기술, 전장을 질주하는 신체 능력, 약간의 상처 정도로는 주눅 들지 않고 계속 싸울 수 있는 강인함이 없으면 전장에서 결코 살아남을 수 없다.

무기에 대해서도 하나의 무기만 고집하여 그 무기와 생사를 같이하는 유형보다는 검이나 창, 도끼나 활도 사용할 수 있어서 그때그때 최적의 무기로 대응하는 쪽이 우수한 용병으로 인정받는다. 물론, 특정한 무기에 집착하면서도 활약할 수 있다면 그 용병은 어느 기준을 넘어선 전설이 될 만한 인물이겠지만.

싸움을 잘하는 것만으로는 용병으로서 충분한 자질을 갖췄다고 볼 수 없다. 아무리 막대한 보상을 받더라도 죽어버리면 소용없는 법. 어떤 상황에서도 살아남아야만 한다. 따라서 정확하게 상황을 판단하는 능력이 필요하다. 용감히 맞서도 승리할 수 없는 상대는 피하고, 벌이가 좋은 전장을 선택하며, 무리하게 싸우지 않아도 괜찮다면 상대편 용병과 협상하여 서로 싸우는 척만 하고 싸우지 않는다. 그리하여 만일의 경우에는 고용주도 버리고 신속하게 도망칠 결단력을 가진 용병이 영리하다고 할 수 있다. 하지만 계속 도망만 친다면 신용을 잃게 마련이다. 그렇게 되면 동료는 그를 위해 목숨을 걸지 않을 것이며 일거리도 들어오지 않는다. 최고의 용병은

고용주와의 계약을 지키며 동료를 버리지 않는다. 상대가 친구나 직계 가족이라고 해도 전쟁터에서 적으로 마주한다면 목숨을 걸고 싸운다. 그렇게 키워낸 신용이야말로 자신을 지키는 마지막 보루라는 사실을 그들은 알고 있다.

♦ 이야기 속 캐릭터의 위치와 모습

판타지 세계라면…	괴물 퇴치나 미궁 탐험 등에서 누군가를 호위하며 사람 이외의 존재와 싸우는 용병 업무가 들어올지도 모른다.
주인공	무엇 때문에 용병으로 살아가는가? 빚 때문에 어쩔 수 없이 하거나 뭔가 숨은 목적이 있는 것일까. 또는 전장에서 운명을 마주하는가?
아군	돈으로 고용된 동료라도 계약을 수행하는 도중에는 강력한 아군이 되어주는 것이 용병이다.
적대	증오하는 감정이나 인연이 없더라도 돈으로 고용된 용병은 적이 되어 맞선다.
중립	고용주를 먼저 쓰러뜨리면 용병과의 관계를 중립적으로 유도할 수도 있다.

신관

♦ 신을 섬기는 자들

신관, 신부, 목사, 무당, 주술사, 스님. 이들은 신이나 신에 가까운 어떤 존재를 섬기는 성직자다. 역사적으로는 종교 지도자로서 사람들의 마음을 안정시키고 위정자의 권력을 보증하는 것이 주된 역할이지만, 판타지 세계에서는 신의 기적을 불러일으킨다. 마법사로서의 특성도 띤다.

그들의 행동과 판단은 종종 종교 규칙으로 제한된다. 칼날이 달린 도구를 사용할 수 없거나 어떤 종류의 음식과 술은 금지되고, 수익 일부를 기부해야 한다.

게임 등에서 마법사와 신관은 신비한 힘을 사용하는 캐릭터로서 비슷한 위치에 놓일 가능성이 크다. 하지만 소설처럼 사정을 더욱 깊이 파고드는 매체라면 신관의 다른 측면에도 주목했으면 한다. 많은 신관이 종교 집단과 관련되어 있는데, 그들은 같은 신을 숭배하며, 자신의 규칙에 따라 종교적인 활동을 수행한다.

구체적으로 어떤 활동을 하는지는 종교에 따라, 개인에 따라 다르며 소속 집단에 따라서도 달라진다. 크게 나누면 수행과 학문을 통해서 개인적인 깨달음과 신과의 합일을 지향하는 내향적 활동, 선교 등을 통해 널리 사람들을 구하려는 외향적 활동이 있다. 종교 활동의 성과도 있다 보니 신관을 비롯한 종교인들은 종종 높은 사회적 지위를 가진다. 왕이나 귀족 등의 정치적 권력을 보좌하고, 신의 뜻으로 권력을 승인하여 왕에 필적하거나 그것을 능가하는 권위를 얻기도 한다. 또는, 신관 자신이 정치적 권력 그 자체가 되는 사례도 존재한다.

단, 모든 신관이 사람들의 존경을 받는 것은 아니다. 그 지역에서 많은 신자를 보유하거나 권력과 인연이 깊은 종교에 속한 이들만이 경건하게 대접을 받는다고 생각하면 좋다. 대중에게 잘 알려지지 않은 종교의 신관은 뭔가 수상쩍게 여겨지기 쉽고, 적대하는 민족의 종교라든지 사람들의 존경을 받는 종교로부터 '그들은 이단이

다. 사교다'라는 비난을 받는다면 적대감을 사게 마련이다.

◈ 이야기 속 캐릭터의 위치와 모습

판타지 세계라면…	신의 음성이 실제로 들리고 신의 기적을 진실로 대신할 수 있을 때, 신관의 모습은 현실과 얼마나 달라질까?
주인공	신이나 종교와 어떻게 관련되는지가 중요하다. 수행이 우선인지, 사람을 구하는 것이 전부인지, 교단 내의 정치적 대립을 기본으로 할 것인지, 아니면……?
아군	아군이라고 해서 치유의 기적도, 종교를 통해 쌓아 올린 신용도 쉽게 얻을 수 있는 건 아니다.
적대	사교도, 광신자, 그리고 믿음을 방패로 권력을 추구하는 돌팔이. 어느 쪽이건 이야기의 악역으로서 적합하다.
중립	신앙과 관계가 없는 일이라면 중립을 고수할 수 있다.

도둑·암살자

♦ 밤거리를 달리는 그림자

도둑은 타인의 물건을 훔쳐 생활하는 직업으로, 다음과 같은 예가 있다.

· 행인의 주머니에서 지갑을 슬쩍하는 '소매치기'
· 다른 사람의 집에 잠입하여 돈이나 보물을 훔쳐서 도망치는 '빈집 털이'
· 무력으로 상대를 협박하여 물품을 빼앗는 '강도'(목재로 된 집이라면 불을 지르고 혼란한 틈에 물건을 훔치는 '불난 집 도둑'도 있다)
· 상대를 속여서 자발적으로 돈과 물건을 바치게 하는 '사기꾼'

이를 위해서는 다양한 능력이 필요하다. 몰래 잠입하는 유형의 도적은 날렵한 몸놀림과 함께 자물쇠 따기, 시각·청각에 의한 이상 감지 능력이 필요하다. 강도라면 힘이 세야 하고, 만일의 경우에는 살인도 서슴지 않는 잔학함이 있어야 한다. 사기꾼이라면 좋은 두뇌와 뛰어난 협상력, 의도를 드러내지 않는 포커페이스를 지녀야 할 것이다. 돈이 될 만한 물건이 있는 집이나 잘 속아서 물건을 훔치기 쉬운 상대를 간파할 수 있는 감과 그 기반이 될 만한 정보 파악 능력도 필수다. 하지만 기본적으로 도둑질은 범죄 활동이다. 결코 빛을 볼 수 없는 직업이라고 해도 좋다. 그래서 '악의 없는 도둑'을 뜻하는 말도 나온다. 절대로 살인은 저지르지 않는 괴도, 부자·악당·권력자만 터는 의적, 도적의 기술을 유적 탐험에만 사용하는 모험가 등이 그렇다. 하지만 그들을 너무 동경해선 안 된다. 의적으로서 명성이 높지만 실제로는 그저 악당일 뿐인 경우도 많으니까.

남의 집에 숨어 들어가 보물을 훔칠 수 있다면 점찍은 상대의 생명을 훔치는 일도 가능하다. 그래서 암살자는 도둑과 비슷하다. 암살자에게는 앞서 소개한 도둑의 기

술만이 아니라, 눈에 띄지 않고 조용히 사람을 죽이는 기술도 필요하다. 예를 들면, 작고 날카로운 칼이나 사람을 교살하는 끈·철사와 같은 도구, 독극물 등을 다루는 법이다. 마법이 존재하는 세계라면 이들을 사용한 암살 방법도 연구할 것이다.

◈ 이야기 속 캐릭터의 위치와 모습

판타지 세계라면…	마법을 일에 사용하는가, 아니면 판타지 세계 특유의 존재를 훔치거나 사냥하는 전문가인가?
주인공	세상을 위협할 만한 아이템을 훔치거나 두려운 적의 협박으로 도둑질을 하는 도적, 복수 상대를 노리는 암살자, 화려한 도둑질을 반복하는 괴도 등은 각각 주인공으로 적합하다.
아군	도둑의 재치와 정보망은 주인공을 지원하는 캐릭터에게 적합하다.
적대	도둑은 역시 범죄자로서 대개는 악당이다. 소중한 것을 도둑맞거나, 도적단의 표적이 되어버리는 등 적대할 만한 이유는 부족하지 않다.
중립	도시의 어둠을 지배하는 도둑은 적도 아군도 될 수도 있다.

도적단·산적

◆ 광야에 숨어 있는 위협의 정체는?

도적단이나 산적은 주로 국가 권력이 미치지 않는 장소에서 사람들을 노린다. 그 타깃은 산과 들을 이동하는 사람, 주변에서 상대적으로 고립된 마을 등이다. 널리 정비된 가도나 큰 마을 등은 거의 표적이 되지 않는다. 방범이 철저해 실패 확률이 높기 때문이다.

그럼 그들은 실제로 어떻게 일을 하는가? 산이나 숲, 계곡에 숨어서 대상이 지나가기를 기다렸다가 덮친다. 맞서는 자들은 모두 죽인다. 빼앗은 전리품은 팔아넘긴다. 돈이나 물품뿐만 아니라 죽이지 않은 여행자를 가까운 도시로 데려가 노예 시장에서 팔아넘긴다.

이러한 도적단이나 산적은 오랫동안 활동할 수 없다. '그 계곡에 출몰하는 산적들이 위험하다'는 소문이 돌면 군대가 토벌에 나서기 때문이다. 싸움에 조금 익숙한 정도로는 절대로 군대를 상대할 수 없다. 몰살당하거나 도망칠 수밖에 없다. 그래서 조금이라도 현명한 산적들은 좀 더 교묘하게 행동한다. 습격하더라도 죽이지는 않는다. 짐만 빼앗고 풀어주거나, 통행세를 내게 하거나, 산적에게 습격받지 않도록 호위해줄 테니 그만큼의 보상(실질적인 통행세)을 지불하라고 요구한다.

그들의 이전 신분은 크게 두 개로 나뉜다. 먼저 나라를 잃은 병사나 영지를 잃은 기사, 먹고살기 어려워진 용병 등 싸움을 생업으로 하다가 일거리를 잃은 사람이다. 대개 이들은 마지못해 산적이 되는 경우가 많으며, 상황에 따라서는 바로 활동을 접을 수도 있다.

한편으로, 가까운 마을의 주민이나 기사, 영주가 일종의 부업으로 활동하기도 한다. 영주가 사욕을 채우기 위해, 또는 가난한 사람들이 살아남기 위해 행인을 습격하는 것이다. 전자는 어찌 되었든 간에 후자에게는 범죄가 나쁜 일이라고 설교

해봐야 소용없다. 이들이 산적질을 그만두게 하려면 먹고살 수 있게 해주어야만 한다.

◈ 이야기 속 캐릭터의 위치와 모습

판타지 세계라면…	괴물들의 세력권에 접근하지 않도록 주의하거나, 반대로 괴물의 존재를 이용하여 활동할 수도 있다.
주인공	나라를 잃은 왕자나 기사가 산적에게 신세를 지는 상황이 비교적 다루기 쉽다.
아군	신세를 지고 있는 산적이 아군이 되거나, 어떤 이유 때문에 산적질을 하는 이들을 구하게 되거나.
적대	길에서 마주치는 졸개부터 마을을 습격하는 도적단, 때로는 불운하게 도적단이 된 약자를 구해야 하는 설정까지 다양하다.
중립	도적단이나 산적은 야외에 숨어 있는 독립 세력으로 여길 수 있다. 이해관계에 따라 적도 아군도 될 수 있다.

은둔자

◆ 왜 몰래 숨어 있는가?

은둔자는 말 그대로 숨어 있는 이를 가리킨다. 숲속의 조용한 오두막이나 지하 동굴 깊숙한 곳, 하늘 높이 솟은 탑의 꼭대기처럼 한적한 곳. 또는 슬럼가나 지하 하수도, 머나먼 이국처럼 과거에 알고 지내던 친구들 눈에 잘 띄지 않는 장소. 그런 곳에 숨어서 살아가는 것이 은둔자다. 은둔자가 왜 숨어서 살게 되었는지는 매우 중요한 요소다. 일반적으로 인간은 사회와 연결되어 살아가기에 특별한 이유 없이는 은둔자가 되지 않는다. 은둔자가 되는 이유로 다음과 같은 경우를 생각할 수 있다.

· 누군가에게 쫓겨서 몸을 숨기고 있다.
· 권력 다툼 등에서 패배해 더는 원래 위치에 있을 수 없게 되었다.
· 인간관계에 진저리가 나서 고독한 생활을 바랐다.
· 남에게 방해받지 않고 취미에 몰두하기 위해.
· 능력이 불안정해서 남에게 폐를 끼치지 않기 위해.
· 강력한 아이템이나 누군가가 맡긴 정보 등을 숨기기 위해.
· 전 국왕이나 전 촌장으로서 사람을 다스리는 지위를 다음 세대에 물려주었지만, 여전히 영향력이 있다 보니 남아 있으면 방해가 된다고 여겨서.

이런 사정을 품고 은둔자가 된 그들은 어떤 날들을 보낼까. 그저 죽을 날을 기다리는 이도 있겠지만, 때를 기다리거나, 누군가가 찾아주기를 바라거나, 앞으로 뭔가 큰 일을 벌일 생각을 가진 이도 있을 것이다. 바쁜 일상에서 해방되어 휴가를 만끽하는가 하면 틀림없이 연구에 몰두하는 사람도 있을 것이다. 그들의 인간관계는 어떨까. 그들을 찾는 사람이 아무도 없을 수도 있고, 새로운 환경에서 새로운 친구와 가족을

만나게 될지도 모른다. 전자라면 고독이, 후자라면 사랑하는 이들이 그의 마음을 바꾸고 앞으로의 행동에 큰 영향을 미칠 것이다. 자리를 물려받은 자식이 자주 찾아와서 '앞으로 어떻게 해야 하나요?'라고 물어보는 경우도 충분히 있을 법하다.

◆ 이야기 속 캐릭터의 위치와 모습

판타지 세계라면…	마법으로 닫힌 세계에 숨어 있는 은둔자라면 만나기 어렵다. 반대로 순간 이동으로 자주 돌아다니는 은둔자도 있지 않을까.
주인공	남들에게 드러나지 않게 숨은 채로 이야기를 전개하는 방법(안락의자 탐정 스타일의 추리물 등)도 있지만 역시 잘 사용하기는 어렵다. 대개는 은둔 생활에서 벗어나면서 이야기가 시작된다.
아군	은둔자는 대부분 숨겨야만 할 정도로 많은 지혜와 힘, 권력을 갖게 마련이다. 아군이 되면 굉장한 도움을 얻게 될 것이다.
적대	몰래 숨어서 무서운 음모를 꾸미는 은둔자를 어떻게든 막아야만 한다.
중립	자신의 목적과 충돌하지 않으면 적도 아군도 되지 않고 지내는 것이 은둔자다.

술집 주인

◆ 술집은 중세 세계의 편의점이다?

술집은 휴식의 장소다. 일과를 마친 사람들이 술에 취하고, 식사를 즐기며, 친구들과 한담을 나누고, 소란을 떨며 피로를 달랜다. 또는 여행자들이 먼지를 털고 앉아서 다음 여행을 준비하며 하룻밤을 보내는 등 여관의 기능을 겸하는 경우도 많다.

지역과 시대에 따라 다르지만, 중세에서 근세까지 유럽의 술집은 매우 다양한 기능을 갖춘 시설이었다. 술을 마시고 식사를 할 수 있을 뿐만 아니라, 역참 마을이나 도시 등 외부인의 출입이 잦은 곳은 위층에 숙소가 마련되어 있었다. 나아가 우편물을 보관하거나 선거 연설과 투표의 무대가 되었고, 재판도 벌어졌다. 음식과 소금, 양초 같은 생필품을 판매하기도 했고, 예능인들이 재주를 벌이는 곳이었으며, 닭싸움 같은 행사가 벌어지는 장소가 되기도 했다. 그야말로 중세~근세 세계의 편의점이라고도 할 수 있는 뒤죽박죽인 장소였다. 무엇보다도 농촌 같은 지역에는 사람들이 모일 만한 장소가 없었기 때문에 이런 형태가 된 것으로 보인다.

하지만 사람이 모이면 사건이나 사고가 일어날 가능성도 늘어난다. 술에 취해 호기로워진 사내들이라면 더욱 그렇다. 당연히 싸움이 벌어지기 쉽다. 종교상의 이유로 특수하고 복잡한 요구를 하는 방문자도 있을 것이다.

이에 대응하려면 단순한 완력만이 아니라 오랜 경험을 바탕으로 상황을 잘 파악하여 대처하는 능력과 함께 넓은 지식과 현장 감각, 상황을 해결할 만한 화술 등 다양한 능력이 필요했다. 도시의 술집이라면 일반적으로 질 나쁜 술꾼은 경호원에게 맡기겠지만, 술집 주인이 직접 나서기도 한다.

사람이 모이면 정보도 모이게 마련이다. 어디에 일꾼이 필요하다더라, 도적단 두목에게 상금이 걸렸다, 저기 상점은 요즘 장사가 잘되는 것 같다……. 이런 이야기가 곳곳에서 모여들 것이다. 자연히 술집 주인은 정보꾼이 된다. 돈을 대가로 정보를 사

고팔거나, 일을 알선하는 중개인 역할을 할 수도 있다. 글을 아는 사람이 많은 세계라면 주인이 직접 나서지 않고 술집 게시판에 정보나 일거리를 적어두는 광경도 매우 흔할 것이다.

♦ 이야기 속 캐릭터의 위치와 모습

판타지 세계라면…	이종족이 오는 가게라면 그들을 위한 전용 식사와 침구가 필요하고, 종족 간의 문제도 늘어난다. 이에 대응해야 한다.
주인공	술집의 문제를 해결하는 것이 가장 자연스러운 형태이지만, 주인공이 이유가 있어서 술집 주인을 임시로 맡고 있는 상황도 있을 것 같다.
아군	정보를 중개하거나 일거리를 알선해줄 뿐만 아니라 풍부한 인생 경험에서 나오는 조언도 기대할 수 있다.
적대	술집 주인은 그 마을의 얼굴마담인 경우도 많다. 적으로 돌리면 그 마을에서 살기 힘들어진다.
중립	술집에서 싸움을 일으킨 사람들을 선악에 상관없이 밖으로 내쫓아버리는 상황도 종종 벌어진다.

국왕

◆ 왕은 나라를 상징하는 존재

왕은 왕국의 대표다. 여성이라면 여왕이다. 그 나라가 제국이라면 황제로 불린다. 그들은 나라를 이끄는 지도자다. 강한 권력으로 나라를 통솔함으로써 외적에 대해서는 일치단결하게 만들고, 내분을 사전에 방지할 수도 있다. 불안정한 시대에는 아무래도 강한 지도력이 요구되게 마련이다.

왕은 보통 혈통에 의해 세습된다. 후보자가 여럿이라면 얼마나 순수 혈통에 가까운지와 출생 순서에 따라 선택되거나, 본인의 능력이나 지지 세력의 힘으로 선택되는 등 나라의 상황과 특성에 따라 다르다. 안정기인 나라는 불필요한 분쟁을 없애기 위해 명확한 규칙을 정하기에 전자, 동란기의 나라는 강한 지도력을 요구하다 보니 후자가 되기 쉽다. 상황에 따라 모두가 받아들일 만한 왕의 모습이 다르다. 더 특별한 상속 조건을 가진 나라도 있을 것이다. 어떤 자질이나 능력을 우선시하는 국가, 공주의 남편을 왕으로 삼는 나라가 있어도 좋다.

왕은 나라를 대표하는 존재다. 따라서 나라 자체를 대표하는 캐릭터성을 가진 경우가 많다. 예를 들어, 세워진 지 얼마 안 되어 기세가 넘치는 나라의 왕은 젊은 야심가, 수백 년 동안 이어진 전통 있는 나라의 왕은 노숙한 분위기의 소유자로 그려진다(고정 관념이긴 하지만). 왕족으로서 일찍부터 많은 사람을 만나며 활동하다 보면 저절로 주변 분위기에 녹아들어서 그 나라다운 사람이 된다. 이러한 고정 관념에서 벗어나 자신만의 개성을 드러내는 왕도 있을 것이다. 주위 사람들의 오해와 맞서 싸워야만 하는 가시밭길이지만, 극적인 이야기의 소재가 되기에 충분하다.

왕이 주요 캐릭터로 등장한다면 그 이야기의 규모는 자연스레 커진다. 왕은 거대한 명성과 권력을 가진 존재이기 때문이다. 다만, 그 모습은 다양할 것이다. 전 세계를 지배하는 왕 중의 왕이라고 할 사람도 있고, 멸망하기 직전인 소국의 왕도 있을

것이다. 독재자가 있는가 하면, 귀족이나 관리, 다른 왕족의 반항에 시달리는 왕, 실권 따위는 전혀 없는 장식품에 불과한 왕, 멋대로 왕을 자칭한 것에 불과한 자, 왕좌에서 쫓겨나서 모든 것을 잃은 왕도 존재할 것이다.

◆ 이야기 속 캐릭터의 위치와 모습

판타지 세계라면…	신의 후원이나 이상한 아이템, 괴물의 군대 등 초자연적 존재가 왕의 권위와 실력을 보증할 수도 있다.
주인공	자신의 나라를 지키거나, 영토를 넓혀나가거나, 탈환하는 이야기. 아군도 충분히 있지만, 적은 그 이상으로 많은 쪽이 흥미롭고 재미있게 연출할 수 있다.
아군	인력, 재산, 명성 등으로 강력한 지원을 기대할 수 있다. 하지만 왕은 주인공과 관련된 일 외에도 걱정하는 문제가 있게 마련이다.
적대	왕 본인보다도 그가 거느리는 나라나 신하들이 강력한 적이 될 것이다. 범죄자로 몰려서 쫓기게 될 수도 있다.
중립	아군이라면 든든하지만, 적이라면 무섭다. 현명한 왕이라면 시시비비를 따질 것이다.

왕자·왕녀

◈ 차세대 왕, 각자의 역할

왕자와 왕녀는 왕의 자식이다. 황제의 자식이라면 황자와 황녀라고 불릴 것이다. 그들의 가장 큰 역할은 부왕에게서 왕관을 이어받아 나라를 계속 안정시키는 것이지만, 보통 왕이 될 수 있는 사람은 한 명뿐이다. 그래서 선택받지 못한 왕자나 왕녀에게는 각자의 역할이 주어진다. 최상급 귀족으로서 국가의 중진이 되는 것. 다른 나라나 국내의 대귀족과 결혼하거나, 양자로 보내지는 것. 성직자와 학자처럼 속세에서 떨어진 곳에서 정치와 무관하게 여생을 보내는 것.

이러한 길은 태어난 순간에 정해지기도 하지만, 본인의 자질이나 능력에 달렸을 수도 있다. 왕위 계승자(왕태자나 황태자라고 함)로 선택되었던 다른 왕자·왕녀가 왕위를 이을 수 없어진 시점에 결정될 수도 있다. 왕자와 왕녀에겐 자유가 없다. 태어나서 죽을 때까지 나라를 위해 존재할 것을 요구받는다. 왕자라면 자신의 힘으로 운명을 개척할 수 있을지도 모르지만, 왕녀는 그렇지 않다.

상황에 대한 불만을 그들은 어떤 식으로 풀까? 사치나 방탕한 생활로 마음을 달래기만 하겠는가. 이기심으로 타인을 괴롭히는 일로 만족하는가. 무예나 학문처럼 정치와는 다른 분야에 종사하여 운명을 개척하려고 하겠는가. 이러한 관점에서 보면 이른바 방탕 왕자나 이기심 많은 공주 이야기에도 깊이가 생겨날 수 있다.

이런 행동도 대개는 어린 시절에나 가능하다. 성장하면서 왕자도 왕녀도 왕족으로서 자신의 운명을 받아들이고 적어도 표면적으로는 불만 등을 말하지 않게 된다. 그것이 어른이 되어간다는 것이다.

하지만 그런 불만도 결국은 나라의 보호를 받고 있기에 가질 수 있다. 신하의 모반, 국민의 반란, 외적의 침공으로 인하여 나라가 멸망하면 그럴 여유도 없다. 그런 상황의 급변을 거쳐 왕자나 왕녀가 자기가 처한 상황과 왕족의 의무를 다시 마주하

는 이야기도 재미있을 것이다. 왕자나 왕녀처럼 고귀한 태생의 인물이 가혹한 운명 속에서 방황하는 이야기를 '귀종유리담貴種流離譚'이라고 한다.

◈ 이야기 속 캐릭터의 위치와 모습

판타지 세계라면…	복잡한 의식이나 미궁 탐험 등 왕이 되기 위해서는 시련에 빠질 수 있다.
주인공	평화로운 시대는 이야기를 고조시키기 어렵다. 국가가 위기에 빠지는 긴박한 상황에서 주인공이 활약하는 모습을 그린 이야기가 편할 것이다.
아군	왕성 안에서의 영향력은 크다. 왕자나 왕녀가 중개해준다면 도와주는 사람이 나타날 것이다.
적대	권력 다툼 속에서 적대하는 상황인가? 또는 불만이나 울분을 풀려는 상황인가? 섣불리 적대하면 위험하다.
중립	정치 등에 관심이 없고 예술이나 학문 등에 열중하고 있어서 중립인 경우도 있을 것 같다.

귀족

◆ 귀족은 영민領民의 왕

귀족은 국가로부터 특권을 인정받은 지배 계급이다. 가장 기본적인 모습은 계급(신분)을 갖고 영지를 인정받아서 그것을 대대로 물려받으며 계승하는 형태일 것이다. 특히, 원래 그 땅에 뿌리내리고 있던 지방 호족이나 소국의 왕 같은 이들이 힘을 인정받고 지배하에 들어가 귀족이 된 경우라면 독립성이 높고, 왕으로서도 어느 정도 신경 써야 할 존재가 된다.

귀족의 자격 조건이 혈통이 아닌 다른 것일 때도 있다. 예를 들면 마법의 소질, 종족, 시험 통과 등이다. 그렇다면 평민이 귀족이 되거나, 귀족의 아들이 귀족이 될 수 없다는 등의 이야기도 가능하다.

영지 내에서 귀족은 영민(영지 내 백성)의 왕이라고 생각해도 좋다. 그들은 영지 내에서 모든 일을 책임지는 존재이며, 물자의 분배, 인력 이동, 분쟁의 중재, 재정 등을 결정할 권한이 있다. 유사시에는 기사를 이끌고 전투에 참여해야만 한다.

다만, 귀족 위에는 왕이 있다. 왕에게 세금을 바쳐야 하고, 왕의 명령에 따라 싸움터로 나가며, 제멋대로 행동하고 싶어도 왕이 정한 법에 얽매일 수밖에 없다.

또한, 귀족은 여러 명이다 보니 그 안에서 위계에 의한 차이가 생긴다. 영지가 맞닿은 귀족과 영역이나 자원, 인민을 둘러싸고 다툼이 벌어질 수도 있다. 이때, 왕의 힘이 강하다면 큰 분쟁이 벌어지기 전에 중재하거나, 최악의 경우에는 국군이 정벌에 나서게 된다.

하지만 왕의 힘이 약하거나 상황 파악이 어려울 정도로 왕국의 영역이 광대하면 귀족들이 멋대로 전쟁을 벌여 그 불똥이 주변에 퍼지거나, 때로는 귀족들이 파벌을 만들어 다툼으로써 왕의 지배가 실질적으로 무력화되는 사례도 있다.

한편, 영지가 없는 귀족도 있다. 그들은 장교나 군인으로서 국가에 봉사하고 급여

를 받아서 생활을 꾸려나간다.

◆ 이야기 속 캐릭터의 위치와 모습

판타지 세계라면…	'귀족=이종족'이라고 할 수도 있다. 그들은 서민과 어떤 점이 다를까?
주인공	귀족이 주인공으로 이야기에 참여한다면 영지나 영민, 지위와 관련된 일이 많을 것이다. 영지에서 일어난 사건 해결부터 시작하여 나라를 위한 임무를 수행하는 와중에 큰 사건에 관여하게 되기도 한다.
아군	귀족은 왕 정도는 아니지만 무력, 재력, 명성이 있다. 자신의 영지에 속한 지역에 대하여 특히 잘 알고 있을 것이다.
적대	영지의 안정을 위협하는 존재를 귀족은 절대로 용납하지 않는다. 또한 왕 몰래 나쁜 짓을 저지르는 귀족은 적으로 설정하기에 완벽한 존재다.
중립	귀족들은 바쁘다. 자신의 영지와 관계없는 일은 신경 쓰지 않고 무시하는 경우가 많을 것이다.

기사

◈ 기사는 단순히 말을 타고 싸우는 전사가 아니다

'기사'라는 말을 그대로 해석하면 '말을 타고 싸우는 전사'라고 생각하기 쉽지만, 그건 기병을 가리키는 말이다. 기사는 신분 제도에서 상급자를 뜻하는 말로, 예를 들어 '전투하는 귀족'이라면 모두 기사라고 칭할 수 있다. 좀 더 자세하게 말하면 '군사적 역할을 맡는 하급 귀족'이 될 것이다.

그렇기 때문에 평화로운 시기에 그들은 앞에서 소개한 귀족과 다를 바 없이 영지를 관리한다. 하지만 왕이나 대귀족이 명령을 내리면 곧바로 부하 병사를 모으고, 자신도 갑옷을 입고 무기를 들고 말을 타고 출전해야 한다.

하지만 그들도 작지만 군사력을 갖춘 존재이므로 국가의 지배력이 약해지면 독자적으로 활동하기 시작한다. 주변 약탈에 나서거나, 용병처럼 돈으로 자신의 전력을 팔거나, 최악의 경우 도적단처럼 사람들을 습격한다. 이들을 '도적기사'라고 한다.

이처럼 타락한 기사가 되는 일을 막기 위해 '기사도'라는 이상이 존재한다고 말할 수 있다. 주군에게 충성하고, 약자(특히 여성)를 널리 아끼며, 명예를 더럽히지 않는 이상적인 모습을 보여주는 이들은 많지 않다.

기사도 정신까지는 아니더라도 왕과 나라, 자신의 명예에 부끄럽지 않게 살아가는 기사는 적지 않을 것이다. 그중 일부는 영주의 의무, 국가를 위해 싸우는 전사의 의무와는 다른 성격의 전투에 도전할지도 모른다. 예를 들면, 무훈을 세우기 위해 괴물을 퇴치하는 모험에 나서거나, 용사로서 인정할 만한 젊은이를 돕고자 영지를 떠나는 경우 등이다.

또한, 왕이 아닌 다른 존재를 섬기는 기사도 이야기에서 종종 등장한다. 신과 왕 모두, 또는 신만을 섬기는 기사는 기사 수도사, 성기사, 신전기사라고 불린다. 어둠의 신이나 사악한 왕을 섬기고 기사의 자존심을 짓밟는 어둠의 기사는 암흑기사라

고도 한다. 누구에게나 봉사하고 정의를 위해서 방랑하는 이들은 자유기사라고 불린다.

◈ 이야기 속 캐릭터의 위치와 모습

판타지 세계라면…	기사는 싸우는 존재다. 따라서 마법과 괴물을 다루기도 하지만, 명예롭지 못한 행동이라며 꺼릴 수도 있다.
주인공	섬겨야 할 무언가를 위해 (때로는 영지를 버리고) 모험을 떠나는 기사라는 설정이 자연스럽다.
아군	뛰어난 전투력과 약자를 저버리지 않는 상냥함, 한 발짝도 물러서지 않는 충의를 가진 존재로서 믿음직스럽지만, 기사의 명예나 처지에 얽매이기도 하며 이름뿐인 기사로서 쓸모가 없는 경우도 있다.
적대	충의로 인해 적대하게 된 기사는 무서운 강적이다. 또는 타락하고 부패한 기사의 부정을 추궁해야 할지도 모른다.
중립	사회적인 충의와 개인적인 명예 사이에서 아무런 행동도 할 수 없게 되는 것이야말로 기사다운 모습이다.

상인

◈ 뛰어난 상인은 다재다능해야 한다

상인은 물건을 사고파는 직업으로, 도시와 마을에 머무르며 활동하는 정착 상인과 각지를 여행하는 행상인이 있다. 정착 상인은 자신만의 점포가 있다면 좋겠지만 쉽지 않다. 가게를 짓거나 조합으로부터 허가를 받으려면 많은 자금이 필요하기 때문이다. 따라서 정기적으로 열리는 장터나 가판대에서 장사하거나 멜대나 등짐, 지게 등을 지고 돌아다니면서 물건을 팔기도 한다.

행상인도 인력으로 짐을 옮기거나 마차를 몰고 다닌다. 홀로 이동하거나 같은 행상인 동료나 다른 여행자들과 모여 자연스레 대상隊商을 구성하기도 한다. 상사商社에서 만든 대상으로 활동할 수도 있다.

상인이라면 우선은 계산을 할 줄 알아야 한다. 글을 아는 사람이 적은 세계라도 대개는 문자를 읽을 수 있을 것이다. 그렇지 않으면 장사에 지장이 생긴다. 다양한 언어를 구사하는 사람도 많다.

협상 능력도 중요하다. 사고 싶은 물건의 값을 흥정할 힘, 경비나 관리의 눈총을 받아도 무마할 힘, 외부인에게 적대적인 마을에 들어섰을 때 그들의 경계를 풀게 할 힘이 필요하다.

상인은 정보에도 빠삭해야 한다. 싸게 사서 비싸게 팔려면 어떤 상품이 어디에서 싸고 어디에서 비싼지 알고 있어야만 한다. '어딘가에서 곧 전쟁이 일어날 예정이니 무기와 식량값이 올라갈 것이다'와 같은 소식에도 정통해야 한다. 자연스레 누구보다 사회 정세에 정통한 사람이 된다.

상인이라면 위험에 민감해져야 한다. 열심히 모든 돈이나 물자를 누군가가 노릴지 알 수 없기 때문이다. 돈은 사람을 미혹하는 마물이다. 나라에서도 '그 상인이 거슬리니 없애버리고 모아둔 돈도 차지하자'며 폭거를 저지를 가능성도 있다.

이처럼 다양한 능력을 지닌 상인은 도움이 되는 동료도, 믿을 만한 거래 상대도 될 수 있다. 신용이야말로 상인에게 생명이지만, 그럼에도 다른 이들에게 돈이면 뭐든 할 것이라고 여겨지거나, 실제로 돈이 제일인 상인도 있기는 하다.

◈ 이야기 속 캐릭터의 위치와 모습

판타지 세계라면…	마법의 약이나 기구도 취급하지만 가짜가 섞여 있을 가능성도 있다. 혹은 마법 자체가 상품일 수도.
주인공	일이 일이다 보니 여행 중에 봐선 안 될 것을 보거나, 위험한 물건을 손에 넣은 상인 등.
아군	자금, 물자, 정보, 교섭 능력 등을 가진 상인이 활약할 수 있는 범위는 넓다. 하지만 진심으로 믿을 수 있을까?
적대	막대한 돈을 들여서 사람을 고용하거나 관리와 손을 잡거나 하여 큰 위협이 될 수 있다.
중립	상인에게 원하는 것을 넘겨주거나 자신의 유용함을 알릴 수 있다면 적대하지 않아도 된다.

고아

◆ 고립되어 살아가는 어려움

일반적으로 아이는 부모의 도움으로 성장하게 마련이다. 하지만 안정되지 않은 세계라면 그런 보편적인 법칙이 항상 통하지는 않는다. 판타지 세계에서는 초자연적인 재해나 괴물의 습격 등 한 번의 사건으로 현실보다 훨씬 많은 사람이 죽어버릴지도 모른다. 그처럼 다양한 이유로 부모를 잃은 고아는 어떻게 살아가야 할까?

친척에게 거두어지거나, 상인이나 장인에게 지도를 받는 제자가 되어 노력하는 상황이라면 운이 좋은 경우다. 설사 힘든 노동이나 학대가 동반된 지도를 받는 상황이라도 일단 일자리가 어느 정도 보장되기 때문이다.

나라나 종교 단체가 운영하는 자선 시설에 맡겨졌다고 해도 안심할 수는 없다. 이런 종류의 시설은 운영에 어려움을 겪는 경우가 많기 때문이다. 후원자의 억지스러운 요구에 시달리거나, 자선의 탈을 뒤집어쓰고 진행되는 어떤 음모에 휘말릴 수도 있다. 자선 시설 운영자에게 어설픈 도움만 받거나, 학대를 당하거나, 노예로 팔려나갈지도 모른다.

보호자가 없는 고아들은 생활 수단을 어떻게든 찾아서 살아가게 된다. 단순한 육체노동이나 행상 같은 일이라면 좋을 것이다. 그러다 결국 생활을 안정시켜 자신의 가정을 꾸리는 사례도 있다.

하지만 이러한 일자리를 조합이 독점하여 고아들은 손도 댈 수 없는 경우도 많다. 그렇게 되면 범죄를 저질러서라도 살아갈 수밖에 없고 거리에서 소매치기나 날치기, 강도 등 부도덕한 일에 빠져들게 된다. 물론, 범죄자로 살아가기도 쉽지는 않다.

혼자 살아가기 어렵다면 무리를 구성하게 마련이다. 체격과 경험의 차이를 숫자와 협력으로 메우는 것이다. 살아남고자 하는 필사적인 마음과 어린 시절부터 길러온 단결 정신이 무기가 되기도 한다. 이른바 갱이나 마피아 같은 반사회적 집단도

종종 이러한 고아 무리에서 탄생한다.

◈ 이야기 속 캐릭터의 위치와 모습

판타지 세계라면…	그들이 어떻게든 살아남는 것은 남몰래 지닌 신비한 힘이나 요정이나 괴물이 도와주기 때문일까?
주인공	동료를 버리지 않고 명예를 지키는 협객 정신을 갖춘 고아. 그의 인생에는 많은 위기가 닥쳐올 것이다.
아군	고아는 마을의 상황이나 샛길을 잘 알고 있다. 어른의 눈에는 보이지 않는 것도 그들에게는 보이나 보다.
적대	살아남고자 악당과 손잡을 수도 있다. 동료를 위해 목숨을 바치지만, 동료를 팔아 혼자 안락을 얻으려는 이도 존재한다.
중립	자신의 목숨이나 동료의 평안에 이익이 되지 않으면 좀처럼 힘을 빌려주지 않는다. 어떤 조건이 그들을 움직일까.

촌장

◆ 촌장은 할 일이 많다!

공동체는 안정을 위해 지도자가 필요하다. '사공이 많으면 배가 산으로 간다'는 말이 있듯이 모두가 제멋대로 행동하는 것은 비효율적이며 분열과 대립이 일어나기 쉽다. 그래서 나라에는 국왕, 도시에는 시장, 마을에는 촌장이 있으며, 그들은 큰 책임을 지는 대신에 권력도 가지게 된다.

촌장의 자리는 보통 대대로 물려받는다. 그 지역에 가장 먼저 정착한 집안의 후손이나 개척 시대의 지도자가 그대로 촌장 자리를 계승하는 경우가 많다. 촌장의 힘이 약한 마을은 계승 방식이 다를 수 있다. 주민 투표로 뽑거나, 마을의 유력 인사 여러 명이 회의를 거쳐 촌장을 선택하거나, 여러 집에서 교대로 촌장을 배출할 수도 있다. 판타지 세계라면 조상의 영혼이나 정령 등 초자연적 존재가 촌장을 선택하는 상황도 재미있겠다.

촌장은 어떤 일을 할까? 촌장은 대외적으로 마을에 밀려오는 위기를 해결한다. 날뛰는 괴물, 마을의 물자나 사람을 노리는 도적, 토지와 자원을 둘러싸고 대립하는 인근 마을, 조금이라도 세금을 많이 가져가려는 영주와 같은 자들이 호시탐탐 마을을 노리고 있기 때문이다.

그들에 대해 어떻게 대응하면 좋을까? 적의 습격에 대비해 마을의 방어 태세를 다진다. 싸울 때를 위해 전투 전문가인 용병이나 모험가를 고용한다. 이웃 마을 촌장과 협상해 충돌을 방지하고 서로가 받아들일 만한 지점을 찾는다. 영주의 요구를 적당히 회피한다. 이 중 어느 것 하나도 쉽지 않다.

마을 내부의 문제도 무시할 수 없다. 마을 안에서 인간관계나 이해의 불일치, 오랜 대립 등으로 분쟁이 발생할 수도 있다. 이러한 상황에서 대화로 해결이 가능하다면 좋겠지만, 만약 어렵다면 실력을 앞세워서 묵살하거나, 영주의 권위를 빌려서 굴복

시켜야 할지도 모른다.

◆ 이야기 속 캐릭터의 위치와 모습

판타지 세계라면…	촌장이 감추고 있는 비밀은 오래전부터 이어져 내려온 의식인가. 아니면 다른 지역이라면 사악하다고 여겨질 만한 괴물인가?
주인공	마을을 지키고 발전시키고자 마을 안팎의 문제를 해결하게 된다.
아군	뛰어난 촌장이라면 주민들을 규합하고 좋은 정보도 제공해줄 것이다. 하지만 미숙한 촌장이라면 오히려 발목을 잡을지도 모른다.
적대	마을을 지키려는 강한 의지를 가지고 방해하는가? 아니면 어디까지나 사욕을 챙기기 위함일까?
중립	마을의 안전을 위해 고립 정책을 내세우거나 주인공을 쫓아내려고 할 수도 있다.

농부·어부·사냥꾼

◆ 판타지 세계의 '일반인'

농부는 논밭에서 농업에, 어부는 바다와 강에서 어업에, 그리고 사냥꾼은 산림에서 수렵에 종사하는 자들이다. 여기서는 판타지 세계 속 '일반인'의 대표로서 식량 생산에 종사하는 이들을 정리하여 소개한다.

문명이 중세 수준이라면 그 세계의 거주자 대부분은 이러한 직업을 갖고 식량 생산에 전념할 것이다. 지방에서 살아가는 그들이 곡물을 생산하고, 채소를 기르고, 고기와 생선을 얻어야 도시의 장인과 상인도 살아갈 수 있다.

그들 대부분은 고향 마을에서 평생을 보낸다. 마을 밖이나 작업 장소인 산림이나 강, 바다의 저편으로 나가는 일은 거의 없다. 현대라면 원양 어업도 드물지 않지만, 중세 수준이라면 연안 어업에 그칠 것이다. 도시의 장터에 작물을 팔러 나서거나 이따금 돈벌이를 하러 가기도 하겠지만, 그것은 어디까지나 짧은 거리, 일시적인 상황에 불과하다.

그런 그들도 어떤 사건과 마주할 가능성은 있다. 특히, 어부나 사냥꾼은 숲과 산, 강과 바다처럼 이계와의 경계에서 일하는 만큼, 일상적인 생활 속에서도 어떤 일이 일어날지 알 수 없다.

또는 젊은 농부가 음유 시인이 노래하는 영웅담에 빠져들어서 자신도 도시에서 활약하고 싶다는 꿈을 꾸며 행동에 나설 가능성도 있다.

그러한 농부, 어부, 사냥꾼은 전쟁과 전투의 전문가는 아니다. 그러면 싸움에 약할까? 반드시 그렇다고 단언할 수는 없다. 현대적인 기계에 의존하지 않고 매일 중노동을 하는 그들은 전사와 기사를 능가하는 체력을 가져도 전혀 이상하지 않다. 어부나 사냥꾼이라면 전투에서도 사용할 수 있는 기술(어부라면 작살 날리기, 사냥꾼이라면 활 쏘기나 함정 파기)을 지녔을 가능성이 크다. 주변 마을과의 분쟁이나 도

적·괴물의 습격 현장, 전쟁터에 군인으로 동원되는 일이 많다면 실전 경험도 쌓였을 것이다. 그저 촌민이라고 그들을 우습게 보면 험한 꼴을 당할지도 모른다.

◆ 이야기 속 캐릭터의 위치와 모습

판타지 세계라면…	밭에서 캤거나 그물에 걸렸거나 숲속에서 발견한 이상한 존재가 그들을 사건에 말려들게 한다.
주인공	모험을 꿈꾸며 여행을 떠나거나 이계와의 경계선에서 생각지 못한 것과 만난다.
아군	마을 주변 상황이나 자기 직업과 관련된 정보를 알려줄 것이다. 때로는 전력으로서 활약하기도 한다.
적대	마을의 평화를 해치는 자는 용서하지 않는다. 외부인도 가족도 마찬가지다.
중립	자신들의 생활과 관계없다면 놀라울 정도로 냉담하게 대하는 경우가 많을 것이다.

예시 1

'이중 전쟁' 세계

이 세계는 다양한 세상을 여행하는 사람들에 의해 '이중 전쟁' 세계라고 불린다. 이 세계에서 신화의 시대와 전설의 시대, 두 차례에 걸쳐 거대한 전쟁이 일어났기 때문이다.

사람들 사이에서는 머지않아 이 세계가 다른 이름으로 불리게 될 것이라는 소문이 돌고 있다. 세 번째 전쟁이 일어나고 '삼중 전쟁' 세계로 불리게 될 것이 틀림없다고…….

◈ 세계의 모습

공 모양 행성에 존재하는 거대한 대륙. 산악, 숲, 황야, 사막, 평원, 호수, 군도 등 다양한 지형이 존재한다.

주역은 대체로 인간의 외형을 지닌 지적 종족(사람)으로 그중에서도 인간족이 가장 많지만 엘프, 드워프, 고블린, 오크, 유익인, 리저드맨, 켄타우루스처럼 다양한 이종족이 대륙 곳곳에서 각자의 세력을 이루고 있다. 가장 강력한 것이 인간족을 중심으로 하는 '제국'이다.

문명은 중세 유럽적인 것을 중심으로 화약이 발명되거나 나침반이 있는 등 일부는 근세 수준에 도달했다. 문자와 글을 아는 사람도 많다.

마법은 세계 각지에 고여 있는 마력을 끌어내어 이용하는 것 한 종류뿐이며, 그 사용은 타고난 재능에 달렸다.

신화의 시대와 전설의 시대, 두 차례에 걸쳐 일어난 전쟁의 상처가 아직 남아

♛ 기본 개념

매우 일반적인 검과 마법의 판타지 세계

⬇

규모가 큰 전쟁이나 세계의 위기에도 불구하고 발전할 수 있는 세계 설정

중요한 요소

두 번의 전쟁(= 이중 전쟁)에 의해 매우 상처받은 세계

⬇

전쟁으로 잃어버렸거나 전쟁을 위해 만들어진 것이 있다.

이 세계의 역사에는 수수께끼와 비밀이 많다.

⬇

신들은 어디로 사라졌는가? 무녀는 어떤 사람이었을까? ……

있는 한편, 각 시대의 유적이 대륙 곳곳에 퍼져 있다. 현대에는 없는 기술이나 마법을 얻고자 유적을 탐험하는 모험가라는 직업이 존재하며, 대중에게도 인정받고 있다.

◈ 신화의 시대

가장 일반적인 인간 사이에 전해지는 신화에 따르면 '이중 전쟁' 세계는 바다처럼 흔들리는 혼돈에 두둥실 떠 있던 알에서 태어났다고 한다. 어디선가 홀쩍 나타난 한 명의 신이 알을 품어서 하나의 거대한 구체를 낳았다. 이것이 '이중 전쟁' 세계다.

창조신은 혼돈의 바다에서 자신을 따르는 여러 신을 만들었고, 그 신들이 동물과 식물과 사람(인간과 이종족)을 만들어냈다. 신들은 아버지인 창조신의 칭

찬을 받으려고 창조신의 행위를 필사적으로 따라 했지만, 그들의 소망은 이루어질 수 없었다. 아버지인 신이 어느새 어디론가 사라져버렸기 때문이다.

한동안 신들은 공동으로 세계를 만들어나갔지만, 곧 파벌을 만들어 대립했다. '아버지 신께 가장 사랑받은 것은 누구인가?', '아버지 신이 누구 때문에 사라졌나?'와 같은 말다툼이 발단이었다.

신들은 제각기 사람을 한 종족씩 만들었기 때문에 그들에게 명하여 군단을 만들고 다른 신들과 싸웠다. 그 무렵 세계에 넘쳐나던 마력은 지금보다 훨씬 농도가 짙었으며, 하늘을 나는 배와 빛을 발하는 지팡이 등 신비한 도구도 많았기 때문에 전쟁은 격렬하게 진행되었다. 전투에서 죽은 신이나 멸종한 종족도 많았다고 한다.

훗날 '첫 번째 전쟁'이라고 불리게 될 신들의 싸움은 어느 날 어이없이 끝났다. 그때 무슨 일이 벌어졌는지는 신화에 따라서 다르게 서술되어 있다.

· 신들의 결전이 있었고, 함께 멸망하고 말았다.
· 파벌의 대장끼리 일대일 대결을 함으로써 싸움이 끝났고, 신들은 이 세계를 떠났다.
· 신들이 휘두른 에너지가 폭주하여 파멸이 찾아왔다.
· 창조신이 돌아와서 신들에게 벌을 주었다.

이 중 무엇이 진실이고 무엇이 거짓인지는 알 수 없다. 신화의 시대부터 살아남은 존재들, 그로부터 훗날 귀환한 신들의 증언조차 서로 어긋난다. 한 가지 확실한 것은 '첫 번째 전쟁'이 끝나면서 이 세계에서 신화의 시대가 막을 내렸다는 점이다.

◈ 전설의 시대

'첫 번째 전쟁'이 막을 내리고 한동안은 어떤 종족도 눈에 띄는 행동을 하지 않았다. 신을 잃고 혼란에 빠졌으며, '첫 번째 전쟁'에서 입은 상처를 치유하는 데 열중했기 때문이다. 하지만 전쟁에서 입은 손해를 회복하면서 각 종족은 다시금 다른 종족과의 싸움을 시작했다. 다음과 같은 이유가 중심이었다.

- 세력을 확대하는 것이 존재의 이유다.
- 다른 종족으로부터 약탈해야만 살아갈 수 있다.
- 종족 자체가 매우 호전적이다.
- 자기 방위를 위해 저절로 싸우게 되었다.
- 신화의 시대 때 맺힌 원한으로 숙적 종족과 전투를 계속했다.
- 전투에서의 승리에 의미를 부여하고 있었다(그것이 명예다, 신이 부활한다 등).

이렇게 시작된 것이 '두 번째 전쟁'이다. 신들이 세상을 떠나고 마력도 약해졌기 때문에 신화의 시대 정도로 격렬하지는 않았다. 그 대신 각 종족의 영웅이 나타나고, 과거에는 없었던 기술이나 마법도 만들어져 치열하기 이를 데 없는 전쟁이 펼쳐졌다.

그 와중에 인간 종족이 두각을 드러내기 시작했다. 훗날 시조 황제라고 불리는 한 명의 영웅이 인간 종족만이 아니라 다른 종족마저 규합한 거대한 제국을 세운 것이다. 하지만 이에 대항하여 인간 종족에게 굴복할 수 없다고 생각한 다른 종족들도 결집하기 시작했다.

'첫 번째 전쟁'과 달리 '두 번째 전쟁'이 어떻게 끝났는지는 명확하게 알려져 있다. 제국 세력과 반제국 세력의 결전이 금방이라도 벌어지려 하고 있을 때,

한 소녀가 나타나 싸움을 멈췄다. 훗날 무녀라고 불리게 될 그 소녀는 제국과 반제국의 결전이 파멸을 가져올 것이라고 경고하고 더 이상의 영토 확대 정책을 중단하라고 호소했다. 그녀에게서 무엇을 보았는지는 알 수 없지만, 시조 황제는 영토 확대 정책을 멈추겠다고 선언했다. 반제국 세력도 이를 받아들이면서 '두 번째 전쟁'은 끝이 났다.

결전의 전장이 될 뻔했던 대평원의 중심에서 조약이 체결되었고, 그곳에는 이를 상징하는 신전이 세워졌다. 조약서는 신전의 주인이 된 무녀가 맡게 되었다. 무녀는 오래지 않아 늙어 죽었지만, 그녀가 선택한 다음 세대의 무녀가 그 역할을 이어받았다. 이후, 대를 이은 무녀들이 평화의 상징이 되어 현재에 이르고 있다.

◈ 역사의 시대

제국과 동맹 종족이 손을 잡고, 일찍이 반제국 세력을 결집한 여러 종족이 거리를 두고 독자적인 세력을 유지하는 구도가 생겨난 뒤로 눈 깜짝할 사이에 수백 년이 흘렀다.

이 시대야말로 이 예제의 중심 무대다. 말하자면 지금까지는 모두 과거의 이야기다. 신화의 시대와 전설의 시대 요소를 바탕으로 역사의 시대에서 다양한 모험을 그릴 수 있다. 그것은 전투이자 음모이며, 전쟁이 펼쳐지는 거대한 규모의 이야기가 될 것이다.

여러 세력은 현재 조약을 지키는 모습을 보여주고 있지만, 오래지 않아 누군가가 이를 어길 것이다. 예를 들어, 다음과 같은 사건이 일어난다면 평화는 단숨에 깨어지고, '세 번째 전쟁'이 일어날 것이다.

· 제국 중추에 야심가가 등장한다.

· 반제국 세력을 규합한 또 다른 제국이 출현한다.

· 풍요로운 제국을 노리는 이종족이 대규모 습격을 한다.

· 제국이 무너지고, 규합되어 있던 여러 종족의 싸움이 재개된다.

· 신들이 부활하여 지배 종족들에게 전쟁을 강요한다.

· 무녀의 계승이 중단된다.

· '첫 번째 전쟁', '두 번째 전쟁' 시대의 강력한 무기가 발굴된다.

기본적으로 이러한 사건을 계기로 동란의 시대를 맞이하는 세상을 구하기 위하여 동분서주하는 이야기를 상정하고 있다. 하지만 현재의 체제를 악으로 규정하고 스스로 이 같은 사건을 일으켜 세계의 모습을 바꿔나가려는 이야기도 있을 것이다.

또한 '이중 전쟁' 세계에는 다양한 수수께끼가 있는데, 이에 대한 진상을 아는 자가 세상을 뒤흔들 만한 큰 사건을 일으킬 수도 있다.

· 창조신은 왜 사라졌는가?

· 신들은 왜 사라졌는가?

· 시조 황제는 왜 전쟁을 멈추었는가?

· 무녀는 도대체 누구인가?

이 수수께끼는 모두 하나의 선으로 이어질 수도 있고, 각각 따로 놀 수도 있다. 물론 반드시 모험이 처음부터 이처럼 큰 규모의 사건과 수수께끼에서 시작된다고는 할 수 없다.

· '첫 번째 전쟁'과 '두 번째 전쟁' 시대의 유적을 탐험하다가 특별한 아이템을 손에 넣었거나/저주를 받았거나/진실을 알아버렸기 때문에 어쩔 수 없이 큰 사건에 휘말린다.
· 본인이나 가까운 사람, 우연히 알게 된 사람의 혈통이나 출생이 황제/무녀/신들/각 종족의 지도자와 관련되었기 때문에 사건에 말려든다.

이처럼 뜻밖의 전개로 시작해 큰 모험으로 발전하기도 한다.

여기에서 소개한 것은 어디까지나 하나의 예시에 불과하며, 그 밖에도 다양한 패턴을 생각할 수 있다. 극적인 사건이 잇달아 일어나야 이야기도 고조되는 법이다.

창작의 힌트

'이중 전쟁' 세계는 일반적인 검과 마법의 판타지 세계로 설정했다. 모험가가 명예와 보물을 찾아서 떠나는 야생의 세계는 괴물과 다양한 이종족이 활개 치고, 고대 유적에는 위험과 비밀이 감추어져 있다. 세계는 일단 안정을 유지하고 있지만 다른 한편으로 은밀한 음모가 진행되고 있어 언제 평온이 깨어져 세 번째 큰 전쟁이 일어날지 아무도 모른다.

문명 수준은 우선 중세부터 근세에 이르는 이른바 판타지 세계풍이지만, 고대 유산을 활용하면 조금 더 SF적인 풍경을 만들어내는 일도 가능하다. 전체적인 면에서 그야말로 검과 마법의 판타지 세계라는 인상을 풍길 수 있다.

다만 소설이나 만화, 게임의 무대로 볼 때 너무나 일반적인 것도 사실이다. 기존 작품과의 차별화를 생각하면 최소한 한두 가지는 독자적인 요소가 필요하다. 두 번의 전쟁이 세계에 어떤 상처를 남겼는가? 마법과 특수 능력으로 특징적인 요소를 제공할 수 없는 것일까?

예시 2

'수인(獸人)' 세계

이 세계의 주역은 '사람'이다. 하지만 다양한 세계를 여행하는 사람들은 그들을 인간이라고 부르지 않는다. 수인(짐승 인간)이라 부른다. 말 그대로 전체적인 외형은 인간을 닮았지만, 신체 일부 또는 전부에서 짐승의 특징을 드러내고 있기 때문이다.

수인은 그 특징에 따라서 여러 종족으로 나뉘고, 일부 대립하면서도 기본적으로는 서로를 사람으로 인정하며 어울린다.

그렇다곤 해도 모든 것이 잘 풀린다고는 할 수 없다. 종족 간의 대립도, 중앙과 지방의 대립도 제각기 소용돌이치는 상황으로서…….

♦ 세계의 모습

수인 세계의 주역은 수인이다. 그러나 그들은 스스로 '사람'이라고 부른다. 문명 수준은 중세 유럽과 거의 같다. 마법은 존재하지 않지만, 특수 능력은 있다(후술).

고양이 인간, 개 인간, 늑대 인간, 소 인간, 돼지 인간, 말 인간, 새 인간, 사슴 인간, 도마뱀 인간 등이 있다. 물고기 인간, 돌고래 인간, 고래 인간과 같은 수생 생물, 또는 갑충 인간, 전갈 인간, 벌 인간, 개미 인간 같은 곤충의 특징을 가진 종족은 없다.

그들은 기본적으로는 인간이지만 몇 가지 특징을 지니고 있다.

♛ 기본 개념

등장인물이 모두 짐승의 귀 모양을 한 수인 판타지 세계.

⬇

필연적으로 다양한 인종이 뒤섞여 사는 세계의 이야기가 된다.

🗝 중요한 요소

'중앙'과 '지방'은 수인들의 생활이 적지 않게 차이가 난다.

⬇

모두 장단점이 있고, 갈등과 교류를 그려낸다.

수인과는 다른 '인간'이나, 괴물로서 등장하는 '혼돈'이 있다.

⬇

세계의 진실을 추구하는 규모가 큰 모험도 그릴 수 있다.

· 한 종류의 동물과 공통적인 외형적 특징을 지니고 있다.

→ 전 종족 모두 짐승 귀를 가졌으며 이외에 송곳니, 발톱, 뿔, 모피, 날개, 꼬리 등을 지녔다. 실루엣을 크게 바꿀 만한 특징이 없어서 옷은 인간과 공통된다. 손발이 극단적으로 바뀌지 않기 때문에 손재주나 걸음걸이도 큰 차이는 없다(날카로운 발톱을 가진 종족은 조금 불편할 수도 있다). 비교적 큰 종족이나 작은 종족도 있지만, 인간의 한계를 넘어설 정도로 크거나 작지는 않다.

· 종족마다 특이한 능력을 지닌다.

→ 예를 들어 늑대 인간은 마법적인 효과를 가진 울음소리를 낸다. 개 인간은 후각으로 상대의 마음을 읽는다. 고양이 인간은 놀라운 반사 신경을 발휘한다.

· 성질, 성격의 경향도 종족마다 특징이 있다.

→ 고양이 인간은 변덕스럽고, 개 인간은 누군가에게 충성을 맹세하는 등 해당 동물과 유사한 성질을 가지는 경우가 많다.

· 종족 안에서도 미세한 차이가 있다.

→ 발현되는 외형적 특징은 현실의 동물처럼 종류에 따라서 차이가 있다. 개 인간 중에서 도베르만의 특징을 가진 이도 있고 치와와의 특징을 가진 이도 있다. 기본적으로 그들을 총칭하여 '개 인간(견인)'이라고 부른다.

그 밖의 요소는 대개 실제 인간과 별 차이가 없다. 수명도 같고, 식성도 마찬가지다(자신들과 같은 특징을 가진 동물이라도 아무렇지 않게 먹는다. 오히려 이러한 동물을 즐겨 먹으면서 그 동물의 힘을 얻고자 하는 문화도 있다). 다른 종족 간에도 번식이 가능하다. 혼혈아는 기본적으로 가장 강한 혈통의 특징이 나타나지만, 선조의 특성이 짙게 나타나는 격세유전이 일어날 수도 있어서 도시 지역에서는 각기 다른 종족으로 구성된 가족도 종종 보인다.

◆ '중앙'과 '지방'의 사정

이 세계는 크게 '중앙'과 '지방'으로 구분된다. 이 두 곳에서 사람들이 생활하는 모습은 매우 다르다.

중앙에는 다양한 종족이 공존한다. 고양이 인간, 개 인간, 새 인간, 소 인간, 도마뱀 인간……. 그들이 잡다하게 뒤섞여 살면서 각자 전문 분야를 살려 일하는 셈이다. 혼혈이 생길 수 있다 보니 한 가족 내에 여러 종족이 뒤섞인 경우도 드물지 않다. 왕국과 공화국 등 다양한 나라를 이루고 있는 모습은 중세 유럽과

거의 비슷하다.

각 종족은 평등을 표방하지만 실제로는 좀처럼 이루어지지 않는다. 예를 들어, 다음과 같은 상황을 생각해볼 수 있다.

- 나라나 도시마다 지배적인 위치를 차지(왕족이나 귀족에 해당)하는 종족이 있다.
- 소 인간과 사슴 인간, 곰 인간처럼 힘이 센 종족 출신들은 가혹한 노동을 강요받는 경우가 많다.

지방에서는 각 종족이 제각기 마을을 만들어 생활한다. 명확하게 영역이 구분되어 있어서 이를 멋대로 범하면 처벌받아도 불평할 수 없다.

나라는 아니지만 여러 개의 같은 종족 마을로 이루어진 부족이 있으며, 각 집단의 지도자나 장로의 합의제로 운영되는 경우가 많다.

당연히 가족도 하나의 종족으로 구성된다. 오랜 옛날 선조가 혼혈이라서 격세유전으로 다른 종족의 아이가 태어나기도 하지만, 그 경우 평온하게 가족으로서 받아들여지는 사례는 별로 없다. 가장 이성적인 부족에서는 태어나자마자 바로 그가 본래 소속되어야 할 부족으로 보낸다. 중앙 지역이 가깝다면 그쪽으로 보내질 수도 있다. 좀 더 냉혹한 부족에서는 노예처럼 취급되기도 한다. 예를 들어, 몸이 작은 쥐 인간의 마을에 태어나버린 소 인간은 대개 노동력으로서 혹사당하게 마련이다. 그리고 가장 난폭하고도 자비로운 대처로서 태어나자마자 죽여버리기도 한다.

여러 종족이 하나의 지역에 뒤섞여 살기도 하는데, '종족 A 마을과 종족 B 마을과 종족 C 마을이 부족 X를 형성한다'는 것이 기본적인 형태다. 이 경우 각 마을에서 다른 종족의 아이가 태어나면 즉시 다른 마을로 이동시킨다.

◈ **신화와 진짜 사람(진인)**

수인 세계의 신화는 매우 간단하다. 풍요로운 이 대지로부터 짐승 모습을 한 신들이 나타났다. 그들은 자식으로서 자신을 닮은 사람들을 만들어냈다. 현재의 종족은 모두 신들이 만들어낸 존재의 자손이라고 한다. 이 세계에 사는 사람들은 기본적으로 그 신화를 의심하지 않는다.

따라서 축제 등 계절마다 행하는 의식이나 생일, 결혼, 장례처럼 상황마다 벌어지는 의식에서는 자신들의 선조인 신을 모신다. 지방에서는 그 지역 종족의 신을 모시며, 중앙에선 다양한 종족의 신을 나열한다. 주로 중앙의 도시에서 지배적인 종족의 우상을 중심으로 배치하여 기도를 올린다.

하지만 학자나 왕족, 각자의 신을 신봉하는 무녀와 신관, 그리고 신화에 관심을 가진 호기심 많은 이 중에는 이러한 신화에 의문을 품은 자들도 있다. '짐승의 모습을 한 신들의 자손이 어째서 사람이 되었는가?' '짐승들은 제각기 독자적인 모습을 하고 있는데, 왜 사람들은 모두 공통적인 특징을 지니고 있는가?' 이 질문에 대한 답으로 '진짜 사람(진인)이라고 할 만한 종족이 존재하지 않았을까?'라는 가설이 제기되었다.

학자들의 오랜 연구를 통해서 진인이라는 존재가 있었다는 점은 거의 확고한 사실로 굳어지고 있다. 그들은 뛰어난 지성을 지녔던 종족으로 여겨진다. 하지만 그들이 구체적으로 어떤 존재였고, 언제까지 있었고, 왜 사라졌는지 등은 알려지지 않았다.

◆ 수인들에 대한 위협

수인 간의 분쟁은 매일 조금씩이나마 일어나고 있다. 중앙에서는 각 나라가, 지방에서는 각 부족이 자신들의 지배 영역이나 자원, 물자를 놓고, 혹은 과거의 원한 등을 이유로 싸운다. 또한 중앙과 지방의 대립이 일어날 수도 있다. 그런 경우에는 대개 초반에는 중앙 측이 우세하여 지방 쪽으로 밀고 들어가지만, 오래지 않아 격렬한 반격을 받고 물러나 평화 협정을 맺는다.

이러한 싸움이 소규모 이상으로 발전하는 일은 거의 없다. 수인들에게는 서로보다 훨씬 더 큰 위협이 존재하기 때문이다. 그것은 '혼돈(카오스)'이라고 불린다. '혼돈'은 여러 동물을 섞은 듯한 모습을 하고 있다. 예를 들어, 다음과 같은 모습이다.

· 기존 동물의 몸에서 다른 동물의 신체 일부가 나왔다.

(예 : 곰의 배에서 염소의 머리가, 허리에서 몇 마리의 뱀이 튀어나왔다.)

· 여러 동물의 외형적 특징을 갖춘 수인. 외형 자체가 인간과 거리가 멀 수도 있다.

(예 : 머리에 사슴뿔, 등에 매의 날개가 돋아난 사람.)

· 동물의 몸이 뒤죽박죽 섞여서 존재한다.

(예 : 살덩어리에서 무수한 동물의 머리가 튀어나왔다.)

'혼돈'은 확실히 정상적인 생물이 아니다. 어딘가에서 생겨나고, 죽으면 썩어서 없어진다. 수인을 잡아먹기도 하지만, 그것만으로 생명을 유지하는 것은 아닌 듯하다. 대화도 통하지 않는다. 그저 마구 날뛰면서 수인들을 해칠 뿐이다.

수인 세력은 우선 '혼돈'에 대비하고 있어서 서로 싸울 만한 여력이 별로 없다. 이 '혼돈'은 오래전부터 종종 나타났다. 나타나는 주기가 있다거나 수인이 서로 증오하는 마음에서 생겨났다는 등 다양한 소문이 있지만, 이러한 내용의 진위를 확인한 이는 아무도 없다. 진인과 관계가 있다고 주장하는 학자도 있지만, 이 가설 역시 아무런 근거도 없다.

창작의 힌트

이 세계는 애니메이션 <케노모 프렌즈>로 대표될 만한 수인 캐릭터 팬이나 짐승 귀 캐릭터 팬(일본에선 '케모나'라는 말로 표현하기도 한다)에게 어필하기 위한 의도로 설정했다. 일반적인 판타지와는 상당히 느낌이 달라서 독자적인 분위기가 나왔다고 할 수 있지 않을까?

따뜻한 분위기의 설정도 좋았겠지만 예시로 삼기에는 조금 재미가 없는 듯했다. 그래서 '중앙과 지방의 대비'라는 소재를 도입해보았다.

발상의 시작으로서 '각 종족은 어떤 식으로 나뉘어 살고 있을까'를 상상해보았다. 도시에선 다양한 종족이 함께 살아가는 모습이 그럴듯해 보이지만, 지방의 촌락에서는 종족마다 무리를 이룰 것 같다는 생각에 중앙과 지방의 대비라는 이미지가 떠올랐고 현재와 같은 모습을 갖추게 되었다. 이처럼 우선 이미지를 떠올리고, 어떻게 하면 그런 세계가 될지 이론을 세우는 방식은 많은 도움이 된다.

또한 동물의 특징을 가진 캐릭터들이 무언가와 싸우는 것도 재미있겠다는 생각에 '혼돈'이라는 존재를 설정했다. 이 적을 등장시킴으로써 공포 영화 같은 묘사도 가능하다. 어떤 '혼돈'을 등장시키면 무섭게 보일지 외형만이 아니라 마음을 뒤흔들 만한 연출을 하고 싶었다.

실제로 채택하지는 않았지만, 다른 대안으로서 기계를 적으로 삼아도 좋겠다고 생각했다. 수인들은 야생과 생명력의 상징이고, 기계는 과학과 이성의 상징이기 때문이다. 탱크나 로봇과 싸우는 짐승들도 꽤 멋지게 보이지 않을까.

예시 3

'비석 문명(秘石文明)' 세계

검과 마법만이 판타지의 주역이라곤 할 수 없다. 세계를 여행하는 이들은 이 세계의 '비석 문명'에 주목하고 있다. 거대한 배를 하늘로 날려 보내고, 마법 재능이 없는 이들에게도 광탄을 쏘아내는 힘을 준, 놀라운 기술이다.

한편, 비석 문명 세계에는 다양한 음모가 넘쳐난다. 다섯 개의 거대한 세력이 각자의 목적을 위해 대치하고 있으며, 작은 세력들의 운명을 농락한다. 그 대립이 만들어내는 왜곡은 언젠가 생각지도 못한 파멸을 불러올 것이다.

세계를 여행하는 이들은 비석의 남용으로 인해 생겨난 괴물들의 모습이 『묵시록』의 서장과 다름없다고 말한다…….

◈ 세계의 모습

공 모양의 행성에 바다와 여러 대륙이 존재하는 세계. 비석(하늘에서 떨어지거나 지하에서 발굴되는 신비한 돌)이라는 광물로 움직이는 기계가 있으며, 이를 바탕으로 구성된 비석 문명이 존재한다.

결과적으로 이 세계 문명은 지구 역사의 20세기 초반 수준(자동차나 비행선 등)으로 발전했으며, 극히 일부는 21세기 수준(개인이 사용할 수 있는 세계적인 통신망, 인터넷)에 이르고 있다.

하지만 이런 비석 문명의 병기도 황야를 활보하는 괴물과 맞서기에는 충분하지 않다. 그렇기 때문에 비석을 동력원으로 하는 기계의 힘으로 전투력을 끌어올리는 전투 기술사가 이 임무를 맡는다. 그들은 '기사(나이트)'라고 불린다.

♛ 기본 개념

'검과 마법'에 '총과 과학'을 융합한 판타지 세계.

⬇

특별한 문명을 구성하기 위한 동력원으로서 '비석'을 설정.

중요한 요소

'비석'과 관련된 설정은 가능한 한 현실적인 느낌이었으면 한다.

⬇

발굴되거나, 기술이 발명되거나, 쟁탈전이 벌어지거나…….

이 유형의 세계에는 음모가 어울린다.

⬇

5개의 거대한 세력 + α로 상황을 고조시킨다.

또한, 이 세계에는 두 종류의 마법이 존재한다. 백마법은 방어·지원·강화 계통, 흑마법은 공격·방해 계통의 효과를 주로 발휘한다. 인간은 각 마법 힘의 원천을 자기 몸속에 지니고 있으며, 그 상성에 따라서 백마법이나 흑마법 중 어느 한쪽에 특화된 사람과 양쪽 모두를 능숙하게 다루는 사람으로 나뉜다. 이 힘의 원천은 근본적으로 비석의 힘과 같은 계통이기 때문에 비석을 통해서 마법을 강화할 수 있다.

♦ 신화의 시대

비석 문명 세계에서는 '광휘를 가져온 자'라고 불리는 유일신을 섬기는 일신교가 가장 널리 퍼져 있다. 보통은 '광휘교'라고 불린다. 처음에 세계는 어둠에 잠겨 있었다. 하지만 광휘를 가져온 자가 나타나자 세계는 빛으로 가득 찼고,

대지와 하늘, 바다가 출현했다. 이어서 동물과 식물도 만들어졌다. 신의 등에 돋아난 날개에서 흩날리는 깃털은 천사가 되었으며, 그들은 신의 말씀을 세상 곳곳에 전했다. 그 무렵의 세계는 평화 그 자체였다고 한다.

하지만 신의 출현과 함께 사라졌어야 할 어둠이 돌아왔다. 그 선두에 선 것은 신의 그림자였다고 한다. 그것을 '다시 밀려오는 그림자'라고 한다. 천사들 가운데 절반이 그림자에 매료되어 악마로 변해버렸다.

빛이 그림자에 승리했기에 지금 이 세계가 존재한다고 광휘교 사제는 말한다. 하지만 '빛과 그림자가 함께 쓰러졌기에 지금 우리의 세계는 낮과 밤이 번갈아 오는 것'이라거나 '사실은 그림자 쪽이 이겼고, 그래서 우리의 삶이 이렇게도 괴로운 것'이라는 또 다른 가설도 존재한다.

◆ 비석 문명의 발흥과 함정

기본적인 역사의 흐름은 지구와 거의 다르지 않다. 각지에 집단이 생겨나고, 그것이 나라로 성장하며 흥망성쇠의 역사를 반복했다.

백마법과 흑마법은 매우 이른 시기에 발견되어 활용되었지만, 황야를 활보하는 괴물의 존재도 있어서 문명의 급격한 진보는 이뤄내지 못했다. 하지만 비석 기계의 출현으로 이 세계는 크게 변화했다. 마법의 힘을 강화하는 비석의 존재는 이미 알려져 있었지만, 어느 천재 과학자가 그 비석을 동력원으로 사용하는 방법을 발명함으로써 모든 것이 바뀌었다. 천재 과학자가 비석에서 에너지를 추출하는 기법을 감추지 않고 오히려 적극적으로 알렸기 때문에 많은 과학자가 힘을 합쳐 연구에 뛰어들었다. 그리하여 다음과 같은 놀라운 발명들이 세계에 넘쳐나게 되었다.

- 마차와는 비교할 수 없는 속도로 빠르게 달리는 '자동차'와 '열차'.
- 바다를 항해하는 배보다도 훨씬 빠른 '비행선'.
- 마법에 소질이 없는 이들도 마법에 필적할 만한 파괴력을 낼 수 있는 '화약'과 '총·대포'.
- 세상의 끝과도 대화를 주고받을 수 있는 '통신'.

이러한 발명을 통해 이루어진 비석 문명은 사람들의 삶을 극적으로 개선했지만, 단점도 있었다. 비석이 하늘에서 떨어져 쌓이거나 발굴되는 곳이 일부 지역에 치우쳐 있었고, 그런 비석 채굴 지역을 둘러싸고 여러 나라가 전쟁을 벌인 것이다.

비석 쟁탈전이 과열 양상을 보이면서 여러 나라와 상인 동맹, 광휘 협회가 제각기 위기감을 느끼게 되었고, 세계적인 회의가 열렸다. 이렇게 만들어진 비석 조약에 의해 비석은 어느 정도 균등하게 활용할 수 있게 되었지만, 지금도 비석의 채굴 장소를 둘러싼 전쟁은 종종 일어나고 있다.

또한, 비석 문명이 시작된 이후에 다른 문제도 발생했다. 황야에 괴물이 출현한 것이다. 이 괴물은 이 세계에서 살아가는 평범한 동물들과 비슷한 부분도 있지만, 기본적으로는 다른 생물이다. 비석을 즐겨 먹으며, 다른 것을 먹는 모습은 볼 수 없다. 쓰러뜨리면 먼지가 되어 사라져버린다.

괴물은 비석을 사용한 기계나 비석이 매장된 도시, 채굴 장소를 노리고 나타나기 때문에 비석 문명에 의지해 살아가는 사람들에게는 매우 치명적인 존재가 되었다.

◈ 세계를 좌우하는 세력

· 아주르 왕국

두 강대국 중 하나. 현존하는 세력 중에서 가장 넓은 국토와 오랜 전통을 가졌다. 광휘 교회의 본거지도 이 왕국 안에 있다. 비석 문명 발전에서는 한발 늦었지만, 오랜 전통으로 인재가 풍부하며, 종교·마법적인 전통을 바탕으로 로소 공화국과 대치하고 있다.

· 로소 공화국

두 강대국 중 하나. 본래는 작은 나라에 불과했지만, 비석 문명을 만들어낸 천재가 이 나라 출신이라는 점도 있어서 눈 깜짝할 사이에 약진했다. 아주르 왕국에 필적하거나 능가할지도 모르는 거대 국가로 성장했다.

두 강대국은 겉으로는 세계 평화를 존중하며 직접적인 대결을 피하고 있지만, 이 평화가 언제까지나 계속될 리 없다. 따라서 새로운 비석 채굴 지역을 찾거나 지배하에 있는 소국을 부추겨 대리전쟁을 일으키는 등 은밀한 싸움을 계속하고 있다.

· 광휘 교회

'광휘를 가져온 자'를 숭배하는 일신교. 이 세계 대다수 지역에서 신봉되는 종교로서 절대적인 발언권을 가진다. 국가도 왕이 즉위할 때 교회에 (형식뿐이긴 하지만) 의사를 물어봐야 한다.

두 종류의 마법 중에서 백마법은 신의 은혜, 흑마법은 인간이 다루면 안 되는 것으로 나눈다. 비석도 하늘에서 떨어져 내리는 것만이 좋다면서 땅에서 채굴되는 것은 악으로 여긴다. 신화에서 '광휘를 가져온 자'는 하늘을, '다시 밀려오는 그림자'는 땅속을 영역으로 하고 있다고 전해지기 때문이다. 하지만 비석 문명이 급격하게 발달하면서 이러한 교리를 언제까지고 따를 수 없게 되었고, 결국 '모든 비석은 신의 은총이다'라며 방침을 전환할 수밖에 없었다.

이러한 방침 전환으로 광휘 교회는 발언권을 어느 정도 지켰지만, 동시에 교회 내부에 불만분자가 생겨나는 원인이 되었다. 땅에서 캐낸 비석과 흑마법을 금기시하고 세상에서 추방하려는 반동적 과격파는 현재 급속하게 세력을 늘려가고 있다.

· 비석 학회

비석 문명을 이룩한 천재를 시조로 삼는 학자와 기술자 집단으로서, 상업 연합의 후원을 받아 세계 각지에서 비석 문명을 발전시키고 있다. 하지만 이 집단은 비밀이 많다. 천재는 모습을 감췄지만, 지금도 새로운 발명이 속속 등장한다. 각지에서 수상쩍은 조사를 계속한다. 기술을 독점하려고 하지 않는다. 이러한 불투명한 움직임은 여러 세력의 주목을 받고 있다.

· 상업 연합

나라로부터 독립하여 존재하는 상인들의 모임. 그 경제력은 어떤 의미로는 두 강대국에 필적한다고도 전해진다. 두 강대국 중 하나에 결정적으로 가세하지 않고 양자의 대립을 부추긴다고 여겨지지만, 사실 그 이면에는 영향력을 넓히기 위한 것 이상의 감추어진 목적이 있다고 한다.

· 그림자 교회

'다시 밀려오는 그림자'를 섬기는 종교. 사실 광휘 교회 내부 조직이며, 광휘 교회에서도 상위 사제들은 그 존재를 모두 알고 있다. 광휘 교회의 진정한 가르침은 '빛과 그림자는 일체로서 나눌 수 없다'는 것이며, 그림자 교회는 광휘 교회의 종교적 지배를 강화하기 위한 암부 조직으로 활동해왔다. 하지만 비석 문명의 출현은 광휘 교회의 근간을 뒤흔들었고, 그들이 이것을 막을 수 없었는지 아니면 처음부터 그들이 꾸민 일은 아닌지 광휘 교회 상층부에서조차 의견이 나뉘어 점점 의심이 깊어지고 있다.

창작의 힌트

비석 문명 세계는 게임 <파이널 판타지>로 대표되는 판타지와 SF가 뒤섞인 근미래적 세계관의 예시로서 설정한 것이다. 이 세계에는 칼을 휘두르는 전사와 마법을 구사하는 마법사, 그리고 총을 든 군인이 공존한다. 이러한 세계관을 좋아하는 사람이 많을 것이다.

이것과 조합할 수 있는 요소로서 또 하나, '음모가 넘쳐나는 세계'를 준비했다. 두 개의 강대국과 종교, 기술, 상업. 이 다섯 개의 세력 중 어느 쪽이건 세계를 뒤흔들 음모를 펼쳐낼 수 있다. 이것은 규모가 큰 이야기로 이어진다.

특히, 두 강국에 대해서는 냉전의 이미지를 겹쳐보았다. 미국과 소련에 의한 냉전이 끝나고, 이번에는 미국과 중국에 의한 냉전이 시작되지 않겠냐고 생각되는 현재, 현실적인 느낌의 설정으로서 많은 독자가 받아들일 수 있으리라 생각한다.

하지만 인간끼리만 다투는 설정은 조금 재미없는 측면도 있다. 그래서 비석과 괴물에 관련된 SF적인 주제를 도입해보았다. 편리하기 이를 데 없는 에너지의 정체가 세계의 파멸을 야기하는 것이라는 사실을 알게 되었을 때, 우리는 무엇을 할 수 있을까? 이 역시 매우 현대적인 주제다.

칼럼

모험가

이세계 판타지에 흔히 등장하지만 판타지 파일에 수록하지 않은 직업이 있다. 바로 '모험가'다. 모험가는 완벽한 가상의 존재인 데다 작품마다 그 성격이나 처지가 많이 다르기 때문이다. 여기서는 부록으로 모험가란 무엇인지, 가장 공통적인 요소를 정리해서 소개하겠다.

모험가의 일은 '모험'이다. 그렇다면 모험이란 무엇인가? 고대 유적을 탐험하여 귀중한 아이템을 손에 넣고, 위험한 괴물을 퇴치하여 사람들의 안전을 확보하고, 편지나 화물 등을 다른 마을로 나르고, 길을 떠나는 행상을 호위하고, 마을 사람들에게 곤란한 일이 생겼을 때 이를 해결하며 돌아다니고……. 위험한 일부터 그렇지 않은 일까지 다채롭기 이를 데 없다. 때로는 세계의 운명이 걸린 임무에 도전한다.

그런데 이러한 활동을 보면 알 수 있지만, 모험가란 가상의 직업인 동시에 역사에 실존했던 직업, 또는 다른 엔터테인먼트 작품에 등장하는 직업의 다양한 측면을 뒤섞은 존재다. 전투하는 모습은 용병이고, 유적 탐험은 이른바 도굴꾼이나 인디아나 존스 느낌의 보물 사냥꾼, 아니면 대항해 시대 선원들이 위험한 신천지에 진출하여 새로운 동식물이나 항로를 조사한 것과 겹친다. 편지나 화물을 나르는 일을 전문으로 하는 이도 있었다. 또한 마을 사람들의 문제를 해결하고자 뛰어다니는 모습은 하드보일드 소설 속 탐정에 가깝다. 현대에도 해결사나 심부름센터라고 해서 방 청소부터 벌집 처리까지 다양한 일을 대신 해주는 직업이 있다.

따라서 모험가란 이처럼 (크고 작은 규모에 상관없이) 곤란한 일에 대처하는 직업을 이세계 판타지 세계에 알맞게 조정하여 완성한 존재라고 생각하는 편이 좋을 듯하다. 그렇기 때문에 구체적인 모습은 제각기 다르게 마련이다. 어디까지나 프리랜서로 활약하며 의뢰를 받는 심부름꾼 역할을 한다면 직업 알선소 같은 장소가 생겨날 수도 있다. 이런 요소가 더욱 발전하여 광역적인 모험가 길드가 있다거나, 나라에서 관리하는 자격·직업이 될 가능성도 있다. 모험가라고 칭하지 않고 용병, 헌터, 탐색자, 해결사 등으로 부르는 세계가 있을지도 모른다.

1장

캐릭터가 매력적으로 살아가는 '세계'와 '이야기'를 만들자

모험의 무대가 되는 이세계는 어떻게 만들면 좋을지,
이와 관련해 우리가 신경 써야 할 점은 무엇인지를
'창작'에 초점을 맞춰 소개한다.

일상의 이야기로부터 세계를 느끼게 하는 것이 중요하다

◆ 일상생활에서야말로 깊은 인상을 줄 수 있다

무엇이 과연 독자들이 이야기에서 받는 인상을 좌우할까? 이에 대해 많은 이들이 '극적인 전개와 연출'이라고 답한다. 또는 '사람의 심금을 울리는 이야기'나 '영원히 가슴속에 남는 문구(대사나 해설)'라고 답하는 사람도 있다. 모두 정답이다. 이 중 어느 하나라도 이야기에 담아낼 수 있다면, 여러분이 만든 작품이 독자의 마음에 남는 데 큰 역할을 할 것이다.

하지만 이 책에서는 많은 작가 지망생이 생각하지 못할 만한 것을 제안하고 싶다. 바로 이야기의 무대가 되는 '세계', 그리고 그 세계를 표현하기 위한 '일상'의 모습이다. 이들을 충실하게 연출한다면 여러분의 이야기는 분명히 독자 마음에 깊은 인상을 남기며 이후에도 계속해서 기억될 것이다.

그렇다면 이것은 구체적으로 무엇을 뜻하는가? 판타지를 쓰려는 사람 대부분은 그 세계에서 펼쳐지는 '모험' 묘사에 열중하는 경향이 있다. 아니, 판타지가 아니더라도 이야기의 맥락을 이어가거나 이야기를 진행하는 데 필요한 묘사에 마음을 빼앗기는 경우가 많으리라 생각한다.

그것은 그거대로 옳은 방법이다. 하지만 창작에서는 무엇보다도 완성하는 일이 중요하다. 머리가 복잡해 펜이 둔해지거나, 잘 진행되지 않는 것에 화가 나 글쓰기 자체가 싫어지거나, 아예 완성하지 못하고 창작에서 멀어지는 일은 드물지 않게 벌어진다. 도리어 매우 흔한 일이다.

만일 여러분이 단순히 작품을 완성하고 좋아하는 단계에서 한 걸음 더 나아가고 싶다면 이야기의 맥락을 쫓는 부분 이외의 것에도 관심을 두었으면 한다. 그렇지 않으면 더 좋은 작품을 만들어낼 수 없다. '이야기의 맥락을 쫓는 부분 이외의 것'은 바로 일상을 묘사하는 일을 말한다.

· 강대한 적에게 홀로 맞서는 용사는 칼을 들지 않았을 때 어떻게 생활하는가?
· 거친 들판을 다니는 여행자는 평화로운 도시에서 어떻게 휴식을 취하고, 다음 여행을 준비하는가?
· 용사와 마왕, 기사와 괴물이 격하게 대결하는 세계에서 보통 사람들은 어떤 생활을 하는가?

이러한 내용들은 이야기의 주요 맥락과 직접적인 관계는 없다. 용사의 여행, 마왕의 음모, 괴물 무리를 기습하는 기사. 그러한 내용만 써도 충분히 이야기로서 완성할 수 있다. 하지만 일상생활의 모습이 드러난다면 이야기는 더욱 깊고 폭넓어진다. 이를 '기초가 탄탄하다', '정말로 살아 있는 것 같다'고 표현하는 사람도 있다. 나는 '이야기에 설득력이 생겨난다'고 표현한다.

좀 더 이해하기 쉽게 말하자면 자연스럽지 않은 부분을 줄이는 작업이라고도 할 수 있겠다. 직장에서 화려한 활동만 할 뿐, 그에 따르는 소소한 준비나 일상생활이 전혀 드러나지 않는다면 아무래도 자연스럽지 않다. 마찬가지로 모험하는 모습만 보이고, 일상이 전혀 그려지지 않은 판타지 이야기 역시 자연스럽지 않다. 모험 활극에서 일상생활만 장황하게 늘어놓으면 이야기가 성립하지 않기 때문에 균형이 중요하기는 하지만, 일상 이야기가 필요하다는 점은 무시할 수 없다.

◆ 주인공을 통해 보여주는 정경

일상이니 생활이니 추상적인 말만으로는 애매하게 느껴질 것이다. 그래서 여기에서 좀 더 구체적인 이야기를 해보겠다.

가장 추천하는 방법은 이야기가 시작되면 되도록 빠른 시기에 '주인공의 눈으로 본 그 세계의 풍경'을 그리는 것이다. 예를 들어, 다음과 같은 장면을 생각해보자.

· 여행을 하고 있는 주인공이 새로운 도시에 들어온다.

→ 걷거나 말을 탔다면 문을 지나서, 교통 기관을 이용했다면 역이나 항구에 내려서 도착한다. 위병이나 관리와 대화를 주고받기도 하고, 뭔가 분주하거나 적막한 거리 풍경을 돌아본다. 쇼핑하고 머무를 숙소를 찾고, 또는 쏜살같이 목적지를 방문한다.

· 정착해서 살아가는 주인공이 새로운 하루를 맞이한다.

→ 아침에 일어나서 자리를 정리하고 밥을 먹는다. 집을 나와 아는 사람들과 인사를 나누며 직장으로 향한다. 그 과정에서 이런저런 소문을 듣게 된다. 그날의 업무를 끝내고 집으로 돌아가 쉬면서 하루를 마친다(또는 일을 하고 있는데, 뭔가 사건이 일어난다).

이러한 장면을 견고하게 묘사하면 이 세계가 어떤 세계이고, 사람들은 어떤 식으로 살고 있는지가 자연스럽게 독자에게 전해진다. '이 세계는……'으로 시작하며 장황하게 해설을 늘어놓는 것과는 비교할 수 없을 정도로 설득력 있는 묘사다.

하지만 작가 지망생 중에서 이런 장면을 제대로 쓸 수 있는 사람은 많지 않다. 왜 그럴까? 처음에 소개했듯이 손이 못 미치거나, 이야기의 주된 맥락을 쫓는 것만으로 힘겹다는 점도 있다. 하지만 무엇보다도 일상생활을 충실하게 묘사하려면 처음부터 이 세계가 어떤 세계인지를 작가가 상당히 깊은 곳까지 이해하고 설정해야만 하기 때문이다. 예를 들어, 다음과 같은 내용을 생각해볼 수 있다.

· 이 세상은 중세 유럽풍의 마법이 있는 판타지 세계이지만, 너무 현실적인 면에 집착하기보다는 즐겁고 생기 넘치는 분위기를 내고 싶어. 그리고 학원을 무대로 젊은 독자를 쉽게 끌어들일 만한 세계관을 만들고 싶은데 어떻게 해야 할까?

→ 좋아. 그럼 원래 중세 유럽에는 존재하지 않았던 토마토와 감자가 있었다고 설정해서 현대 유럽 요리를 등장시키자. 음식은 맛있어 보이는 게 좋잖아?

→ 실제 역사에선 문맹률도 높고 종이도 귀중품이었지만, 여기에 너무 얽매이면 재미없겠지. 누구든 글을 읽을 수 있고, 연필이나 종이도 있다고 해버리자.

이런 식으로 구체적으로 어떻게 묘사를 해나가야 할지 단계적으로 생각해보는 것이 좋다.

그리하여 세계 설정과 작가의 의도가 제대로 반영된 일상을 묘사한다면 독자에게도 그 내용이 전해지게 마련이다. 독자가 이야기의 방향성과 분위기를 제대로 파악해준다면 그 후의 전개는 훨씬 원활해진다.

이러한 분위기를 갖추기 위해 소설도 참고가 되지만, 영상 작품에 좀 더 관심을 가져보기를 권한다. 예를 들어 미야자키 하야오를 중심으로 한 지브리 애니메이션 등은 정밀한 장면과 함께 분위기를 충실하게 만들어내고 있으니 실제

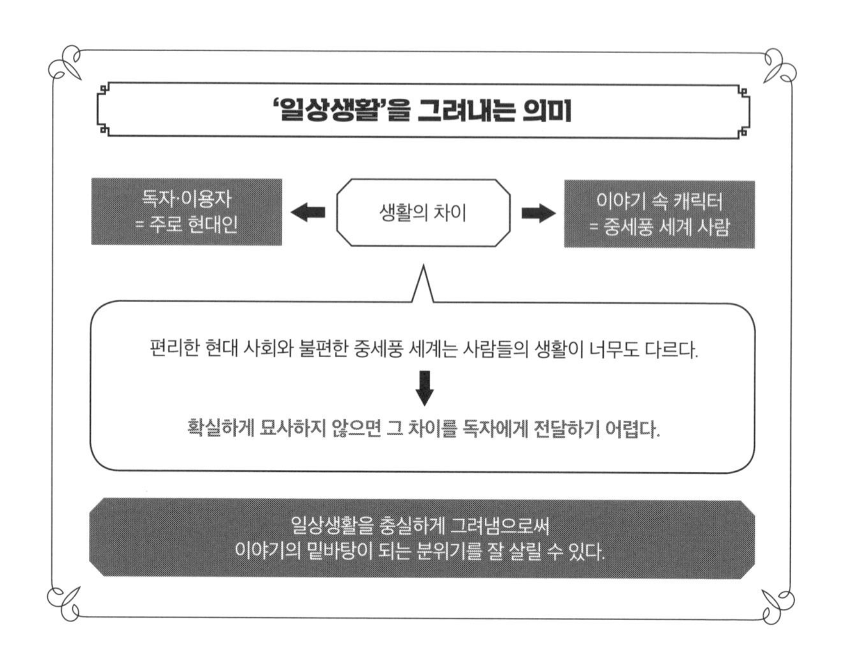

작품뿐만 아니라 이미지 보드 등을 수록한 영상도 참조하면 도움이 된다.

◈ 현대인의 생활과 중세 유럽인의 생활

생활 묘사를 세밀하게 해야만 하는 이유를 조금 더 말하겠다. 확실하게 말해서 여러분이 만들어내는 창작 작품의 주요 독자인 현대인과 중세 유럽을 바탕으로 한 판타지 세계의 주민은 생활상이 매우 다르기 때문이다. 현대인을 묘사한다면 생활 모습을 세밀하게 설정하고 설명할 필요가 없을지도 모른다. 하지만 명확하게 다른 것은 제대로 어떻게 다른지를 설정하고 묘사해야만 독자들에게 통하게 마련이다.

지금 우리 생활은 역사상 그 어느 때보다도 편리하고, 쾌적하다. 주택은 진보된 구조와 에어컨 덕분에 여름에는 시원하고 겨울에는 따뜻하다. 음식은 재료만이 아니라 완제품까지 쉽게 살 수 있고, 통조림과 레토르트, 냉동식품이 보급되어 조리도 매우 쉬워졌다. TV와 인터넷을 통해 모든 정보를 얻을 수 있게 되었고, 교육 수준도 높아서 문자를 읽지 못하는 사람은 거의 없다. 원하는 물건은 무엇이든 인터넷 쇼핑몰에서 살 수 있다는 점도 중요하다. 물론, 생활이나 사회에 이런저런 문제는 있다. 하지만 이처럼 쾌적한 생활은 중세풍 세계에서 왕후나 귀족조차도 누릴 수 없는 일이었다.

한편, 중세풍 세계는 어떨까. 요리하려면 아궁이에 불을 피우는 것부터 시작해야 해서 힘들고, 무엇보다 연료가 귀하다. 어두운 밤에도 달빛이나 별빛, 화롯불이나 횃불, 초나 램프에서 나오는 약한 불빛에만 의지할 수밖에 없다. 가게는 거의 없고, 있어도 물건이 얼마 없으며, 당연히 통신 판매 같은 건 존재하지 않는다.

오해는 하지 않길 바란다. 이러한 실제 생활 모습을 작품에 모두 도입해야 한다는 말은 아니다. 어디까지나 캐릭터의 매력을 전면에 내세운 작품이라면 생활 묘사는 어느 정도 줄여도 괜찮고, 무엇보다도 마법이나 역사의 변화 등을 통해 현대 사회와 비슷한 느낌의 문화적인 문명을 갖춘 판타지 세계라도 상관없다. 중요한 점은 우선 '이 작품은 어떤 방향성을 가졌는가?', '마법의 힘이 사회에 어떤 영향을 미치는가'와 같은 것을 생각해야 한다. 또한 '사실적reality'(독자가 그럴듯하다고 느끼는 설득력 있는 설정이나 묘사)과 '사실real'(현실 그 자체)이 다르다는 것을 기억해야 한다. 사실 그대로가 아니라도 현실성은 충분히 느낄 수 있다.

세계관을 충실하게 구축하고 작품의 분위기를 파악하면 사실과는 조금 다르더라도 독자가 사실적으로 느끼도록 묘사할 수 있게 된다. 그렇게 함으로써 진정한 의미로 충실하게 일상과 삶을 연출하게 되는 것이다.

◈ 세계 설정은 이야기의 밑바탕

마지막으로, 정말로 이 항목을 통해서 말하고 싶었던 바를 밝히고 싶다. 충실하게 일상생활을 묘사함으로써 얻을 수 있는 가장 큰 효과는 이야기 자체에 큰 설득력을 부여할 수 있다는 점이다. 독자가 '과연, 기본이 탄탄한 이야기다', '혹시 어딘가에 이런 세계가 있을지도 몰라'라고 생각하게 한다면 작품에 대한 몰입도와 분위기를 끌어올릴 수 있다.

에노모토 아키의 창작 방법(에노모토 방법론이라고 부른다)에서는 '세계 설정은 이야기의 바탕'이라고 말한다. 이것은 에노모토 방법론에 따라 세계를 설정할 때 가장 중요한 키워드로서, 충실한 일상생활 묘사 이외에도 세계를 완성해나가는 데 꼭 필요하다. 앞으로도 종종 나오는 내용이므로 특별히 기억해두길 바란다.

세계관이란 무엇인가

◈ '세계'에 대해 생각해보자

이 책에서는 '세계관'을 다루고 있는데, '세계', '세계관'이란 무엇을 말하는 것일까? 여기에서는 이에 대해서 이야기해보겠다. '세계'라는 말은 우리가 평소에 자주 사용하는 말이지만 의외로 그 의미가 모호하다. 우선은 그 점에 대해서 분명히 하고자 한다.

여러분에게 '세계'란 무엇인가. '세계 제일'이라는 말은 '이 지구에서 가장'을 뜻한다. 이때 세계는 곧 지구이다. 이것을 좀 더 파고들면 '인간이 사는 곳'을 의미한다. 하지만 우리가 사는 지구 밖에도 광대한 우주 공간이 펼쳐져 있다. '거기도 세계가 아닐까'라고 생각하면 세계의 범위는 점점 밖으로 밖으로 넓어져간다. 은하, 아니 우주 자체가 세계라고 할 수 있게 된다.

하지만 한편으로는 그렇게 넓은 지역을 우리의 세계라고 말해도 되냐는 의문도 생긴다. 지금 자신이 사는 장소와 본 적도 없는 우주의 끝을 같은 세계라고 생각하기는 어렵다. 지구상의 어딘가라도 해도 마찬가지다. 말이 통하는 사람들이 살아가는 곳이라면 어떤 식으로든 같은 세계라고 생각할지도 모른다. 하지만 자신의 생활권이 아니면 친숙하게 느끼지 못하고, 내가 사는 세계와 연결되어 있다고 생각하지 못하는 사람도 있을 것이다.

그렇다면 우리가 진정으로 '자신의 세계'라고 느낄 수 있는 범위는 평소에 사는 마을 정도가 적당하지 않을까. 더 활동 범위가 좁은 사람, 예를 들어 학생이라면 학교, 어린아이라면 집 근처 공원을 세상의 전부로 여겨도 전혀 이상하지 않다.

현대를 살아가는 우리는 교육을 받을 기회가 많고 정보를 입수하는 것도 어렵지 않기 때문에 '세계'가 지금 우리가 사는 곳보다도 훨씬 멀리, 넓게 펼쳐져 있다는 것 정도는 안다. 그러나 판타지 세계의 사람들은 어떨까. 그들에게는 인터넷은 물론이고, TV와 라디오도 없다. 신문도 찾기 힘들 것이다(도시라면 있어도 재미있겠다). 그들에게 소식통은 부모나 마을의 박식한 노인, 신관, 나그네 정도다. 물론, 자신의 발로 직접 멀리 나가 눈으로 볼 수 있는 기회 따위는 거의 없다. 그러면 세계는 극히 좁아질 것이다. 많은 사람이 자신이 사는 마을과 그 주변이 세계의 전부이며, 산 하나를 넘으면 나오는 곳은 또 다른 세계로 생각하지 않을까?

이러한 개념을 이해한다면 캐릭터 묘사에도 상당히 유리해진다. 평범한 마을 사람들에게 "마왕이 부활해서 세상이 위기에 빠졌어"라고 호소해도 그들에게 가닿지 않을 것이다. 하지만 "마왕군이 이 근처까지 밀려와서 마을이 위험해"라고 한다면 현실적인 위기로 다가와 실제로 확인하고 대처 방안을 마련할 것이다. 그들의 '세계'에 위기가 다가오고 있으니까.

◆ 세계를 만든다는 것

다음으로는 작품에 등장하는 캐릭터와는 별도로 창작자에게 세계(세계관, 설정)란 무엇인지에 대해 생각해보고자 한다.

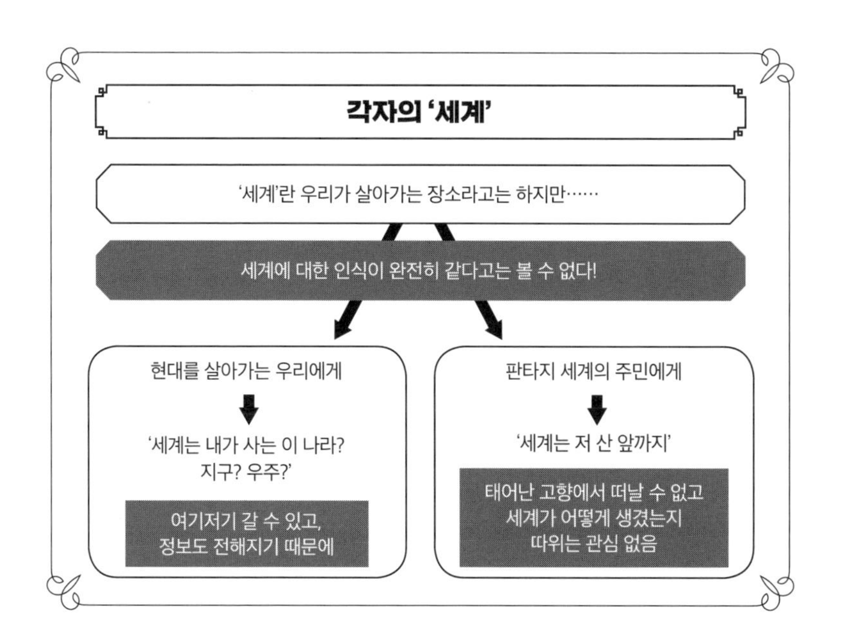

세계관이라는 말을 들어본 적이 있는가. 이는 본래 '우리가 사는 이 세계(우주)란 도대체 무엇일까?'를 생각하며 추리하고 정의한 견해를 표현한 말이었다. 하지만 지금은 '세계 설정'과 거의 동일한 의미로 쓰이게 되었다.

예를 들어, 어떤 이야기의 무대가 되는 세계에 관하여 다음과 같은 점을 생각하고 정리해서 요약한 것이다.

· 어떻게 생겨나고 어떤 역사를 걸어왔는가.
· 어떤 모양을 하고 있는가.
· 어떤 법칙이 있는가.
· 어떤 사람과 생물이 살고 있는가.

이것이 이 책에서 다루는 세계관이며 세계 설정이다.

◆ 생각해야 할 점 ① 이야기의 밑바탕

하지만 이렇게 말해봐야 어떻게 해야 할지 감이 안 잡히는 사람도 있을 것이다. 그래서 세계 설정을 만들면서 생각해야 할 몇 가지 요소를 소개하고 싶다.

하나는 앞에서도 소개했던 '세계 설정은 이야기의 밑바탕이다'라는 것이다. 바탕이기 때문에 당연히 '도대체 무슨 이야기인가?', '이야기에서 가장 중요한 것은 무엇인가?'(에노모토 방법론에서는 이를 '테마'라고 부른다)를 중시한다.

세계 설정을 만들 때 그저 아무런 목적도 없이 내키는 대로 넓혀가기만 하면 힘들겠지만, 그 중심이 되는 이야기가 있으면 방향성을 정하기 쉬워진다. 예를 들어, 다음과 같은 패턴을 생각해볼 수 있다.

· 판타지 스타일의 이야기를 만들고 싶다!

→ 신과 요정이 여전히 존재하거나, 인간의 마음에 의해서 변화되어가는 듯한 세계.

· 사실적이고 어두운 이야기를 만들고 싶다!

→ 실제 중세 유럽 사람들의 생활이나 전쟁 등을 재현하는 세계. 또는 괴물이나 이상한 현상에 의해 사람들이 더욱 큰 위기에 몰리는 세계.

이렇게 방향성을 정하는 것만으로도 어떤 설정이 필요한지, 또 이를 위해 어떤 지식이나 정보가 필요한지 알 수 있다.

◆ 생각해야 할 점 ② 무엇을 기본 재료로 삼을 것인가?

두 번째는 기본 재료로 삼을 만한 요소를 찾아내는 것이다. 아무리 이야기의 방향성이 결정되었다고 해도 세계를 처음부터 만들어내는 것은 너무 방대한 작업이다. 그래서 여러분 세계의 바탕으로 '북유럽 신화, 그리스 신화, 인도 신화 등 실제로 전해지는 신화나 전설' 또는 '중세 유럽처럼 실제로 존재했던 시대', 그리고 그들을 바탕으로 만들어진 '게임이나 애니메이션에 자주 등장하는, 왠지 모두가 쉽게 공감할 수 있는 검과 마법의 판타지 이미지' 등을 선택하는 것이다.

특히 최근에는 '소설가가 되자'(한국의 네이버 시리즈, 카카오 페이지와 같은 일본의 웹 소설 플랫폼이다-옮긴이 주)와 같은 다양한 웹 소설 세계를 중심으로 게임을 연상케 하는 검과 마법의 판타지가 인기를 얻고 있다. 이 책의 독자 중에도 그런 세계를 만들고 싶은 사람이 많을 것이다.

그러나 게임적 세계관은 여느 창작 작품과는 다른 독자적인 작법으로 만들어진 부분이 크다. 캐릭터의 힘이 숫자(레벨이나 파라미터, 스테이터스 같은 속성)로 표현되고, 등장하는 몬스터의 힘은 지역에 따라 눈에 띄게 달라지며, 몬스터가 강하건 약하건 사람들은 평범하게 살아가고 있는 것처럼 보인다. 이러한 점을 그대로 소설이나 만화로 가져가면 조금 부자연스러울 듯한데, 어떻게 하면 좋을까?

첫 번째 해결책은 자연스럽지 못한 부분을 줄이는 것이다. 레벨이나 스테이터스라는 개념을 사용하지 않거나, 어색하지 않을 정도로만 사용한다. '레벨 10'을 '베테랑'이라 부르고, 작중 설정으로 '청 등급'처럼 레벨을 대신할 만한 칭호를 만든다. 또한 몬스터에 대해서는 '마을 근처는 기사단과 용병이 정기적으로 토벌에 나서고 있어서 안전하다'거나 '평소에는 몬스터의 침입을 차단하는 아이템을 쓰고 있어서 몬스터가 상당히 많은 장소가 아니라면 안전하다'와 같은 이유를 붙이면 자연스러워진다.

두 번째 해결책은 자연스럽지 못한 부분에 이유를 붙이는 것이다. 애초에 가상 현실로서 실현된 게임 세계이거나, 게임풍 판타지를 재현한 테마 공원이거나, 신이나 신에 필적하는 존재가 레벨이나 스킬이 존재하는 세계로 만들었다고 하면 언뜻 게임처럼 보이더라도 자연스럽게 느껴진다.

여러분이 그려내고 싶은 이야기에 어울리는 것은 어느 쪽인가?

◈ 생각해야 할 점 ③ 객관적으로!

세 번째는 세상을 냉정하게 그리고 객관적으로 보는 것이다. 그 세계의 전체를 내려다볼 수 있는 것은 오직 제작자인 당신뿐이다. 등장인물은 당연히 자신이 아는 범위밖에 모르고(묘사할 때도 이 점을 주의해야 한다) 독자와 이용자에게도 작중에서 묘사된 부분만 보이게 마련이다. 하지만 당신은 세상의 모든 것을 알 수 있다.

그런 당신이기에 이야기에 나오는 각 요소가 어떤 식으로 연관되고, 어떻게 만들어지는지를 확인할 수 있다. 예를 들어, 당신의 이야기 속 주인공이 행동하거나 판단하는 배경에는 종종 어떤 환경에서 살았는지가 관련될 것이다. 무예를 숭상하는 공동체에서 살았다면 문제를 힘으로 해결하기 쉽고, 온화한 공동체에서 성장했다면 우선 협상하려고 하는 것이 자연스럽다. 그리고 그런 환경이 성립하는 배경에는 기상, 지형, 역사 등 다양한 요소가 관련되어 있다.

바탕이 되는 세계를 수정하여 여러분만의 세계를 만들 때도 이런 관점이 필요하다. 역사적 사건이나, 각 나라가 처한 상황을 바꾼다면 세계의 본래 모습에서 어떤 변화가 일어날까(예를 들어, 마법이 존재함으로써 사회는 어떻게 바뀔까). 그 시뮬레이션이 설득력을 갖춘다면 독자를 끌어들이는 무기가 된다. 그러기 위해서 냉정하고 객관적으로 세상을 보는 눈이 꼭 필요하다.

◈ 실마리를 찾아라!

이런 점을 의식하면서 세계를 만들어주었으면 한다. 하지만 그래도 무엇부터 시작해야 할지 감이 안 잡혀서 뭘 어떻게 만들어야 할지 모르겠다는 사람도 있을 것이다. 그래서 110쪽에 '세계 설정 아이디어 시트'를 준비했다. 이것은 판타지 세계에서 일단 정해두면 좋을 만한 요소, 이야기에 관계될 듯한 요소

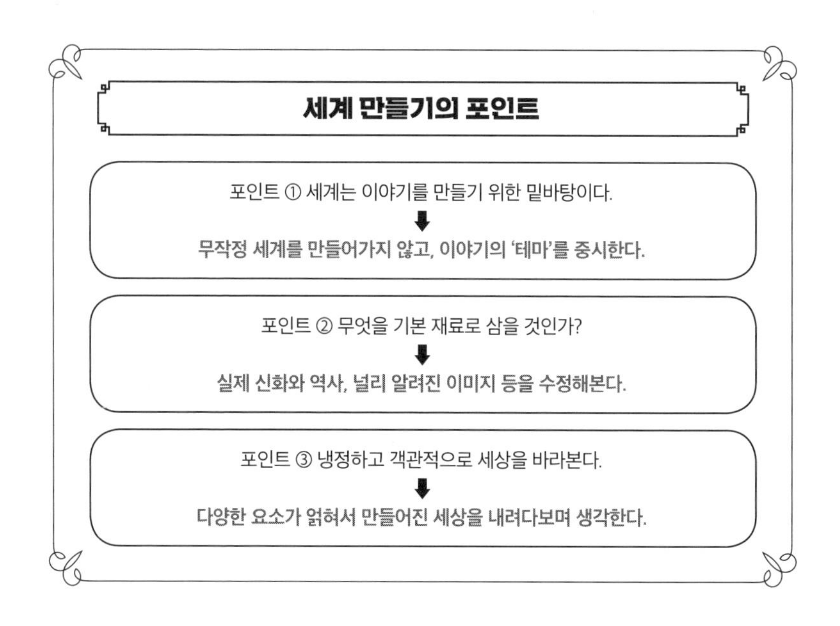

를 열거하여 쓸 수 있도록 만든 것이다. 그렇긴 하지만, 필요한 정보를 모두 쓸 정도로 공간이 넓지는 않다. 그러니 이것을 복사해두고, '여기는 이런 느낌일까?', '여기는 이렇게 하면 어떨까?'라고 생각한 내용을 적는 일종의 메모장이나 자유롭게 쓸 수 있는 노트로 활용하길 권한다. 이를 바탕으로 다시 한번 당신의 이야기에 어울리는 세계 설정을 만들어주었으면 한다.

에노모토 방법론은 설정이나 스토리를 머릿속에서 생각하는 것에 그치지 않고 실제로(가능하면 손으로) 쓰는 것을 중시한다. 이렇게 하면 애매했던 것이 조금씩 모양을 갖추기 시작한다.

세계 설정 아이디어 시트

세계 이름(지역 이름) :

대략적인 지역 조건은 어떤가?
(세계의 모양, 나라들의 위치와 상호 관계, 기상 조건……)

특히 이야기의 주 무대가 되는 장소의 사정은 어떤가?
(역사, 기상, 지형, 국가, 종족, 종교, 문화, 기술, 언어……)

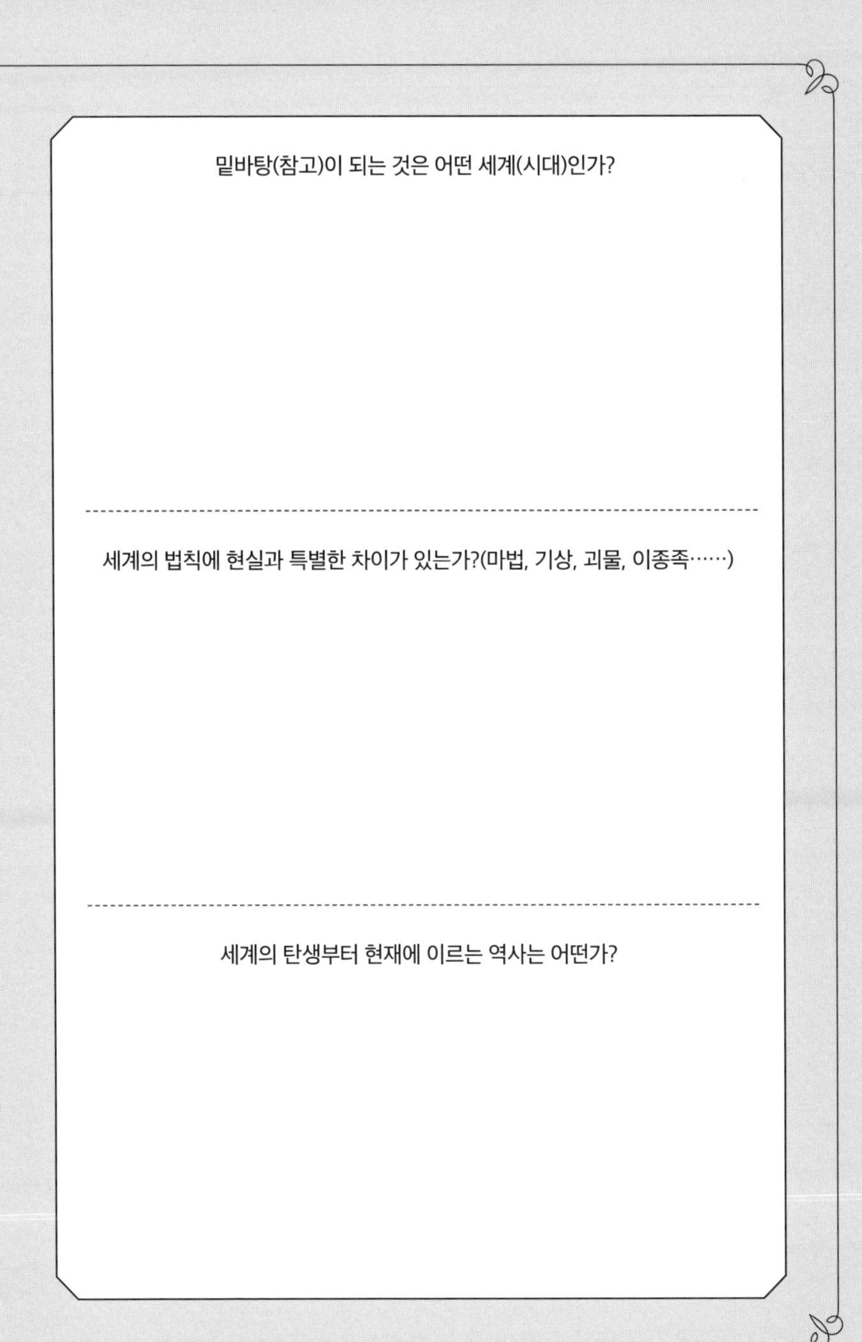
밑바탕(참고)이 되는 것은 어떤 세계(시대)인가?
세계의 법칙에 현실과 특별한 차이가 있는가?(마법, 기상, 괴물, 이종족……)
세계의 탄생부터 현재에 이르는 역사는 어떤가?

세계와 이야기를 연결하는 방법

◈ 세계와 이야기의 균형을 잡는 것은 어렵다

세계는 이야기의 밑바탕이다. 둘은 깊이 관계되어 있으며, 서로 좋은 영향을 주는 것이 바람직하다. 충실하게 만들어진 세계는 이야기에 설득력을 부여하고, 생생한 이야기는 세계가 진정으로 살아 있는 듯한 느낌을 준다.

하지만 이것은 매우 어려운 일이다. 나는 수많은 작가 지망생의 작품을 봐왔고, 신인상 심사를 하면서도 많은 작품을 접했다. 그중에는 세계와 이야기가 조화를 이루지 않는 작품이 대부분이었고, 이야기나 세계, 어느 한쪽이 너무 앞서가는 바람에 균형이 잡히지 않았다.

그럼, 어떤 때 세계와 이야기가 불균형해질까? 그리고 그로 인해서 어떤 단점이 생겨날까? 여기에서는 세계 만들기에 도움이 되도록 이러한 점을 소개하겠다.

◆ 이야기만 너무 앞서가면……

먼저 이야기만 너무 앞서간 사례를 소개하겠다. 앞에서 말한 대로 세계는 이야기의 밑바탕이다. 그래서 먼저 이야기의 테마와 스토리를 구상하고, 거기에 맞추어 '이 이야기는 이런 무대가 어울리는구나'라고 생각하는 것이 옳다.

하지만 뭐든지 지나치면 안 되는 법이다. 스토리와 캐릭터를 실제로 만들어가다 보면, '이게 더 적당한데' 혹은 '이런 걸 쓰고 싶다'면서 설정을 새로 만들거나 바꾼 결과, 합리적이지 않고 모순이 생기는 경우가 종종 있다. 이런 작품을 보고 독자들은 편의주의적이라는 인상을 받게 마련이다. 작가가 자기 생각과 스토리만 우선시할 때 생겨나는 설득력 저하는 되도록 피하고 싶은 문제다.

구체적인 예를 들어보자. '한 나라의 왕자와 친구 사이인 주인공이 왕자의 부탁으로 동료를 모아서 국가를 뒤집으려는 음모와 싸운다'는 이야기를 생각해보자. 당연히 주인공에겐 왕자의 지원이 있다. 자금, 정보, 인력, 귀족 사회에서의 중개 등을 기대할 수 있다. 왕자가 장교나 장군처럼 국가에서 어떤 직책을 맡았다면 그와 관련된 분야에서도 도움을 줄지도 모른다.

그러나 왕자는 왕자이지 왕이 아니다. 즉, 국가 자체를 움직일 힘은 없다. 오히려 '왕의 아들'이라는 점 때문에 왕의 분노를 사거나 하면 쫓겨날 가능성도 있다. 이 점을 생각하면 군대를 움직이거나 국고를 열어서 많은 돈을 쓰는 등의 행위는 조금 어려울 듯싶다.

그럼에도 불구하고 이야기의 상황에 맞추어서 '군대가 필요한데, 왕자에게 부탁해서 어떻게든 해준 것으로 처리하자'고 하면 자연스럽지 않다. 어떻게 그런 일이 가능하냐고 독자들이 의문을 가질 수도 있다.

이에 대한 첫 번째 해결 방법은 '어떻게 그럴 수 있을까?'라고 생각해보는 것이다. '왕자가 왕에게 부탁해 허가를 받았다'든가, '왕자는 왕에게 전권을 위임받았다'는 설정으로 의문을 해소할 수 있다.

단, 이것은 임시방편이고 편의주의적인 측면이 강하기 때문에 적당히 해두는 편이 좋다. 결국 더 큰 모순과 자연스럽지 못한 부분이 생겨날 수 있기 때문이다. 예를 들어 '그럼 처음부터 왕이 주인공에게 부탁했으면 됐잖아'와 같은 식이다.

두 번째 해결 방법은 그 자연스럽지 못한 부분에 실은 이유가 있다고 하는 것이다. '왕자가 수없이 많은 도움을 준 것은 사실 주인공들에게 숨기고 있는 비밀이 있기 때문'이라거나 '주인공들은 왕자가 보내줬다고 믿었지만, 사실 그 군대는 다른 세력이 보내온 것일 수도 있다'는 식이다.

세계 설정을 확인하면서 발견한 자연스럽지 못한 부분은 스토리에 맞추어 수정하고 끝내는 것이 아니라, '그 부분에서 이야기를 더 흥미로운 방향으로 전개하면 어떨까?'라고 생각해보기를 권한다.

◆ 세계만 너무 앞서가면……

이번에는 세계만 너무 앞서가는 사례를 소개하겠다. 이전에도 말했듯이 세계 설정 만들기를 좋아하는 사람도, 싫어하는 사람도 있다. 그리고 좋아하는 사람에게는 이 작업 자체가 매우 즐겁기 이를 데 없다. 이런 경우에는 작품의 테마가 무엇인지, 어떤 이야기인지, 어떤 장소, 지역, 기술, 문화가 주로 관련되었는지 등은 까맣게 잊고 그저 설정 만들기에만 몰두하는 상황이 벌어질 수 있다.

조금 전에 소개한 '왕자의 밀정' 상황을 생각해보자. 예를 들어 왕자는 왜 주인공을 밀정으로 삼으려 했는지, 왕자 정도면 주인공 이외에 다른 밀정도 거느리고 있는 것은 아닌지를 생각한 다음, '왕자가 밀정을 파견하는 계기가 된 백년에 걸친 왕족의 역사와 현재 살아 있는 모든 왕족의 프로필'과 '주인공 이외의 또 다른 밀정' 설정을 만들었다고 해보자. 조금 지나치게 힘이 들어간 것일지도 모르지만, 왕자의 묘사에 깊이를 더하고 이야기에 설득력을 부여하는 좋

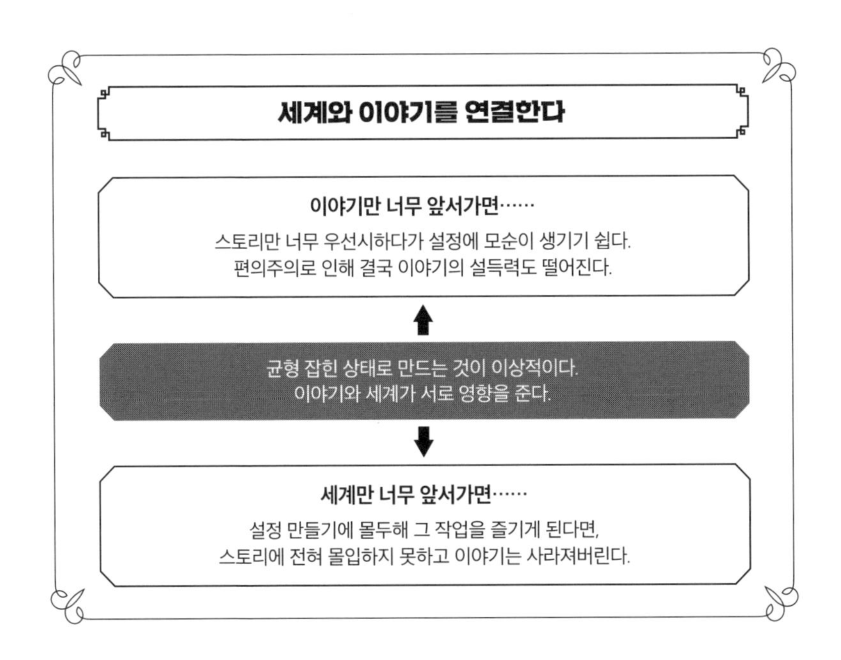

은 설정이 될 수 있다.

하지만 이러한 설정을 이야기 속에서 갑자기 나열하기 시작하면 독자들은 어떻게 느낄까? 그것이 내용상에서 확실한 의미를 가진다면, 설정을 어떻게 제시할지에는 고민의 여지가 있겠지만, 여전히 좋을 것이다. 하지만 대개 이러한 설정의 나열은 스토리와 직접적인 관계가 없는(쓰는 사람은 관계가 있다고 생각하지만, 독자에게는 그것이 전해지지 않는) 형태가 되어버린다. 그럼 이제 더는 이야기가 아니다. 설정 자료집이다. 논픽션 역사 소개서라면 상관없지만, 소설 속에서 이런 것을 좋아하는 독자는 많지 않다(당신의 작품이 엄청나게 성공하여 별도의 책자를 만든다면 이야기는 달라지겠지만). 무엇보다 밑바탕이어야 할 세계 설정이 중심이어야 할 이야기를 점령하는 것은 정말로 좋지 않다.

이에 대한 해결책은 간단하다. 만들어낸 설정 중 스토리상 확실히 의미 있는 것들만 독자가 이야기를 즐기는 데 방해가 되지 않는 선에서 제시하면 된다.

그러면 만들어 넣은 설정은 살짝 묻어날 정도로 의미를 가진다. 만든 것이 헛되이 되지 않는다는 말이다.

각종 창작 작품을 비교해볼 때, 소설은 이러한 측면에서 가장 유리하다고 할 수 있다. 해설에 담을 수 있는 정보량이 압도적이다. 만화라면 독백 형태로 해설을 넣거나 소개할 수도 있지만, 역시 너무 글자가 많은 것은 권하고 싶지 않다. 애니메이션이나 드라마에서는 이 방법을 쓰기 어렵다. 공식 웹 사이트에서 소개할 수도 있지만, 작품 밖에서만 설정을 이야기하고 끝내면 시청자의 반감을 살 가능성이 크기 때문에 추천하지 않는다.

이상으로 세계와 이야기의 관계에 대한 두 가지 패턴을 소개해보았다. 여기서 다룬 문제는 균형을 갖추고자 하는 의식이 있다면, 그리고 무엇보다 독자의 눈에 어떻게 보일지를 떠올릴 수 있다면 그리 어렵지 않게 피할 수 있다. 세계 설정을 만드는 목적이 무엇인지를 항상 잊지 않고 창작의 길에 매진하길 바란다.

세계관이 없다면 어떻게 될까?

◈ 세계 설정 따위 없어도 좋다?

지금까지는 주로 '세계와 세계 설정이란 무엇인가?', '세계 설정을 만들면 어떤 이점이 있는가?'에 대해 이야기했다. 하지만 반대로 생각하는 사람도 많지 않을까? 특별히 세계 설정을 만들지 않아도 충분히 이야기를 창작할 수 있지 않냐고 주장하는 사람 말이다. 어쨌든 대충 방향만 정하고, 나머지 필요한 설정은 그때그때 결정하면 충분하지 않을까? 일부러 설정을 만들려고 고생할 필요는 없지 않을까? 이렇게 생각할 수 있다.

어느 정도 그럴듯한 얘기다. 실제로 이런 방식을 더 선호하는 사람도 있을 것이다. 창작 감각이 있는 사람, 세계 설정 면에서 다소 문제가 있더라도 캐릭터와 스토리의 매력으로 독자의 마음을 사로잡고 놓지 않을 힘이 있는 사람이라면 말이다.

'압도적으로 재미있으면 세세한 것은 신경 쓰지 않는다', '감각 있는 사람에게 뻔한 방식을 강요하면 오히려 전보다 재미없어진다'는 말도 틀리지 않다.

그런 사람들에게는 1장에서 소개하는 내용이 그다지 의미가 없을지도 모르지만, 2장부터 구체적인 구성의 예를 소개한 부분은 상당히 도움이 되리라 생각한다. 그러니 이 책을 사전처럼 사용하는 것도 나쁘지 않다.

하지만 그것은 어디까지나 예외적인 이야기다. 세계 설정을 제대로 만들지 않고 쓰기부터 시도하는 형태는 작품을 창작하려는 사람에게 단점으로 작용하는 부분이 많다. 무엇보다도 이 책에 관심을 가질 만한 사람, 즉, 창작에 왕도가 있다고 믿는 사람은 기본적으로 천재가 아닌 경우가 많기에, 제대로 된 방법으로 배우는 것이 더 효과적이다. 그런 면에서 천재가 아닌 우리에게 세계 설정이 필요한 이유를 설명하겠다.

◆ 이유 ① 모순 분출

세계 설정을 제대로 만들지 않고 창작하는 데 따르는 단점 중 첫 번째는 아무리 노력해도 모순이 생겨난다는 점이다. 매우 크고 하얀 종이에 그림을 그리는 상황을 상상해보자. 전체적으로 어떤 그림인지를 정하지 않고 무작정 그리기 시작하면 무슨 일이 벌어질까? 처음에는 원하는 대로 원하는 만큼 그릴 수 있다. 하지만 그리다 보면 많이 그려진 곳과 새하얀 채로 남은 곳이 드러나게 된다. 다시 전체의 균형을 살피면 아무래도 이상하다. 무엇보다도 종이의 오른쪽에는 낮을 그리고 있는데, 왼쪽에는 밤 풍경이 펼쳐져 있다. 애초에 그런 그림이라면 상관없지 않냐고 생각하겠지만 처음부터 그럴 생각은 없었다. 즉, 무작정 세계를 만들다 보니 스스로 목을 조르는 결과가 되었다는 말이다.

좀 더 구체적으로 세계 설정에 대해서 생각해보자. 예를 들어, '주인공들이 모으는 특별한 아이템은 다섯 개'라고 설정했는데, 쓰면서 무심코 잊어버리고 이미 세 개를 모은 상태에서 "좋아, 이제 세 개가 남았군"이라고 캐릭터가 말해버리면 어떨까. '이 세상은 거대한 제국이 하나 있고, 다른 나라는 모두 제국을 두려워한다'고 설정했는데, 어느새 '제국에 필적하는 나라가 있고, 두 나라는 서로 맞서고 있다'라는 식으로 만들어버리면 어떨까. 분명히 모순적이다.

이건 좀 극단적인 사례이지만, 비슷한 일은 자주 일어난다. 인간의 기억력에는 한계가 있다. 시간을 두고 천천히 만든 것이 아니라 그 자리에서 즉흥적으로 만든 설정이라면 더욱 그렇다. 오해하지 말자. 즉흥적으로 세계 설정을 만들어가는 일 자체가 안 된다고 말하려는 것은 아니다.

중간에 캐릭터를 추가하려고 할 때, '유목민 같은 캐릭터를 등장시키고 싶다. 그럼, 동쪽 끝에 초원이 펼쳐져 있고, 거기에 유목 민족이 있다고 하자'는 식으로 설정을 추가하는 것은 당연한 일이다. 단, 이때 기본 위치와 상호 관계 등을 제대로 만들지 않았다면 '아차, 동쪽에는 다른 문화 세력이 있다고 설정했었지'와 같은 식으로 모순이 생겨나서 사용할 수 없게 되어버릴지도 모른다.

그래서 너무 상세하게 구성하지는 않아도 괜찮으니 우선 근본적으로 '대충 이런 느낌이다'라는 식으로 세계 설정을 만든다. 그 틈새를 메워가는 세세한 설정은 캐릭터나 스토리를 탐구해나가면서, 또는 실제로 이야기를 쓸 때 결정한다. 단, 기존의 설정이나 도중에 추가한 설정과 충돌하지 않도록 제대로 적어두어야 한다. 그 점이 중요하다.

♦ 이유 ② 깊이가 부족하다

또 다른 문제는 세계가 너무 어설프게 구성되는 것이다. 즉흥적으로 떠오른 착상으로 세계를 만드는 일은 충분히 가능하며, 앞서 소개한 것처럼 모순 등의 문제가 발생해도 그때그때 충분히 처리할 수 있다. 조금 전의 예로 말하자면 숫자나 장소를 수정하는 식이다. 하지만 이 방식에도 문제는 있다. 임기응변으로 수정을 반복함으로써 수정하기 어려운 더 큰 모순이 발생할 수 있고, 이야기와 세계 설정에 깊이가 부족해지기 쉽다.

예를 들어, '시골 출신 주인공 일행이 난생처음 대도시에 와서 감동하는 장면'을 쓴다고 생각해보자. 이때 최소한 그곳이 대도시라는 설정이 필요하게 마

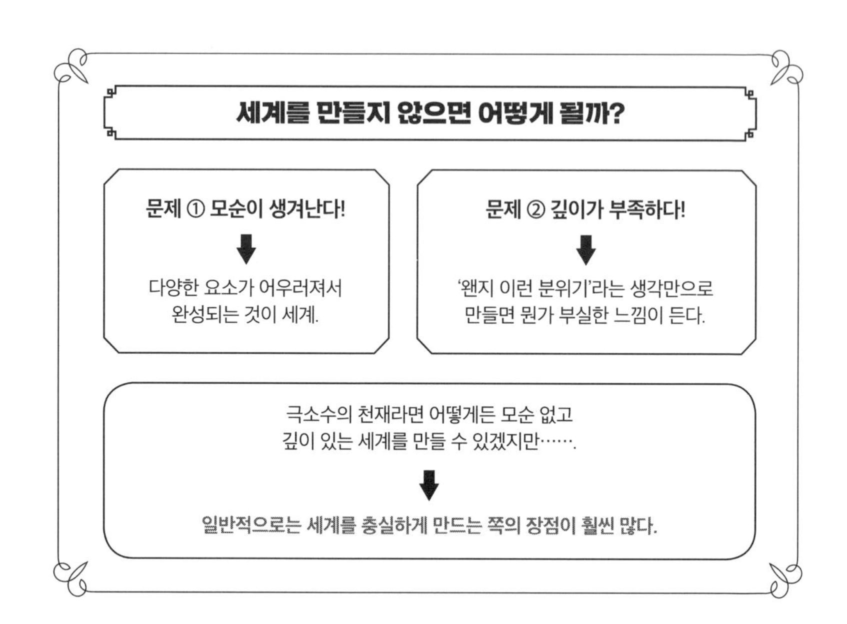

련이다. 작가와 독자 사이에 공통된 이미지가 있다면 그것만으로도 충분히 이야기를 쓸 수 있다(여러 가지 규칙이나 특성에서 친숙한 게임풍 판타지 세계를 선호하는 이유이기도 하다). 하지만 더 많은 설정이 있다면 깊이 있는 묘사를 할 수 있다. 예를 들어, 대도시의 인구와 구체적인 규모라든가, 대체 여기는 어째서 대도시인가(큰 교역 마을인가, 아니면 국가의 수도인가), 시골과 대도시는 어떤 교통수단으로 연결되어 있는가, 시골은 어떤 곳인가(차이를 묘사할 때 필요하다), 시골에는 도시의 정보가 얼마나 알려져 있는가, 도시 사람에게 인기 있는 요리는 무엇인가……. 이런 식으로 나열하다 보면 정말로 끝이 없다. 여하튼 이러한 설정이 있으면 좀 더 그럴듯하게 묘사할 수 있으며, 정말로 큰 도시에 들어선 듯한 느낌을 독자에게 줄 수 있다.

여러분이 오로지 자기만족을 위해 창작한다면 이 같은 요소에 구애받지 않아도 된다. 하지만 프로 작가를 목표로 한다면 이런 점에 집착해서 손해 보는 일은 없을 것이다. 설정의 깊이가 부족한 작품은 많은 독자가 부실하다고 느끼기 때문이다. 물론, 신인상 등에 지원할 때도 심사 위원이 이같이 부실한 부분을 빠르게 찾아내게 마련이다. '어쩐지 판타지란 이런 느낌이다'라며 대충 쓴 것보다는 '내가 만드는 세계는 이렇고 이렇게 되어서 이렇고……'라는 식으로 충실하게 구축한 쪽이 당연히 더 좋은 인상을 준다.

또한, 만일 여러분이 팀을 이루어 애니메이션, 게임, 만화 등을 창작하고자 한다면 반드시 설정이 필요하다. 팀원들끼리 방향성이나 생각을 통일하지 않으면 혼자서 만들 때보다 더 치명적인 모순이 발생한다. 영화를 만들거나 할 때 먼저 이미지 보드라는 이름으로 작품의 방향성을 보여주는 그림 등을 그리는 이유가 바로 그 때문이다. 작품에서 풍부한 매력을 보여주기 위해서도 세계 설정을 충실하게 만들어야 한다는 점을 기억해주길 바란다.

세계관을 얼마나 세밀하게 만들 것인가?

◈ 세밀함의 정도에 정답이 있을까?

세계 설정에 대해 강의하다 보면 "어느 정도까지 만들어야 하나요?"라는 질문을 자주 듣는다. 기본적으로 원하는 만큼 준비하면 된다고 대답할 수밖에 없지만, 그다지 친절한 답변이 아니라는 점은 잘 알고 있다. 설정을 만들어 넣으려면 얼마든지 만들 수 있기 때문이다. 작품 구성 전반에 걸쳐서 이러한 경향이 있지만, 특히 세계 설정은 더욱 그렇다.

이 책의 목차를 꼼꼼히 살펴보면 알겠지만, 세계 설정을 위해 결정해야 할 것이 무수히 많다. 세계가 어떤 모양을 하고 있고, 어떤 대륙(육지)이 있으며, 어떤 지적 종족이 살고 있고, 그들은 어떤 역사와 문명, 문화를 쌓아가고……. 이런 대략적인 부분까지는 그다지 어려움 없이 만들 수 있지 않을까?

점점 빠져들게 되는 것은 그 이후부터다. 이야기의 주 무대는 어떤 나라이며, 지형과 기후는 어떻고, 어떤 도시가 있는지, 각각의 역사와 산물이 어떻게 되고 서로의 관계는 어떤지 등 극단적으로 내용을 파고든다면 여러분은 그 도시

에 사는 사람들 각각의 인생까지도 설정할 수 있다.

이처럼 파고들어 세계 설정을 깊이 있게 한 것으로 유명한 작품이 바로 톨킨의 『반지의 제왕』이다. 창세기로부터 과거의 다양한 역사를 만들고, 각 도시의 상황까지 모두 정했으며, 마침내는 가상의 언어인 요정어까지 만들었다(톨킨은 원래 언어학자인 데다 일찍부터 언어를 좋아했으니 자신의 주특기였다고도 할 수 있다).

그렇다면 우리도 이 정도로 만들어야 할까? 물론 그렇지 않다. 세계 설정을 극단적으로 세밀하게 하지 않아도 이야기는 만들 수 있다. 내가 아는 한, 일반적으로 세계 설정에 대한 제작자의 입장은 크게 둘로 나뉜다. 하나는 세계 설정 작업이 너무나도 즐거운 사람(톨킨도 그랬음이 틀림없다!), 다른 하나는 귀찮아서 되도록 피하고 싶은 사람이다. 바로 이러한 차이가 시작 부분의 질문인 '어느 정도까지 만들어야 하나요?'로 이어진다. 전자는 만들고 싶은 것을 열심히 만들다가 문득 '이래도 되는 걸까?'라는 생각에 불안해하고, 후자는 되도록 수고를 덜고 싶어서 어디까지 준비해야 하는지에 대한 기준을 알고 싶어 한다.

이에 대해서 답변하기는 어렵다. 사람에 따라, 작품에 따라 알맞은 균형이 너무도 다르기 때문이다. 결국, 각자가 작품을 만들면서 자신에게 적절한 균형을 찾는 수밖에 없다. 또는 최소한의 중요한 부분만 정해놓고, 나머지 필요한 내용은 현장(쓰는 동안)에서 결정하는 방법이 대다수 사람에게 적합할 수도 있다.

하지만 이것만으로는 납득하지 못하는 사람도 많을 것이다. 그래서 여기서는 세계 설정 만들기의 장단점을 비교하려 한다. 이를 통해 여러분이 스스로 어떤 자세를 취할지를 생각해보길 바란다.

◆ 장점: 깊이 있는 이야기

세계 설정을 만들었을 때의 장점은 무엇일까? 앞에서도 조금 언급했지만 세계에 깊이가 생긴다는 것이다. 이야기의 무대가 되는 나라의 역사는 어떻고 영토는 얼마나 넓은가, 민족 분포가 어떻게 되는가, 언어는 어떤가 등은 작중에서는 구체적으로 묘사되지 않을지도 모른다. 하지만 이처럼 세밀하게 세계 설정을 한다면 캐릭터의 행동이나 판단, 풍경을 묘사하는 행간 등에서 자연스레 배어 나오게 마련이다.

좀 더 쉽게 이해하려면 영화의 세트를 떠올려보자. 영화를 촬영할 때, 화면에 나오지 않는 부분까지 배경이 될 세트를 제작할 필요는 없다고 여겨지곤 한다. 실제로 보이지 않는 곳, 화면에 비치지 않는 곳은 세트를 만들지 않기도 한다. 하지만 판자로 대충 만든, 보이는 곳에만 존재하는 세트가 아니라, 진짜 건물(또는 진짜와 비슷하게 신경을 써서 만든 건물)을 사용함으로써 흘러나오는 자연스러운 느낌이나 분위기가 있다. 바로 그러한 효과를 바란다면 충분히 의미 있는 작업이다.

또한 판자로 만든 세트에는 확장성이 없지만, 세계 설정은 바탕을 충실하게 만들어놓으면 거기에서 다른 아이디어를 떠올릴 수도 있다. '이 나라에는 이런 문화가 있으니 이를 바탕으로 이런 기술이 발전할지도 모르겠네'라든가, '이런 문화가 있다면 또 다른 문제가 생겨날 가능성도 있지 않을까'와 같은 식이다.

한편, 없어도 좋지만 만들어놓고 나면 자연스럽게 이세계 분위기를 드러내는 설정도 있다. 화폐, 길이, 무게, 크기, 시간 단위, 그리고 무엇보다도 언어라는 요소가 그렇다. 이러한 것들은 알기 쉽게 지구의 말이나 단위로 번역되어 있다고 해버리면 충분한 데다, 독자들도 어느 정도 이에 대해서 이해하고 있으므로 무리해서 만들 필요는 없다.

하지만 자신만의 설정을 만들면 '오, 이런 것까지 직접 만들다니 생각이 있는 작가인데'라고 생각해주는 독자도 적지 않을 것이다. 그것이 독자성으로 이어진다고 생각하면 도전할 가치는 충분하다. 참고로 단순히 미터나 그램 등으로 설정하는 것은 조금 시시하다는 견해도 있는 만큼, 역사 속에 실제로 존재한 단위 등을 조사하여 이를 기반으로 설정하면 재미있을지도 모른다(고대 그리스의 길이 단위인 '스타디온' 같은 것은 어떨까?).

◈ 단점: 헛수고가 될 수 있다

한편, 세계 설정을 만들었을 때의 단점은 무엇인가. 그것은 당연히 헛되이 될 가능성이 크다는 점이다. 세계가 이야기의 밑바탕이라는 것은 이미 소개했지만, 밑바탕만 쓸데없이 커봐야 의미가 없다. 모처럼 만든 설정이기 때문에 이야기에 억지로 밀어 넣으려는 사람도 많은데, 그렇게 하다간 자연스럽지 않게 되어버린다. 만든 설정은 10퍼센트 정도만 등장시키면 충분하다는 마음으로 임하는 것이 좋다.

더 현실적인 단점을 말해보겠다. 창작 과정에서 처음에는 의식하지 못하지만 곧 최대의 적이 되는 것, 그것은 바로 '싫증'이자 '피로'다. 여러분도 처음에는 기력이 넘쳐나서 세밀한 부분까지 철저하게(그야말로 마을 주민 한 사람 한 사람까지) 만들려고 하지만, 결국에는 지쳐서 질려버리고 설정에 관심을 끊게 되지 않는가? 아니, 관심을 끊은 정도라면 그나마 낫다. 일반적이면서 최악의 사례로는 세계 설정을 (어느 정도) 만든 것에 만족한 나머지 작품을 완성하지 못하는 상황도 벌어진다. 지금은 흑역사가 된 설정 노트만이 책상 안쪽 또는 컴퓨터 하드 디스크 깊숙한 곳에 잠들어 있는 사람이 분명히 적지 않으리라 생각한다.

이러한 문제는 설정 만들기를 잘하지 못하는 사람만이 아니라, 좋아하는 사람에게도 일어날 수 있다. 즉, 설정 만들기가 너무도 즐거운 나머지 열중해서 에너지를 다 쏟아버리고 마는 것이다. 이건 정말 아깝다. 설정 만들기는 밑바탕 세우기, 즉 준비에 지나지 않는다. 이야기 만들기야말로 실전이니 에너지는 이를 위해서 잘 남겨두어야 한다.

이 책에서 근본적인 설정을 중심으로 큰 틀을 먼저 만들고, 세세한 곳은 그때그때 만들어가면 된다 말한 이유는 바로 그 때문이다. 그래도 여전히 근본적인 설정이라는 것이 어느 정도인지에 대해 불안감을 느끼는 사람에게 마지막으로 조언하자면 주인공과 관련된 부분, 이야기에 나오는 부분, 주제와 관련된 부분을 중심으로 생각해보면 도움이 될 것이다.

세계의 가치관과 정신성의 모습

◈ 가치관과 정신성의 의미

현대 사회를 살아가는 우리와 판타지 세계에 사는 사람들은 비슷한 면이 상당히 많다. 기본적으로는 같은 인간으로서 부모로부터 태어나 오랜 시간에 걸쳐 성장하고, 가족을 이루어 자손을 남기고 결국에는 죽는다(이 점에서 매우 다른 세계를 그린 이야기도 대단히 재미있겠지만, 여기에서는 일단 제쳐두자). 하지만 어떤 식으로 생활하고, 어떤 삶을 살아가는지 등은 대부분 명확하게 다르다. 거기에서 가치관과 정신성mentality의 차이가 생겨난다. 예를 들면 다음과 같다.

- 소중하게 생각하는 것, 아무래도 상관없는 것은 무엇인가?
- 무엇을 원하고, 무엇을 필요 없다고 생각하는가?
- 무엇을 맑고 아름답게 느끼며, 무엇을 더럽고 추악하게 생각하는가?
- 무엇에 분노하고, 무엇을 슬퍼하며, 무엇을 기뻐하고, 무엇을 즐기는가?

독자와 캐릭터 사이에 다른 점이 많을수록 독자는 매우 당황한다. '어? 왜 그렇게 생각하는 거지?' '여기서 그러면 안 되지!' '여기서 화를 내지 않다니 이상하잖아!' 이렇게 되어버리면 창작 작품으로 성공하기는 어렵다.

반대로 다음과 같은 형태로 독자와 캐릭터의 가치관과 정신성이 겹친다면 어떨까? '이건 너무 슬픈데.' '그래, 이 녀석은 용서해서는 안 될 자야.' '이런 곳에서 지낼 수 있다면 즐겁지. 그 기분 알 것 같아.' 이렇게 되면 독자들은 매우 상쾌한 기분을 느끼고 그것이 쾌감으로도 이어진다. 무엇보다 독자들이 전투 장면이나 위기에 빠진 장면 등에서 주인공 캐릭터와 감정을 공유하게 되면 '힘내. 그런 놈에게 지면 안 돼!'라고 응원해준다. 여러분도 어린 시절 TV 앞에서 위기에 빠진 영웅이나 주인공을 응원한 경험이 있지 않은가? 이때의 일체감은 결코 무시할 수 없다.

◆ 중세 유럽의 풍경

하지만 반복해서 말하지만 현대인과 판타지 이세계인의 가치관과 정신성은 당연히 다를 수밖에 없다. 예시로 실제 중세 유럽의 풍경과 사람들의 생활을 묘사해보겠다.

중세 유럽을 일컬어 '암흑시대'라고 부른다. 고대 로마 시대에 축적된 문화와 기술이 사라지고, 각지에서 전쟁이 끊이지 않는 등 혹독한 시기였기 때문이다. 이러한 속설은 최근에는 부정되고 있으며, 간단하게 중세라고 이야기하지만 사실은 매우 긴 시간(5세기에서 15세기. 즉 1,000년 이상이다-옮긴이 주)이었기 때문에 나름대로 굴곡이 있었을 것이다. 하지만 현대와 비교한다면 전반적으로 힘겨운 시대였던 듯하다.

'판타지 파일'에서도 언급했듯이 이 시대의 사람들은 대부분 농촌에 살면서 식량 생산에 종사했다. 그들은 봉건 영주인 귀족이나 기사의 지배를 받았으며, 그 위에 국왕이 있긴 했지만 그의 얼굴은 본 적도 없었을 것이다.

먹거리가 부족하고 의료 기술이 발달하지 못해서 영양 부족이나 별로 대단치 않은 병 등으로 많은 사람이 사망했다. 충분한 영양을 취할 수 있고 의료 기술의 도움도 받을 수 있는 현대인은 감기나 작은 상처 정도로는 거의 죽지 않지만, 중세인은 감기로 쓰러지거나 상처가 곪아서 사망하기도 했다. 맹수나 도적의 습격, 마을끼리의 다툼, 무엇보다 전쟁으로 인해 목숨을 잃는 일도 비일비재했다.

현대처럼 모두가 일흔 살이나 여든 살까지 생존하는 건 좀처럼 바라기 어려웠다. 이러한 시대에 죽음은 매우 익숙한 것이었다. 현대인은 다른 사람이 죽음을 맞이하는 순간이나 시체 등을 좀처럼 볼 기회가 없지만, 그들은 매우 흔하게 목격하며 살았을 것이다.

한편, 도구 가격도 매우 비쌌는데, 공장에서 대량 생산을 할 수 없고 모두 수작업으로 만들었기 때문이다. 농기구나 옷 정도는 직접 만들기도 하는데, 그 역시 나무와 양털 등 재료를 준비하는 데에 상당한 시간이 걸린다. 하물며 품질이 좋은 물건이 필요하다면 도시에 나가서 살 수밖에 없다.

사정이 이렇다 보니 사람들은 대부분 물건을 매우 소중하게 여긴다. 도구는 고칠 수 있는 한 계속 수리해 사용하고, 옷도 누더기가 되어서 도저히 입을 수 없을 때까지 입는다. 반대로 말하면, 아직 사용할 수 있지만 버린다거나, 천이 충분히 여유 있는 옷을 입는 것은 종종 부유함의 증거로서 받아들여졌다. 비만도 부유함의 상징이 되는 경우가 많았다. 살이 찔 만큼 밥을 풍족하게 먹을 수 있다는 것이기 때문이다.

대부분의 사람은 순박하고 인내심이 강하며 신앙심이 두터웠다. 하지만 한편으로는 가혹하고 푸념할 만한 여유가 없는 세계에서 살고 있었고, 나아가 교육을 받거나 다양한 가치관을 접할 기회도 적었기 때문에 현대인처럼 다양한 선택을 할 수 있는 삶을 살지 못했다는 점도 고려해야 한다.

현대와의 가장 큰 차이는 계급일 것이다. 예를 들어 인간은 다음과 같이 구분

됐다.

· 왕속이나 귀족인 지배 계급.

· 농민과 시민인 평민 계급.

· 노예 등(판타지 세계라면 이종족도 여기에 들어간다)의 하층 계급.

각 계급 사이에는 결정적인 차이가 있었다. 지배 계급은 절대적인 권한을 지녔고, 반대로 하층 계급은 자유가 없었고, 재산을 가지는 일도 어려웠다. 이러한 방식은 자유와 평등을 당연하게 생각하는 우리의 감각과는 맞지 않는다. 그러나 중세 세계에서는 반대로 이 같은 계급 사회가 당연시되며, 모두가 평등하다는 생각이 이질적으로 느껴졌을 것이다. 대대로 그 지위를 계승하는 선한 통치자가 사회를 지배하고, 각 계급이 자신의 책임을 다함으로써 세상이 안정된다는 생각도 있었으리라.

다만, 대부분의 계급 사회에는 빈틈이 있어서 하층민이 빚을 갚거나 하여 평민이 되고, 평민이 공적을 인정받아 지배 계급이 될 수 있었다. 계급 사회가 안정적으로 유지되는 것은 평화롭기 때문이며, 전쟁으로 나라가 망하거나 하면 계급 따위는 아무런 의미가 없어진다. 오히려 환경이 격변할 때 가장 먼저 적응하는 이는 계급 사회의 하층이나 외부(이민족은 대부분 '외부'이다)에 놓인 사람들이다. 그렇게 계급 관계는 유동적으로 변화할 수 있다.

결국, 이러한 사회에 사는 사람들과 우리는 가치관과 정신적인 면이 크게 다를 수밖에 없다. 그렇다면 하이 판타지를 쓸 때는 독자들의 공감을 얻는 일을 단념해야만 할까?

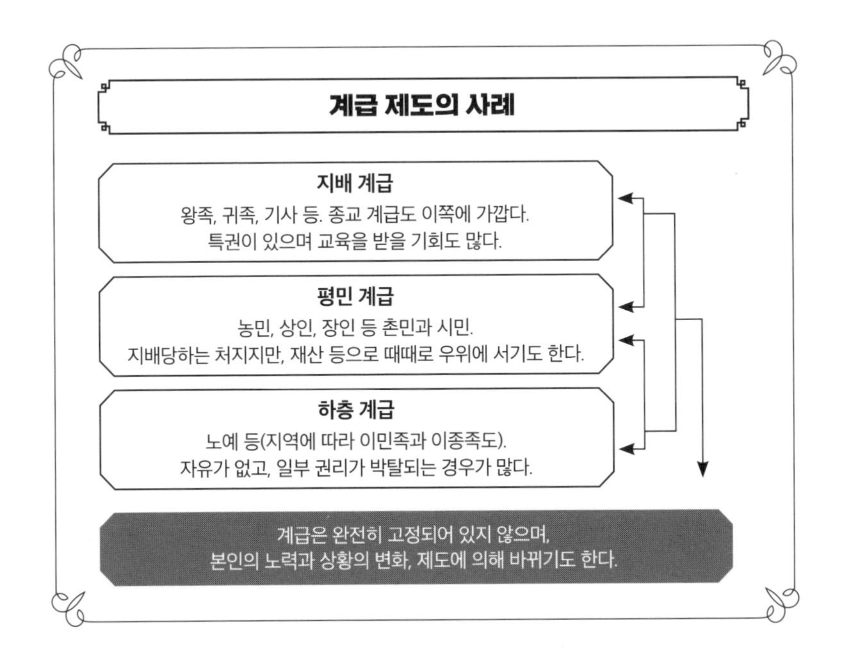

◈ 창작 시 가능한 대책

물론 이에 대한 대책은 있다. 네 가지 방법을 소개하겠다.

첫째, 약간 자연스럽지 못한 부분은 무시한다. 즉, 이세계인이라도 현대인과 비슷한 가치관과 정신성을 가진 인물로 묘사하는 것이다. 이 기술은 특히 라이트 노벨이나 웹 소설 등 젊은 층을 노린 창작 작품에서 자주 사용된다. 자기 작품의 주제나 대상 독자층을 생각할 때, 가치관과 정신성을 고집하고 사실성을 추구하는 것이 과연 효과적일까? 그로 인해서 독자들이 작품에 대한 흥미나 이세계로 빠져드는 느낌을 잃을 수 있으니 '이 작품에서는 이세계인이 현대의 젊은이처럼 행동해도 문제가 되지 않는다'고 결론을 내린다면 굳이 가치관과 정신성에 구애받을 필요는 없다.

두 번째는 가치관과 정신성의 차이를 정면으로 돌파하는 것이다. 사실적인 느낌으로 세계를 묘사하려면 그 세계 사람들이 어떤 사고방식과 가치관을 지니고 있는지를 충실하게 그리는 것이 가장 좋다. 작품의 매력을 높이기 위해서 아주 탁월한 선택이라 할 수 있다.

하지만 쉽게 할 수 있는 일은 아니다. 독자가 공감해주지 않는 캐릭터를 매력적으로 그리기란 무척 어렵다. 그러니 비교적 현대인에 가까운 가치관과 정신성을 지닌 인물을 주인공이나 관찰자로서 설정하면 어떨까? 가장 쉽게 이해할 수 있는 예로서 '현대에서 소환되어 온 이세계 전이자'가 있다. 독자와 같은 환경에서 성장한 사람들이니 당연히 가치관도 정신성도 비슷하다. 이세계의 상황을 보고 놀라거나, 기뻐하거나, 분노하거나, 슬퍼하는 것도 대부분의 독자와 비슷한 만큼 충분히 공감하고 응원할 수 있다.

또한 '이 세계의 주류에서 조금 벗어난 위치에 있는 캐릭터'도 좋은 선택이다. 예를 들어 상인, 예술가, 용병 같은 사람들은 한곳에 머무르며 사는 일이 적고, 여러 곳을 돌아다니다 보니 비교적 다양한 것을 보고 좀 더 넓은 가치관을 지닐 수 있다. 계급 사회 측면에서 보더라도 외부인의 입장이니 그렇게까지 얽매이지는 않을 것이다. 현대인이 아니더라도 어느 정도 가치관이 자유로운 캐릭터로서 행동하게 하거나 위화감이 적게 묘사할 수 있다.

그들의 행동은 때때로 다른 사람들과의 의견 대립을 일으키고, 곤란한 상황에 부닥치기 쉽다. 예를 들어, 노예는 당연히 주인을 섬겨야 한다고 주장하는 악당을 물리치고 노예를 풀어줬더니 오히려 노예들로부터 배척되고 욕을 먹는 상황이 벌어질 수 있다. 노예들로서는 주인에게 반항하려는 생각도 없고, 시키는 대로 일만 하면 먹고살 수 있는 상황에서 갑자기 쫓겨나는 것에 두려움마저 느낄 테니 충분히 있음 직한 일이다.

쉬운 선택은 아니지만 작품의 주제를 충실하게 그려내고자 한다면, 도전해봐도 좋지 않을까?

세 번째는 그 세상의 가치관을 현대에 가깝게 만드는 것이다. 상상의 세계는 작가가 마음대로 바꿀 수 있어서 좋다. 그런 만큼 중세 유럽풍 세계라도 마법

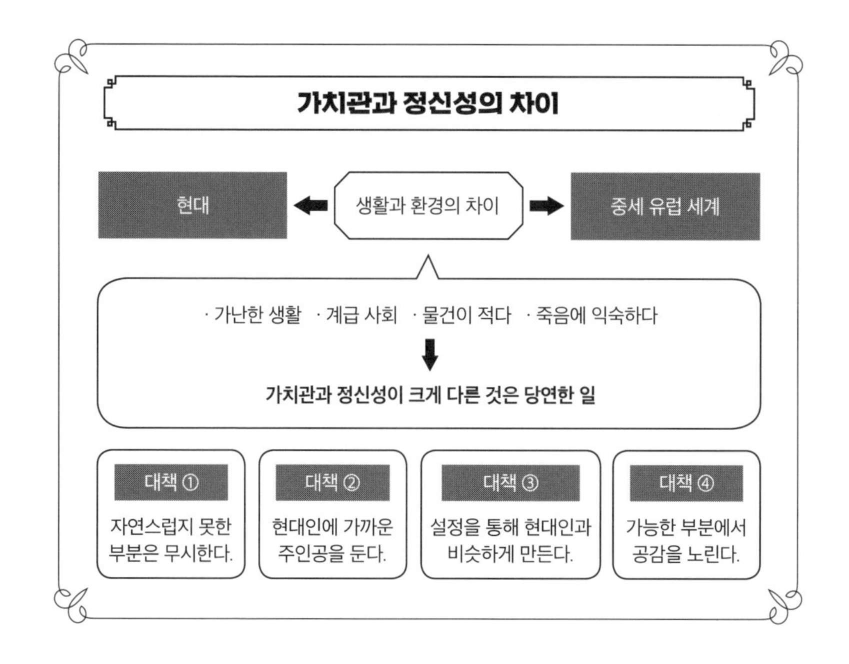

덕분에 생활에 여유가 있다거나, 통신이 발달하고 다신교로 인해 가치관이 다양해졌다는 등의 이유로 가치관과 정신성이 현대인과 비슷하다고 설정해도 무방하다.

네 번째는 가능한 곳에서만 공감을 노리는 것이다. 아무리 가치관과 정신성이 다르다고 해봐야 결국엔 같은 인간이다. 이해할 수 있는 부분이 전혀 없지는 않을 것이다. 예를 들어 남자라면 일반적으로 멋진 것을 동경하고, 예쁜 여자에게는 왠지 친절하게 대하고 싶은 마음이 든다. 이렇게 세계는 다르지만 서로 이해할 수 있는 부분을 강조한다면 무리하게 세계 설정에 집착하지 않아도 충분히 독자의 공감을 얻을 수 있다.

각각 장단점이 있지만, 도전할 만한 가치는 충분하다.

칼럼

언제부터 어른인가?

여러분은 '어른'일까? 현대인으로 말하자면 어른, 즉 성인은 19세 이상을 가리킨다. 하지만 운전면허는 만 18세, 오토바이(2종 원동기 장치자전거 면허)는 만 16세 이상이면 취득할 수 있다. 고등학교를 졸업하면 성인이라고 여기는 사람도 적지 않다. 수명은 점차 늘어나고 있는데, 일단 70대가 되면 이제 슬슬 죽을 날이 멀지 않았다고 생각하지 않을까?

하지만 중세풍 세계에서는 이러한 상식이 통하지 않는다. 아이들은 더 이른 나이에 어른의 역할을 하도록 요구받으며, 장수하는 사람도 그렇게 많지 않다. 실제 중세 유럽의 평균 수명은 30세 정도(때로는 20세 정도까지 떨어졌다고도 한다)밖에 되지 않아 놀라울 따름이다. 식량 생산량이 안정적이지 못했을 뿐만 아니라, 전쟁이나 전염병 같은 외부 요인으로 인해 젊은 나이에 사망하는 사람이 많은 시절이었다는 점을 무시할 수 없다.

그러나 다른 한편으로, 여기에 숫자의 함정이 있다는 것에 주의해야 한다. 이 평균 수명은 출생 직후 죽은 유아와 어린이에 의해 훨씬 낮아진 것이다. 일본에도 '일곱 살 때까지는 신의 손에'라는 말이 있는데, 그만큼 아이들이 많이 죽었다는 의미다. 일설에 따르면, 7세가 되기 전에 절반이 죽었다고 한다.

이런 점을 고려하더라도 50세 정도가 중세 사람들에게는 하나의 분기점이었던 듯하다. 그 이상 살아남으면 경의를 표할 만하다. 노인은 사람들에게 지혜로운 자로서 존경받았는데, 반대로 말하면 그 나이가 될 정도로 살아남은 사람이 드물었다는 것이다. '초로初老'의 본래 의미가 '40세'였다는 점이 이러한 추측을 뒷받침하는 것 아닐까?

이런 세계에서 아이들은 단지 일방적으로 보호받으며 성장하는 존재가 아니다. 어릴 때부터 농사일을 돕거나 장인이나 상인에게 제자로 내던져진다. 가혹한 노동에 몸이 망가지고 목숨을 잃는 일도 드물지 않았다. 한 사람의 노동력으로서 여겨지는 시기도 빠른 데다, 스무 살이 되기 훨씬 전에 결혼하는 일도 많았다. 여유가 없는 세계에서 아이들은 한시라도 빨리 어른이 되어야만 했다.

2장

판타지의 세계관

세계의 형성과 그 구조.

사람들의 생활과 그것을 좌우하는 거대한 사건과 집단.

세계를 만들기 위해서는 알아두어야 할 것이 많다.

세계 창조와 신화

◈ **이야기와 신화**

여러분이 그려내는 이야기의 무대가 되는 세계는 이야기 시작과 동시에 태어나지는 않았을 것이다(그런 세계가 있을지도 모르지만). 이야기가 시작되기 전 과거가 있고, 또한 이야기가 끝난 후에는 미래가 있다. 과거가 주인공을 둘러싼 상황과 등장인물의 판단에 영향을 주고, 이야기의 결말이 이후의 미래를 연상할 수 있는 형태로 완성되면 독자는 이야기가 탄탄하다는 인상을 받는다. 일반적으로 판타지는 먼저 세계 창조가 있고, 신들과 악마가 활약하는 신화의 시대가 있으며, 인간과 이종족 등 사람의 시대가 있다는 식으로 흐름을 잡는다.

여기에서는 그중 '세계 창조'와 '신화' 부분을 소개하고자 한다. 이러한 요소가 이야기에 직접 관련되는 경우는 많지 않다. 너무 규모가 크거나 환상적이라서 이야기에서는 사용하기 어렵기 때문이다. 하지만 이야기의 배경으로서는 충분히 활용 가능하다. 신들의 시대에 일어난 사건이나 신의 존재가 현재까지

영향을 미친다고 하면 이야기에 깊이를 줄 수 있다. 예를 들어 다음과 같은 경우를 생각할 수 있다.

- 주인공이 가진 칼은 신화의 시대에 신을 죽이는 데 사용되었던 무기의 복제품이다.
- 이야기의 흑막은 신화의 시대에 신들이 직접 봉인한 마물을 풀어주려고 한다. 하지만 그것은 그의 자유 의지에 따른 것이 아니라 마물의 정신 조종에 의한 것이다.
- 이야기의 무대가 되는 제국에는 '황제는 신의 자손이다'라는 전설이 있다.
- 인간과 엘프, 드워프 등 각 종족은 신화의 시대에 각각 다른 신에 의해 창조되었다고 여겨진다. 그들은 자신을 만들어낸 신을 수호신으로 모시고 있으며, 기쁠 때나 슬플 때, 놀라거나 무언가를 결심했을 때 신의 이름을 외친다("○○의 이름으로 용서해주십시오!" 등). 하지만 인간만은 유연한 정신으로 여러 신을 섬기곤 한다.
- 각 종족·국가·지역 사이의 우호 관계와 갈등, 적대 관계 속에 신화의 시대부터 시작된 인연이 있다. 예를 들어 다크 엘프가 엘프를 적대하는 이유는 신들의 전쟁 시대

· 에 주류 엘프와 관계를 끊고 암흑 신의 진영으로 전향했기 때문이다.

이러한 설정을 이야기 속에 적당히 섞는다면 판타지 분위기를 더욱 강하게 풍길 수 있다.

◈ 세계의 창조

가장 먼저 생각해야 할 것은 세계의 탄생이다. 그 세계가 태어나기 전에는 무엇이 있었는가? 다음과 같은 패턴을 생각해볼 수 있다.

· 아무것도 없는, 그야말로 '무無'였다.
· 혼돈이 뒤섞여서 수프처럼 되어 있었다.
· 세계를 담은 알이 있었다.
· 지금의 세계와 비슷하거나 다른 이전 세계가 있었다.
· 거인, 나무, 용 등의 시체에서 세계가 태어났다.
· 서로 붙어 있던 하늘과 땅이 떨어지면서 세계라는 공간이 태어났다.

세계 창조 이야기가 존재하지 않는 신화도 있다. 신화에서 묘사되지 않은 경우뿐만 아니라 신과 사람이 다른 곳에서 찾아와서 원래 존재하고 있던 세계에 나타난 사례도 있을 것이다. 이 경우 '이곳에 오기 전에 있던 세계는 어떤 곳인지……'라는 것이 이야기의 소재로 활용될 수 있다.

다음으로 이러한 상황에서 어떻게 해서 세계가 만들어졌는지를 생각해보자. 기본적으로 다음 두 가지 경우가 있다.

· 어디선가 나타난 신이 신비한 힘으로 세계를 만들어냈다.
· 걸쭉한 혼돈의 수프가 자연스럽게 굳어지거나, 알이 부화하거나, 세계가 멋대로 태

어났다.

◈ 신화의 시대

세계가 탄생하고 나면 드디어 본격적인 신화의 시대가 시작된다. 신들과 거인, 요정, 정령, 신을 따르는 천사와 반발하는 악마 등 인지를 초월한 초자연적 존재들이 보통 인간들은 할 수 없는 활약을 펼친다.

이때 신들의 행동에 대한 결과로 현재의 물품이나 기술, 지형이 형성되는 경우도 많다. '천사가 신으로부터 불꽃을 훔쳐 인간에게 주었다'거나 '그 산은 거인이 잠든 채로 일어나지 않은 결과물이다'라거나, '신에게 저주를 받아 기괴한 모습의 괴물이 태어났다'와 같은 것들이다.

신들이 더 직접적인 영향을 준 경우가 있을지도 모른다. 예를 들어, 신이 인간과 동물과 어우러져 특별한 피를 남기고 그 후손이 현재도 남아 있다고 하는 사례다. 신의 피가 그들에게 특별한 능력이나 영웅 같은 지위를 준다는 설정이 될 것이다.

그리스 신화에는 이런 이야기가 매우 다양하고 충실하게 담겨 있으므로 큰 도움이 된다. 그중에서도 신들의 전쟁에 관한 이야기를 흔히 볼 수 있다. 선한 신과 악한 신의 전쟁, 혹은 신들에 의한 세대 간 투쟁이나, 신과 그에 필적할 만한 강력한 존재의 싸움은 신화의 꽃이라고 해도 좋다. 대표적으로 다음과 같은 것이 있다.

· 그리스 신화에서 최초의 주신 우라노스는 자기 아들인 크로노스에게 패배하고, 그 크로노스도 아들 제우스에게 패하여 제우스에 이르러 간신히 안정되었다.
· 북유럽 신화에서 신과 거인이 대립하고 마지막에는 최후의 전쟁 라그나뢰크가 일어나 세계가 멸망하고 새로운 시대가 열린다.
· 일본 신화에서 아마쓰카미天津神가 구니쓰카미国津神에게 국가 양도를 요구한다.

· 기독교와 관련된 설화에서 천사장인 루시퍼가 유일신에게 반기를 들었지만 패하고 지옥에 떨어져서 악마가 된다.

◆ 신화의 신빙성

그런데 이러한 신화적인 이야기들은 사실일까? 이 세계를 만들어낸 당신은 물론 진실을 알고 있을 것이다. 하지만 그 세계에 사는 사람들은 진실을 정확히 알까? 이것은 조금 의심스럽다. 여하튼 신화의 시대는 그들에게 수백 년, 수천 년, 자칫하면 수만 년 전의 사건일 것이다. 따라서 이러한 이야기가 구전되는 가운데 일부 내용이 사라지거나, 왜곡되거나, 창작이 뒤섞여서 완성되었다고 하는 편이 자연스럽다. 또는 누군가가 처음부터 꾸며낸 이야기에 불과하거나, 바탕이 된 사실은 있지만 기본적으로는 허구(하늘에서 강렬한 빛이 내려와 나무에 불이 붙었다. 이 같은 일이 일어났다는 것은 하늘에 신이 있다는 증거다)일지도 모른다.

여러 종교가 등장하여 각기 다른 신화를 전하는 세계에서는 이야기가 더 복잡해지게 마련이다. 그 신화 중 어느 한쪽만 옳고 나머지는 전부 틀린 것일까? 아니면, 모든 신화는 하나의 사실을 바탕으로 하면서 내용이 더해졌기 때문에 다른 이야기가 되어버린 것일까?

신이나 천사, 악마가 실존하고 신화의 시대부터 현재까지 살아남은 세계라면 그들에게 직접 물어보면 된다. 하지만 인간과는 가치관이나 목적, 상황, 시간 척도가 전혀 다른 그들이 솔직하게 말해줄까? 어떤 계획이나 음모에 의해 왜곡된 신화가 전해지고 있다고 해도 전혀 이상하지 않다. 혹은 누군가에 의해 우습거나 재미있게 과장되었을 수도 있다. 당사자 또는 이해 관계자인 신들이 자신에게 유리하게, 또는 증오스러운 적에게는 안 좋은 쪽으로 이야기를 전했을 가능성도 충분하다.

더욱 판타지적인 상황을 준비해도 좋다. 신이나 악마 중에는 인간의 믿음과 존경, 공포심이 힘의 원천이 되는 존재도 있다고 한다. 전쟁으로 인하여 육체가 소멸해버린 신이나 악업을 거듭한 끝에 봉인되어버린 악마라도 신화에서 그들이 거론되는 한, 언젠가 되살아날 가능성도 있다. 그래서 신화에서조차 삭제되어 그 존재가 거론되지 않는 사례가 있을지도 모른다.

신들과 인간의 차이로 인해서 서로 이야기를 나눌 수 없는 경우도 생각할 수 있다. 어쨌든 상대는 신이다. 옛이야기 하나를 꺼내는 데 몇 년이나 걸릴 가능성도 있다. 단순히 이야기가 길어서가 아니라, 고작 하룻밤에 불과하다고 생각했는데 정신을 차리고 보니 수백 년이 지났을 수도 있다. 이러한 신, 요정과 인간의 시간 척도 차이는 '신선놀음에 도낏자루 썩는 줄 모른다'는 말로도 유명하며, 일본의 「우라시마 다로」나 서양의 「립 밴 윙클」 같은 민화나 전설 등에서 자주 볼 수 있다.

신들의 시대의 진실은 도저히 그대로 인간에게 전할 수 있는 내용이 아니라서 어쩔 수 없이 인간이 받아들일 수 있도록 번역할 수밖에 없다. 하지만 그렇게 되면 아무래도 생략되거나 왜곡될 수 있으며, 때에 따라서는 전혀 다른 이야기가 될 수도 있다.

좀 더 다른 형태로 진실이 숨어 있을지도 모른다. 오컬트 이야기에는 '신화는 초과학기술을 지니고 있던 고대 사람들의 이야기가 단편적으로 전해진 것'이라는 내용이 흔하게 등장한다. 하늘을 나는 배, 동물로 변신하는 인간, 땅을 치는 번개. 그들은 신비한 기적이 아니라 앞선 기술에 의해 실현된 현실이라는 것이다.

이러한 발상을 이야기에 도입한다면 어떻게 될까. 신화는 신들의 이야기가 아니라 무서운 지식과 기술을 보유했던 고대 사람들의 이야기가 단편적으로, 또한 왜곡되어서 전해진 것이라는 말이 된다. 묘하게 SF적이거나 마치 컴퓨터 프로그램과 같은 시스템을 가진 신화시대 유산이 있는데, 사실 그것은 고대의 엄청난 기술에 의해 만들어졌다는 식으로 해도 재미있겠다.

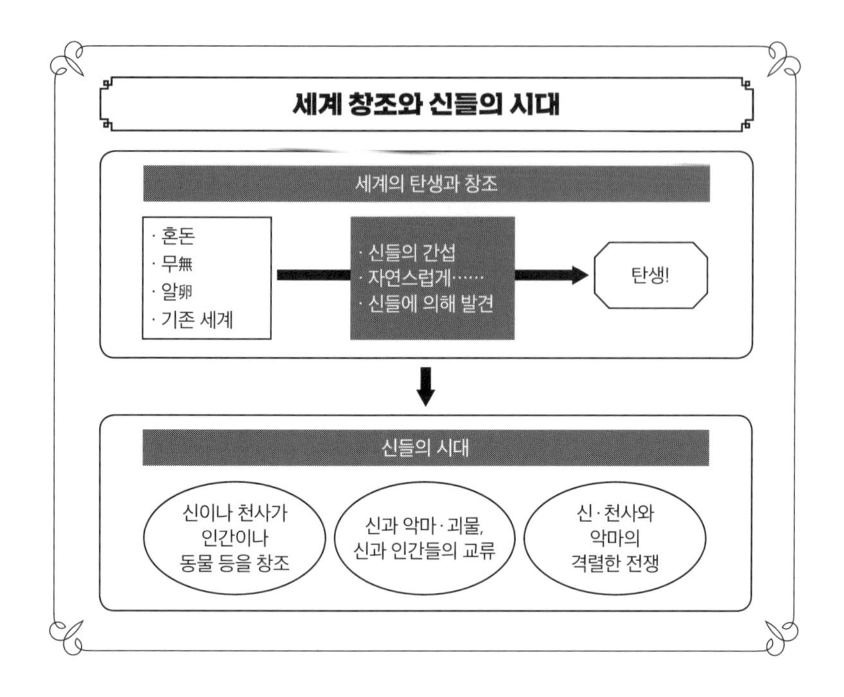

차라리 신들(=고대 사람들)의 정체를 좀 더 파고들어보는 건 어떨까? 그들의 기술은 어디에서 왔을까? 본래부터 매우 진보된 문명이 있었을까? 또는 다른 지역이나 별, 다른 차원의 세계에서 온 것일까? 신화가 '신들이 세계를 발견했다'라고 시작할 때는 이러한 경우가 많은 듯하다. 그들이 과거의 사람인 동시에 미래인이었다라는 설정도 가능하다. 즉, 앞선 기술을 가진 사람들이 과거로 여행을 떠났고, 거기에서 그들의 행동이 시간이 지나면서 신화로서 알려지기 시작했다는 것이다.

역사와 전설

◈ 신이 떠나고 전설이 찾아온다

신화의 시대는 언젠가 끝나게 마련이다. 신들이 싸우다가 함께 소멸했을 수도 있고, 인간에게 진저리가 나 어디론가 떠났을지도 모른다. 신의 수명이 다했거나 땅에 넘쳐나던 힘이 약해져서 예전만큼 신비한 일이 일어나지 않게 되었을 가능성도 있다. 여하튼, 신들이 적극적으로 세상에 관여하지 않으면 다른 종족이 주역의 자리에 오른다. 그것이 이 책에서 말하는 전설의 시대, 역사의 시대다.

전설의 시대는 신들이 활발하게 활동하는 신화시대와 인간의 이야기를 그려내는 역사시대의 대략 중간 정도 느낌이다. 이 시대는 아직 신화의 분위기가 강하게 남아 있어 이야기 안에서 현재보다 더 환상적인 사건이 잘 일어나는 시기라고 정의할 수 있다.

전설의 시대에는 다음과 같은 상황이 벌어질 수 있다.

· 인간을 포함한 다양한 이종족이 세력을 확대하고자 서로 다툰다.
· 드래곤이나 뱀파이어 같은 강력한 몬스터가 인간들을 지배한다.
· 강력한 마법의 힘을 가진 제국이 놀라운 문명을 구축한다

이처럼 파란의 시대, 막강한 힘을 가진 것들의 시대도 오래지 않아 막을 내리게 된다. 이유가 무엇일까. 예를 들어 다음과 같은 사례를 생각할 수 있다.

· 단순히 싸움에 몰두한 나머지 모든 존재가 힘을 잃고, 자연스레 시대가 변해갔다.
· 강력한 힘을 가진 세력의 내외부에서 더 막강한 누군가가 나타났다.
→ 야만족의 침략이나 실험 실패로 인한 괴물의 폭주 등.
· 상부에서 하부를 억압하는 체제를 유지할 수 없게 되어 반란이나 내분이 일어났다.
· 거대한 세력을 뒷받침하던 마력, 기술, 위대한 지도자 등을 잃어버렸다.

이러한 사건의 결과로 대부분은 큰 전란이 일어난다. 강력한 힘에 의해 지배당하던 각 세력이 이제까지 쌓인 울분을 풀려고 하거나, 기회를 잡았다는 듯이 자신들의 세력을 넓히려 하기 때문이다. 전란을 일으킬 힘조차 없는 상황도 있다. 괴물들이 풀려나거나, 심각한 기근으로 인해 삶을 이어가는 것조차 힘겨운 상황이다.

어느 쪽이든 전설의 시대가 막을 내릴 때가 다가오면 크고 작은 혼란이 일어나지만, 결국 시간이 지나면서 이러한 혼란도 조금씩 안정되고 역사의 시대가 다가온다.

◈ 한때 위대한 제국이 있었다……

판타지나 SF 작품에서는 고대의 위대한 제국이라는 소재가 종종 등장하는데, 고대 로마 제국의 영향 때문인 듯하다. 지중해를 중심으로 널리 유럽에서

북아프리카, 중동까지 세력을 뻗친 이 제국은 그 힘의 크기는 물론이고 제도나 체제 면에서도 매우 뛰어난 수준에 이르렀다. 특히 도로나 수도 같은 기반 시설은 주목할 만한 수준이었으며, 기술 면에서도 증기 기관의 일면이 엿보이는 등 매우 뛰어났다.

로마 제국이 무너진 이후 유럽은 암흑시대라고 불리는 긴 중세 시대에 돌입한다. 여러 세력에 의한 분쟁이 계속되었고, 기술이나 문명의 발전이 정체되었다고 하는 이 시대(최근에는 꼭 그렇지만은 않았다는 이야기도 있다)에서 고대 로마를 바라보았을 때 피어나는 동경이 창작 작품 속 전설의 시대 모습에 적지 않은 영향을 주지 않았을까.

전설의 시대가 남긴 것은 그와 같은 동경만이 아니다. 유적이나 유물의 형태로 눈앞에 나타날 수도 있다. 고대 유적은 모험의 무대로 안성맞춤이다. 원래는 성이나 요새, 신전이나 왕묘였을까. 어쩌면 연구소였을지도 모른다. 지금은 '지하 미궁'을 뜻하는 단어로 자리를 잡은 '던전dungeon'은 본래 지하 감옥을 뜻하는 말이었다.

그 안에 이제는 제작 기술이 사라져버린 물건이 잠들어 있고, 그것을 손에 넣을 수 있다면 일확천금의 기회가 된다. 하지만 중요한 물건은 엄격하게 지켜지게 마련이다. 왕의 묘라면 왕의 영면을 지키기 위해, 연구소라면 연구 결과를 빼앗으려는 발칙한 자들을 제거하기 위해 수많은 함정이 도사리고 있을 것이다. 만일 판타지 세계라면 괴물이 있을지도 모른다. 마법 장치인 골렘이나 수백 년이 지나도 소멸하지 않는 정령, 불멸의 좀비 같은 존재가 수호자로서 발칙한 침략자들을 기다린다. 또한, 시간이 지나면서 유적이 낡아 무너지기 시작하면 예상치 못한 장해가 생겨날 가능성도 있다. 무너진 벽을 통해 침입한 괴물이나 적대적인 이종족들이 유적에서 살고 있을지 알 수 없다.

이러한 전설의 시대 유적을 둘러싼 이야기는 영화 〈인디아나 존스〉 시리즈로 대표되는 모험 드라마로서 아주 매력적이다. 판타지 작품에서도 전통적이면서 인기 있는 소재다. 물론, 거대한 제국과 그 유산만이 이야기의 소재가 되는 것은 아니다. 신화나 전설의 시대부터 계속된 각 종족이나 여러 세력 간의 다툼, 과거로부터 계승된 울분이나 불만 등으로 인해 큰 사건이 일어날지도 모른다. 전설의 시대에 나타난 거대한 괴물이 봉인되었지만, 지금 시대에 되살아났다는 이야기도 그럴듯하다.

전설의 시대를 배경으로 훨씬 더 큰 규모의 이야기를 만들 수도 있다. 예를 들어, 다음과 같은 것을 생각할 수 있다.

· 이종족 간의 싸움을 끝낸 것은 한 사람의 영웅이었다. 그가 세운 제국은 더는 남아 있지 않지만, 지금도 모든 종족이 전쟁을 끝낸 영웅에게 경의를 표한다. 영웅의 후예가 나타난다면 많은 이종족이 그 주변에 모여서 제국이 새롭게 다시 태어날지도 모른다.

· 고대 제국의 후예가 한때 그것을 잃어버림으로써 제국이 붕괴하는 원인이 된 아이

템을 우연히 만나고, 그 일을 계기로 다시 제국을 건립해 전란의 시대의 막을 내리기 위한 싸움을 시작한다.

· 몬스터의 제국은 오래전에 분열되어 북방의 광야로 쫓겨났지만, 소멸한 것은 아니었다. 다시금 힘을 합쳐서 싸움을 걸어오는 그들을 막기 위해 진실을 찾아야 한다…….

자, 어떤가? 뭔가 두근거리지 않는가?

◈ 역사의 시대

드디어 인간과 이종족의 시대가 찾아왔다. 이 책에서는 이것을 '역사의 시대'라고 부른다. 역사의 시대를 만들 때 가장 도움이 되는 것은 역시 지구에서 펼쳐진 인류의 역사다. 우리 조상들이 시행착오를 거치면서, 또는 각각의 꿈과 희망과 욕망이 서로 부딪치면서 만들어진 역사는 어설픈 무언가로 대신할 수 없다. 하물며 소설가가 혼자 머릿속에서 반죽해서 만들어내는 설정으로는 좀처럼 실제 역사처럼 생생하고 약동하는 느낌을 연출하기 어렵다. 그러니 우선은 역사를 참고하고, 당신의 이야기에 어울리도록 변형하여 새롭게 만들면 된다.

먼저 곳곳에 마을이 생겨난다. 하나의 마을 안에서 모든 물자를 조달할 수 없으므로 교역을 위한 교류가 이루어지고, 길을 따라 사람의 물결이 만들어진다. 교류는 항상 평화적으로만 진행되지는 않는다. 농업에 필요한 물과 토지, 연료로 사용하는 나무와 비축한 물자, 그리고 무엇보다도 노동력을 얻고자 마을끼리 싸우기도 한다. 싸움을 거치거나 하면서 더욱 커진 마을이 나라로 성장한다.

나라가 생겨나고, 때로는 번영하고, 때로는 멸망한다. 멸망하는 방법도 외적의 침입으로 멸망하는 나라, 내분으로 멸망하는 나라, 천재지변에 삼켜진 나라, 민중의 반란으로 전복된 나라, 다른 나라에 항복하고 그 일부가 되어 살아남은 나라 등 다양하다.

더 규모를 확대해보자. 역사상 큰 사건이라고 하면 뭐니 뭐니 해도 전쟁이다. 영토 확장을 위해, 자국 방어를 위해, 잃어버린 것을 되찾기 위해, 정의를 위해 등 여러 가지 이유로 전쟁이 벌어졌으며, 많은 비극과 함께 기술과 지식의 진보를 낳았다.

전쟁은 항상 일대일로만 일어나지 않는다. 오히려 여러 나라가 얽힌 전란도 드물지 않게 일어난다는 사실을 역사는 가르쳐준다. 예를 들어, 한 강대국이 다른 강대국에 싸움을 걸면 자연스레 다양한 나라가 휘말리게 된다. 강대국은 종종 다른 작은 나라들과 주종 관계를 맺고, 때로는 그 나라를 도구처럼 이용하기 때문이다.

강대국이라고 할 정도는 아니더라도 나라와 나라가 서로 싸울 때 다른 나라가 연루되거나 개입하는 일도 드물지 않다. 이러한 상황이 벌어진다면 동맹국을 구하기 위해, 빚을 지우기 위해, 때로는 어부지리를 노리며 개입해 이익을 얻으려고 할 수도 있다.

또한, 역사상 전쟁만큼이나 많은 사람을 말려들게 한 사건으로 천재지변과 질병의 대유행을 떠올릴 수 있다. 화산 폭발, 지진, 홍수, 기근 등은 때때로 나라를 멸망시키기도 한다. 또한 일찍이 페스트가 유럽에 미친 피해를 생각하면 질병의 대유행 역시 결코 작은 사건이 아니라는 점이 명백하다.

◈ 판타지 요소는 어떤 상황을 만들어내는가?

지금까지 지구의 역사를 따라 역사의 시대에 일어날 법한 사건을 소개해보았다. 하지만 여러분이 만들어내는 것은 판타지 세계로, 당연히 지구의 역사에서 벌어지지 않을 일도 일어날 수 있다. 마법, 이종족, 신, 초자연적 현상 등 판타지 특유의 신비한 요소들은 실제 그 시기에는 일어나지 않을 만한 사건을 일

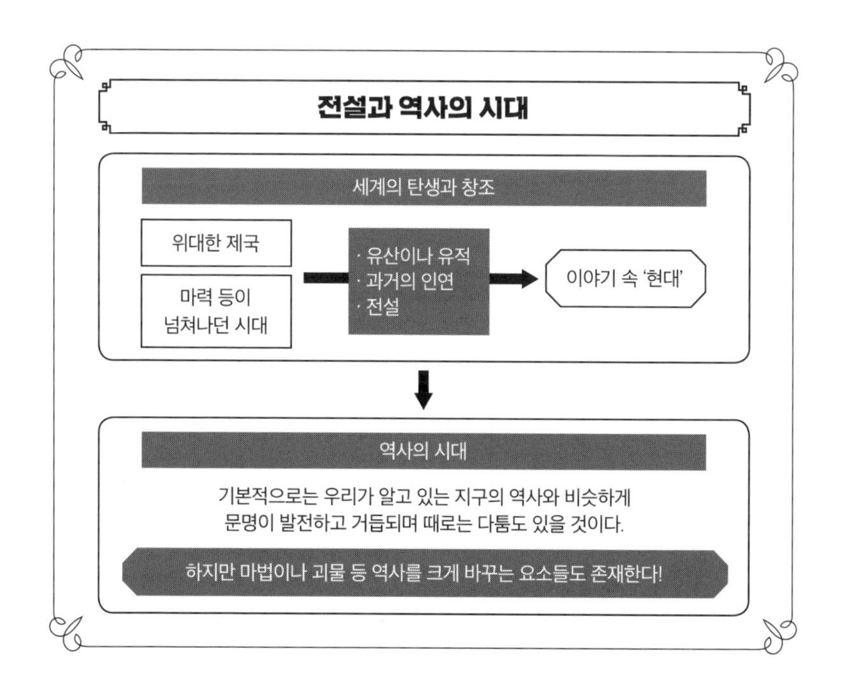

으키고, 불가능한 발전과 정체, 쇠퇴를 야기할 수 있다.

장거리 통신이나 고속 비행, 순간 이동 등의 마법이 있다면 거대한 제국을 만들고 유지하는 데도 훨씬 편할 것이다. 적과 맞서는 변방의 요새와 긴밀하게 연락을 주고받을 수 있다면 갑작스러운 공격을 당할까 봐 우려할 필요도 없다. 또한 나라 안에 감시망을 구축하면 내분과 반란의 싹을 빨리 제거할 수 있을 것이다.

마법이나 몬스터, 이종족의 능력이 현대나 미래 기술을 대신할 수도 있다. 어떤 몬스터의 몸 일부를 가공하면 말 없이 달리는 마차를 만들 수 있다는 식이다. 증기 기관, 내연 기관, 인쇄 기계, 나침반, 컴퓨터……. 우리가 현대 문명을 구축하는 데 도움을 준 고급 기술이 훨씬 앞선 시대에 인간의 손에 들어갔을 때, 그 세계의 역사는 어떻게 흘러가게 될까?

판타지 요소가 반드시 인류를 이롭게 한다고는 볼 수 없다. 괴물과 이종족의 침략이 계속된 결과, 문명 발전에 헌신할 여력이 없는 세계가 될 수도 있다. 마법과 초기술로 인해 전쟁에서 인간의 힘으로는 절대로 일으킬 수 없는 엄청난 피해가 발생할지도 모른다. 그렇다곤 해도 이러한 사건 역시 기본적으로는 지구에서 일어난 인류의 역사를 참고하면서 어느 정도 변화를 가하는 형태로 만들면 충분하다.

세계의 법칙

◈ 세계의 모양을 생각한다

세계에는 법칙(규칙)이 있다. 그 세계가 어떤 식으로 존재하고, 그곳에 사는 사람은 어떻게 생활하는가. 이것은 모두 세계의 법칙에 따라서 구성되게 마련이다. 우리가 아는 물리 법칙 같은 것이 가장 알기 쉬운 예라고 할 수 있다.

판타지 세계에는 종종 우리가 사는 지구와는 전혀 다른 법칙이 존재한다. 예를 들면, 세계가 쟁반처럼 납작한 모양을 하고 있고, 태양과 달이 여러 개 있고, 마법과 초능력이 있으며, 하늘이 항상 붉거나, 죽은 자가 되살아나거나, 시간과 공간이 이상하게 왜곡되어 있다.

그 세계의 법칙이 지구의 그것과 다를수록 환상적인 분위기를 풍긴다. 『이상한 나라의 앨리스』는 바로 이 효과를 전면에 내세운 작품이라 할 수 있다. 하지만 너무 환상적인 요소가 강하면 사실적인 느낌이 약해져버려서 갈등과 성장을 전면에 내세운 작품 등을 쓰기에는 조금 어려울 수 있다. 그뿐만 아니라 너무나도 특수한 세계관은 설명하기도 어렵기 때문에 창작 작품에서는 다루기 쉽지 않다.

여기에서는 판타지 세계의 법칙을 사례를 통해서 소개한다. 당신의 세계는 어떤 모양, 어떤 모습을 하고 있을까. 형태에 대해서는 다음과 같은 것을 생각할 수 있다.

· 둥근 공 모양

→ 지구 같지만 크기는 다를 수 있다. 한편, 그 세계의 거주자들이 둥근 공 모양을 인식할 수 있다고는 할 수 없다.

· 평면

→ 세계는 평평한 쟁반 모양을 하고 있다. 이것은 중세 유럽 사람들이 믿었던 모양으로, 검과 마법의 판타지 세계에 가장 적합하다고 할 수 있다.

· 입방체, 다면체

→ 입방체의 면 중 하나 또는 각 면에 사람들이 살고 있을까? 아니면, 입방체 안에 세계가 있을까?

· 폐쇄 공간

→ 세계는 하나의 동굴처럼 닫혀 있으며, 하늘 대신에 사람들 머리 위에는 천장이 있다. 세계의 바깥은 존재하거나 그렇지 않을 수도 있다.

· 적층 구조

→ 다양한 세계가 쌓여서 존재한다. 성이나 탑, 산 안쪽에 세계가 존재하고, 여러 층으로 나뉘어 있을 수도 있다.

또는 인도 신화 속 우주관으로 알려진 것처럼 하단에 뱀이 있고, 그 위에 거북이, 그 위에는 코끼리가 타고 있으며, 마지막으로 접시 모양의 대지가 펼쳐져 있을 수도 있다.

이 밖에 인간과 이종족, 동물이 사는 세계와는 또 다른 세계가 존재하는 것도 판타지 세계에서는 흔한 설정이다. 그 세계는 인간 세계(지상이나 물질계라고 불리기도 한다)와 별로 다르지 않거나 뭔가 특별한 법칙을 따를 가능성도 있다. 처음부터 인간은 들어갈 수 없거나, 시간의 흐름이 다르거나, 그 세계의 음식을 먹음으로써 그 세계 주민이 되어버리거나, 한번 들어가면 다시는 나올 수 없을지도 모른다. 예를 들어 다음과 같은 세계를 떠올릴 수 있다.

· 신들과 죽은 자들이 사는 천국(천계).
· 악마와 사후의 죄인이 사는 지옥(지하).
· 요정이 사는 요정계, 정령이 사는 정령계.
· 이 세계와는 다른 곳, 바다 너머의 나라(피안).

이들은 정말로 완전히 다른 세계여서 인간이 들어갈 수 없는(또는 마법이나 신들의 힘이 없으면 들어갈 수 없는) 세계일지도 모른다. 이 경우, 하늘까지 뻗은 탑이나 땅의 갈라진 틈 등 특별한 장소를 통해서만 도달할 수 있다는 설정도 그럴듯하다.

또는 사실은 땅이 연결되어 있어서 가고자 하면 갈 수 있었던 장소였다고 할 수도 있다. 신화와 전설의 시대에는 연결되어 있었지만, 세계에서 신비한 존재가 점점 사라지면서 갈 수 없게 되어버렸다고 하면 어떨까?

앞서 소개한 적층 구조의 세계에서 층이 달라지면 성질이 변한다는 설정도 그럴듯하다. 하늘도 땅도 지옥도 모두 하나의 세계 안에 있다고 해도 재미있을 것 같다.

◈ 세계의 특별한 구조

세계의 모양만이 아니라, 그곳을 움직이는 법칙이나 구조 자체에 판타지만의 개성이 들어간 설정도 자주 등장한다.

· 마법이나 특수 능력이 있다.

→ 판타지라고 하면 마법으로 대표되는 특별한 힘을 떠올리는 사람이 많을 것이다.

· 세계의 풍경이 다르다.

→ 붉은 하늘, 하얀 대지, 나무 대신에 버섯이 자라나 있다…….

· 사람이나 동물의 생사가 다르다.

→ 죽었을 때 특별한 조치를 하지 않으면 좀비가 된다, 목숨이 하나가 아니다, 평범하게 죽여봐야 죽지 않는다, 다시 태어난다…….

· 물리 법칙이 다르다.

→ 장소에 따라 시간이나 중력, 공간이 왜곡된다…….

· 게임과 같은 구조다.

→ 특별한 능력이나 역량을 디지털로 규정하는 '스킬'이나 '레벨', 그 세계에 들어가고 나오기 위한 '로그인'과 '로그아웃'이 존재한다…….

좀 더 특이한 구조를 설정할 수도 있다. 가령, 세계 자체가 누군가의 꿈이었다고 하면 어떨까? 위대한 신이 꾸는 꿈이거나, 여러 인간이 꾸는 꿈의 집합체 안에만 존재하는 세상. 비슷한 발상으로, 컴퓨터가 만들어낸 게임 세계에 지나지 않는다는 설정 등도 근래의 작품에서는 드물지 않게 나온다.

이 정도로 거창한 구조를 생각해 준비했다면 그것을 일단 활용해보는 것이 좋다. 딱히 작품의 테마와는 관계없는 간단한 소품에 불과한 수준이어선 안 된다. 이야기의 테마와 확실하게 엮으며 이러한 세계에서 사람들이 어떤 식으로 생각하고 행동하며 살아갈지를 깊이 생각할 필요가 있다.

◈ 세계라는 무대에 오른 배우들

그 세계에서 이야기를 연기하는 배우가 어떤 존재로 구성되는지도 세계의 법칙으로서 중요한 요소다. 대개 우리와 같은 모습을 한 '인간'이 가장 큰 세력을 가졌다. '이종족'은 인간과 충돌하거나 박해받고 있으며, 반대로 인간을 지배하는 경우도 있다.

광야, 산림, 해양 같은 곳에 '괴물(몬스터)'이 돌아다닌다면 매우 위험하다.

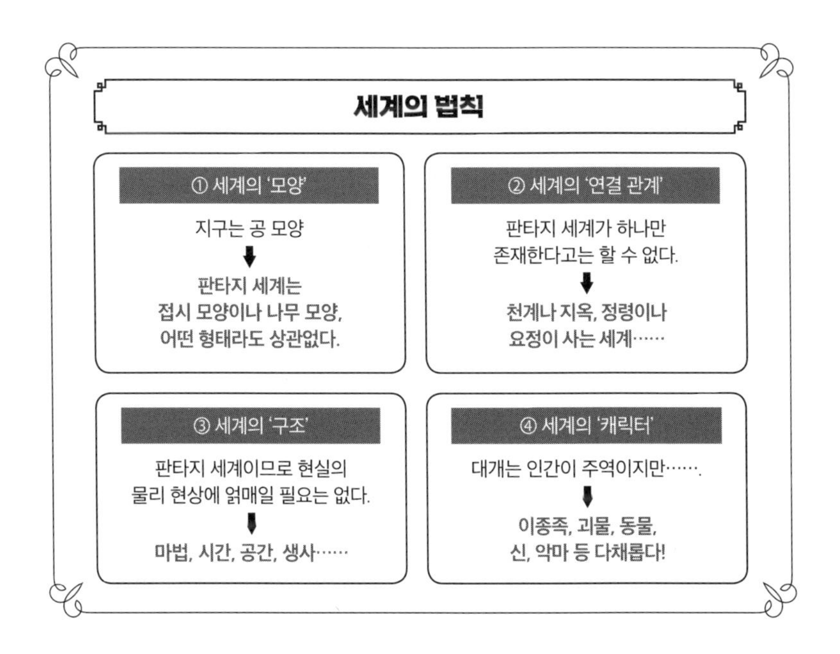

이종족 중 일부 혹은 전부가 그들과 협력하고 있을 가능성도 있다. 또한 현실과 동떨어진 괴물과는 별개로 그 세계만의 고유한 동식물이 있으며, 독자적인 생태계를 구성하고 있다는 설정도 재미있다. 마법적인 약효를 가진 동물과 식물이 있다면 그것들을 잡아 장터에서 판매하는 전문 사냥꾼이 있지 않을까.

그 세계에는 앞에서 말한 것보다 더 무서운 존재가 있을지도 모른다. 신, 천사, 악마, 드래곤……. 강대한 힘과 지능을 가진 그들의 태도에 따라서 인간이 멸망 직전 상황에 처하거나, 반대로 격렬하게 맞설 수도 있다.

지리와 지형

◆ **토지 사정이 미치는 영향**

문명의 발전은 지리적 조건에 크게 좌우된다. 어떤 지형인가, 생태계(동물, 식물, 광물)는 어떤가, 어떤 기후인가에 따라서 발전 속도와 어떤 문화가 펼쳐질지가 달라진다. 알기 쉬운 사례로서 사냥 민족과 농경 민족을 생각해볼 수 있다. 각기 자신들이 태어나고 자란 지리적 조건에 맞는 생활 양식을 만들게 마련이며, 이로부터 태어난 민족성은 현재까지도 현저한 영향을 남기고 있다. 여기서는 이러한 지리나 지형을 중심으로 세계 설정을 고안하고자 한다. 단, 지리와 지형이 문명에 미치는 영향은 매우 방대하므로, 이 책에서 모든 것을 상세하게 설명하기는 어렵다. 그런 만큼 중요한 요소를 추려서 소개하도록 하겠다.

지리와 지형과 관련해서 큰 영향을 미치는 요소 중 하나가 기복起伏이다. 산악 지역이나 산으로 둘러싸인 분지가 계속되는 지역은 이동이 어렵다. 이렇게 되면 사람들의 교류 및 물자의 왕래가 부족해져 소규모 세력이 난립한 상태로 남기 쉽다. 또한 경작지를 만들기도 어려워 경제 발전도 쉽지 않다.

한편, 평지는 경작지를 만들기도 좋고, 사람과 물건이 오가기도 수월하다. 도로와 수로를 만드는 등 대규모 사업을 벌이기도 쉽다. 반대로 말하면 그러한 경제 활동을 통해서 힘을 얻은 세력이 나타나면 주변을 공격하기도 용이한 만큼 저절로 큰 나라가 탄생한다.

산지임에도 거대한 제국이 나타났다면 뭔가 특별한 이동 수단이 있거나, 본거지는 이미 평지로 이동했을 수 있다. 또한 평지에서 작은 나라가 무수하게 생겨나는 것은 제국이 붕괴한 직후이거나, 이동과 교통을 제한하는 특수한 조건이 있을 때다.

그 밖에 특수한 사례로, 잉카(페루)의 지리적 조건을 소개하고 싶다. 이곳은 좁은 지역에 해안과 사막, 오아시스와 4,000미터급 고원에 이르기까지 다양한 지형이 모여 있었다. 그 결과, 멀리 교역하러 나가지 않아도 가축에서부터 각종 농산물과 해산물까지 다양한 물품을 구할 수 있었다고 한다.

물 문제도 중요하다. 사람이 살아가려면 공기와 물, 음식이 필요한데 공기는 대개 어디에나 있다(공기가 없는 수중에는 사람이 살지 않으며, 공기가 부족한 높은 산에 사는 이도 적다). 반면 물은 어떤가? 강이나 연못, 분수, 샘물 등 물을 확보할 수 있는 장소는 한정되어 있다. 자연히 그런 장소에 사람들이 모여 마을을 이룬다. 아니, 인간뿐만 아니라 식물이나 동물도 마실 물이 필요하게 마련이다. 농사를 짓고 싶다면 더 많은 물이 필요하다. 수상 운송의 유용성은 '항구도시' 항목에서 소개했지만, 다양한 문명이 강기슭에서 생겨난 데에는 이유가 있다.

큰 도시가 얼핏 보기에도 물하고는 관계가 없거나, 지하수와 같은 많은 인구를 지탱하기에 충분하지 않은 공급원밖에 없다면 뭔가 다른 방법을 마련해야 자연스럽다. 예를 들어, 로마처럼 대규모 수로가 완비되어 있다거나, 물을 무한히 생성하는 마법의 보석이 있다는 식이다.

♦ 기후는 무엇을 바꾸는가

또 중요한 요소로서 '기후'가 있다. 기후는 인구 규모를 좌우한다. 적어도 지구에서는 아시아처럼 온난하고 습윤한 지역이 유럽처럼 건조하고 서늘한 지역보다 인구가 많은 경향을 보인다. 주식인 곡물 생산력 차이가 크기 때문이다. 따뜻한 곳에서는 수확량이 많아서 다수의 인구를 먹여 살릴 수 있는 벼(쌀)가 주식이 된다. 서늘한 곳에서 주식으로 삼는 밀은 쌀만큼 수확량이 많지 않아 인구는 저절로 줄어든다.

숲을 태운 지역을 밭으로 이용하는 화전 농업이 주력인 열대 지역, 유목 민족이 작은 풀들이 돋아난 초원을 이동하면서 목축하는 건조 기후 지역 같은 곳도 식량을 안정적으로 생산하기 어렵다. 사냥과 채집 등으로 생활해야 하는 지역 사람들은 인구 밀도가 낮아지는 경향이 더욱 강해진다.

인구가 많다면 문명 발달에 큰 도움이 된다. 거대한 군대를 만들어 다른 지역을 침공하거나, 경제를 발전시켜서 그 재력으로 넓은 지역을 지배하는 일도 가능해진다.

반대로, 인구가 많아서 오히려 문명이 발달하지 못할 수도 있다. 사람이 많으면 인건비는 낮아진다. 인건비가 낮다면 무리하게 기술을 발달시키지 않아도 대체로 인력으로 해결할 수 있다. 사람이 적으면 어떤 식으로든 이를 보완하기 위해 다른 에너지, 예를 들어 풍차, 물레방아, 가축의 힘 등을 활용하는 기술을 발명하게 된다. 이러한 발전 결과로 대항해 시대처럼 인구가 적은 지역 사람들이 세계에 진출하여 각지를 지배하는 일도 생길 수 있다.

또한, 따뜻하고 생활에 문제가 없는 지역 사람들은 무리하게 외부로 진출할 필요성을 느끼지 못하지만, 추워서 생존이 어렵다면 위험을 무릅쓰고서라도 밖으로 진출하여 약탈하거나 토지를 빼앗을 필요성을 느끼게 된다.

인종도 기후와 어느 정도 관련이 있다. 열대 지역에 백인이 있을 경우에는 본인이나 조상이 다른 지역에서 이주했을 것이다. 이처럼 기후가 가지는 의미는 크다. 판타지 세계라면 더욱 그렇다.

◈ 판타지 세계 특유의 기후 문제

마지막으로, 판타지 세계 특유의 기후 문제를 생각해보자. 현실에서는 좀처럼 찾아볼 수 없는 지형(하늘에 떠 있는 섬, 대륙을 둘로 나눈 거대한 장벽, 몇 개의 섬이 좁은 길로 연결된 군도)이나 현실에서는 있을 수 없는 날씨(번개가 계속 떨어지는 날씨, 섬을 둘러싼 회오리바람들, 낮이나 밤이 영원히 계속되는 곳……)는 사람들에게 어떤 영향을 미칠까?

그러한 상황이 펼쳐지는 장소를 무대로 설정할 때는 크게 두 가지 요소를 생각해야 한다.

· 사람은 환경에 적응한다.

→ 적응하지 못하면 떠난다.

· 특별한 장소에 마을을 만든다면 그 이유와 기반이 있다.

→ 이유나 기반이 사라진다면 떠난다.

구체적인 사례를 들어 생각해보자. 여기에서는 '별이 내리는 마을'이라는 지역을 예로 들어보겠다. 이 별은 말 그대로 운석으로서 떨어지면 거대한 분화구를 형성한다. 그것이 매주 떨어지기 때문에 주변은 구멍투성이다. 낭만적인 분위기를 풍기지만, 동시에 목숨이 몇 개라도 모자란 곳이다.

사람들은 그곳에서 어떻게 살고 있을까? 운석으로부터 자신을 지키기 위해 지하 또는 반지하 도시를 만든다면? 왜 거기에 사는 것일까? 운석에서 채굴되는 광물이 귀중하다면 의미가 있다. 또는 이 도시가 고대부터 특별한 무언가를 지키고 있으며, 운석은 그에 대한 공격이라고 설정해도 재미있다.

그 밖에도 초자연적인 재앙(괴물에 의한 습격을 포함)이 자주 일어나는 세계

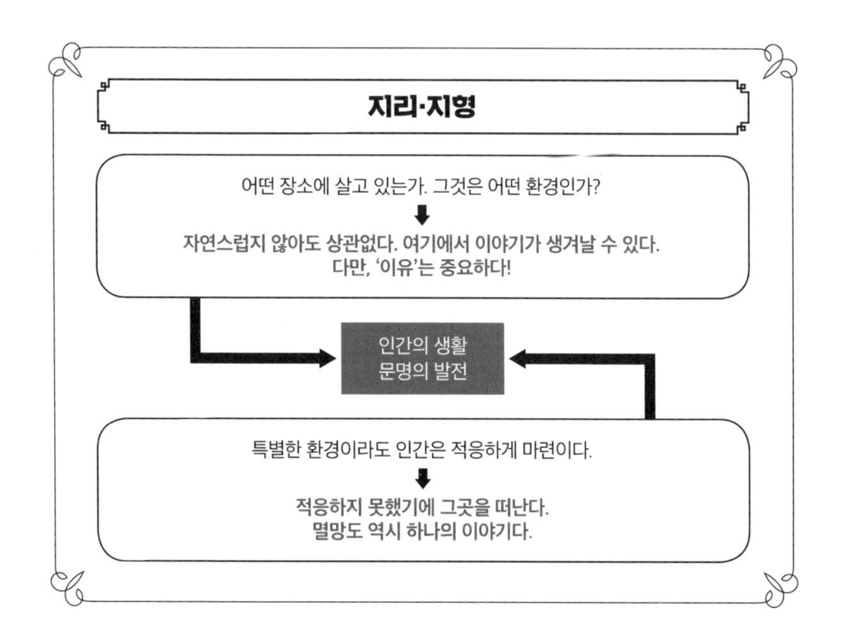

에서는 문명도 그에 맞서는 방향으로 발전할 것이다. 물이나 음식, 연료 등 생활필수품을 특정 장소에서만 구할 수 있는 세계라면 그것을 장악하고 사람들을 지배하려는 자가 반드시 나타난다.

당신의 판타지 세계에는 어떤 신비한 점이 있는가. 그리고 사람들은 그것에 어떤 식으로 적응하거나 내몰리는가? 그에 대한 시뮬레이션이야말로 매우 중요하다.

나라

◈ 주권은 어디에 있는가?

사람이 모이면 마을이 생겨나고, 마을이 합쳐져서 나라가 된다. 나라는 외적의 공격을 막고, 내부 분쟁을 수습하는 데 필요하다. 하지만 모두가 평온하게 살기 위해서 만든 장치였던 나라도 긴 시간 속에서 변질한다. 왕과 귀족은 자신들의 권력을 지키기 위해 백성에 대한 지배를 강화하거나, 주변 세력과 싸우면서 조금이라도 많은 영역(및 거기에 사는 사람)을 얻고자 한다. 이렇듯 분쟁은 끊임없이 발생한다.

어쩌면 당신이 만드는 판타지 세계에는 나라가 없을지도 모른다. 아마도 신화적·동화적인 판타지 세계에 국가라는 지극히 현실적인 개념이 나오면 분위기를 망쳐버릴지도 모른다고 생각하거나, 사람 수가 너무도 줄거나 문명의 진보가 너무 늦어서 나라를 만들고 싶어도 만들 수 없는 것은 아닌가. 하지만 이야기의 배경 혹은 뭔가 큰 사건을 일으키기 위한 무대 장치로서 '나라'는 빼놓을 수 없는 요소다.

우선 나라의 기본적인 형태를 살펴보자.

① 왕정 국가

왕을 정점으로 하는 나라. 그 아래에 귀족이 있어 평민(자유민)을 지배하고, 노예 계급이 말단에 위치하는 구조가 일반적이다.

② 제정 국가

왕 대신 황제가 있는 나라. 황제 대신 '상왕'이라고 부르기도 한다. 왕과 황제의 차이점은 무엇일까? 한 나라나 민족을 다스리는 것이 왕이고, 여러 국가와 민족을 다스리는 것이 황제, 즉 '왕들의 왕'이다. 한편 '왕들의 왕'이라는 것은 같지만, 실질적으로 그렇지 않은 경우도 있다. 예전에는 여러 나라와 민족을 지배했지만 지금은 칭호만 남아 있거나, 또는 다른 나라에 허세를 부리기 위해서 황제를 자칭하기도 한다.

③ 종교 국가

신의 화신이나 종교 지도자 등 종교적인 존재가 정점에 선 나라. 종종 왕이나 황제는 종교 세력을 우대하고 그들과 손을 잡아 지배 체제를 안정시키려 했고, '우리는 신의 자손이다', '우리 지배의 정당성은 신이 인정한다'는 식으로 자신의 권위를 강화했는데, 그것의 극단적인 형태라고 말해도 좋다.

국가의 통치 기구도 교단과 일체화하고, 귀족 대신 상급 성직자가 통치하는 경우가 많다. 다른 나라와 마찬가지로 세력 다툼에 빠질 때도 있겠지만, 굳이 군사적인 면에 힘을 쏟기보다는 실제 중세 유럽의 가톨릭교회처럼 종교적 권위를 활용한 외교 전략으로 활로를 찾아가는 나라도 있을 것이다. 이 종교 국가가 가톨릭교회의 바티칸 시국과 같은 존재라면 그 영향력은 절대적이다.

④ 공화국

국가의 주권이 왕이나 황제 같은 개인이 아니라, 여러 사람에게 주어진 나라. 정치 방침은 국회에서 정치인들의 토론으로 결정된다. 그 정치인들이 선거로 결정된다면 '민주주의', 세습이나 일부 귀족과 대상인大商人 등에 의해서 선택된다면 '과두제'이다.

현대 국가에서 하듯 큰 선거를 중세풍 세계에서 진행하려면 상당히 특수한 조건이 필요하다. 평범한 서민은 자력으로 국가의 지도자를 선택할 수 없기 때문이다. 후보자 이름을 투표용지에 쓰기 위해서는 문맹률을 낮춰야 하며, 적절한 후보자를 선택할 수 있도록 충분한 정보를 제공하는 시스템이 필요하다. 고대 그리스의 도시 국가 같은 소규모 국가를 제외하고는 어렵지 않을까.

도시 국가라고 해도 그 영향권이 정말 도시 하나(성벽과 성문까지)에만 머무르는 일은 거의 없다. 도시를 중심으로 주변 마을을 포함한 영토를 가진 국가를 도시 국가라고 부르는 것이다. '판타지 파일'에서도 소개했지만 식량 생산

능력이 없는 도시는 주변 농촌에서 식량을 공급받음으로써 존속한다.

그래서 만약 당신의 이야기에 정말로 하나의 도시로만 성립된 국가가 나온다면, 이탈리아와 바티칸 시국처럼 '나라 안에 또 다른 나라가 있는 관계'이거나, 몬스터가 돌아다니는 광야나 오염 지역, 적대 세력 안에 고립된 도시일지도 모른다. 가도의 요지와 중요한 항구 마을 등지에서 경제 활동이 활발해져 풍요로운 상인들의 자치 도시가 생겨났지만, 주변 마을까지 그 지배가 미치지 못하는 경우도 있을 듯하다.

이런 도시 국가는 식량을 비롯한 물자를 외부에서 조달해야만 한다. 오염 지역에 고립된 도시라면 2차 세계대전 이후 냉전 시대 사회주의 세력에 의해 봉쇄된 서베를린에 자유주의 세력이 하늘을 이용해서 물자를 나른 것처럼 특별한 수송 방법이 필요할지도 모른다. 주변 마을을 지배하지 못한 도시라면 음식을 살 수 없게 될 가능성도 있다.

그 밖에 특수한 사례로서 '연합 국가(연방국)'가 있다. 여러 나라, 또는 주가 모여서 하나의 국가를 형성한 것으로, 각 구성국은 어디까지나 대등한 관계이거나, 하나의 종주국이 명확하게 존재하기도 한다. 또한 한 나라의 왕(황제)이 다른 나라의 왕을 겸임함으로써 같은 왕이 지배하는 동군연합 형태를 취할 수도 있다.

국가는 매우 다양한 형태로 존재하는 만큼, 창작에서의 가능성도 다양하다.

♦ 국가를 움직이는 구조

그러면 이러한 나라는 어떤 구조로 되어 있는가? 중세풍 세계는 봉건제, 즉 귀족이 영토와 그 안에 사는 영민들을 지배할 권리를 왕에게 인정받는 대신, 세금을 내거나 전쟁에 군사를 보내는 의무를 지는 형태가 많다. 귀족이나 기사는 '작은 왕'인 것이다.

왕의 힘이 약하고 영주의 힘이 강하면 나라는 좀처럼 안정되지 않는다. 영주들이 영토와 인민, 자원, 과거의 인연 등을 이유로 싸워도 국가가 이를 막을 수 없는 상황이 되어버리기 때문이다. 이렇게 되면 산적과 괴물이 마을이나 여행자를 덮쳐도 보호할 수 없고, 사람들의 생활은 험난해진다. 모누가 자신을 스스로 지켜야만 하는 살벌한 분위기가 형성된다.

한편, 왕이 강한 권력을 바탕으로 귀족을 억눌러서 명령을 내리는 정치 체제를 '절대 왕정'이라고 부른다. 근세 수준의 형태이지만 가상의 판타지 세계라면 존재해도 이상하지 않다.

절대 왕정을 실현하려면 왕이 자유롭게 움직일 수 있는 군사력, 왕의 명령으로 행정을 수행하는 관료, 그리고 상인들의 협력이 필요하다. 상인들은 봉건주의가 장사에 방해가 되기 때문에(곳곳의 귀족이 강한 힘을 가지고 있으면 관문에서 세금을 뜯기거나 해서) 왕을 돕는다는 점에 주목하자. 어찌 되었든, 왕 혼자서는 나라를 통치할 수 없다. 귀족이나 기사, 관리가 있어야만 나라가 돌아가게 마련이다.

귀족은 나라가 탄생할 때 공적을 쌓은 이들, 나라가 확대되면서 흡수된 부족이나 국가의 지도자였던 이들, 나라에 큰 공적을 남긴 이들의 자손이다. 그 지위는 세습에 의해서 계승되며, 대부분 순위가 부여되어 있다. 유럽풍이라면 '공후백자남', 다시 말해 공작, 후작, 백작, 자작, 남작이 대표적이다. 특별한 호칭으로서 변경에 영지를 가진 '변경백'이나, 여성으로서 당주를 맡은 '여○○'도 있었다. 이것은 어디까지나 명목상의 순위였던 듯하다. 일반적으로 권위와 실력을 명확하게 보여주는 개념이지만 역사를 거치면서 몰락하거나 약진한 결과, 힘의 차이가 벌어지는 일도 드물지 않았다는 말이다. 그러한 작위가 없는 귀족은 '기사'라고 부르는 경우가 많았다. 즉 하급 귀족이다.

전쟁이 일어나면 왕의 명령에 따라 귀족이나 기사가 출전한다. 주로 귀족과 기사의 일족, 신하, 징집된 영민이 군대를 구성하는데, 돈으로 고용된 용병이 개인이나 부대 단위로 참가하기도 한다.

왕은 자신이 직접 다스리는 영지에서 군사를 모으거나 용병을 고용한다. 그러나 이것과는 별도로(또는 연장선상에서) 직할 부대를 보유한 경우도 있다. 귀족 자제와 지원한 평민 등으로 구성된 이 부대는 상비군으로서 언제든지 파견할 수 있어서 왕권을 높이고 절대 왕정을 실현하는 데 큰 힘이 된다.

한편, 평시에는 어떨까. 나라의 정책은 왕과 측근들(주로 상급 귀족 출신)이 결정하며, 그 지시는 관리(주로 하급 귀족 출신)가 수행한다. 왕의 직할령에는 대관이 파견된다. 귀족의 영지는 귀족 본인이나 그 신하가 통치한다.

법률은 전체 방침으로서 왕의 이름으로 공포되지만, 귀족이나 그들의 영지에까지 효과를 발휘하는지는 주종의 힘 관계에 달렸다. 귀족이 자신의 영지에서 독자적인 법을 운용할 가능성도 있다.

평민은 행정에 따르는 처지이지만, 관리가 되어서 행정에 관여할 수도 있다. 세금을 징수하거나 기록을 남기고, 경비병이나 경찰, 군인으로서 치안을 관리하는 등 현장 업무가 중심이지만, 나라에 따라서는 평민도 출세할 수 있는 분위기나 제도가 갖춰져 있다.

나라를 운영하려면 세금이 필요한데, 농민들이 생산한 곡물을 나라나 영주에게 바치는 것이 중세적인 납세 제도의 근본이 된다. 나라와 귀족의 힘 관계에 따라서는 귀족이 왕에게 자신들의 수입 일부를 바치기도 한다.

도시의 시민들은 사람 수에 맞추어 거두는 '인두세'나 도시의 경계나 관문을 통과할 때 내는 '관세', 심지어 빵, 맥주, 소금 등에 부여되는 세금을 내게 된다. 생필품에 세금을 매기는 이유는 효율적으로 징수할 수 있기 때문이다.

◆ 외부 상황이 나라를 움직인다

나라의 모습은 외부 상황에도 좌우된다. 여기서는 이야기에 활용할 수 있을 법한 나라의 상황이나 외부와의 관계를 소개한다. 대륙이나 세계에서 유일한 대제국, 외딴 섬나라는 외부 영향은 별로 받지 않지만, 그만큼 내부에서 문제

국가의 형태

① 국가 체제는 어떻게 되어 있는가?

왕정, 제정, 종교 국가, 공화정, 도시 국가……
→ 주권이 어디에, 어떤 형태로 존재하는지에 따라 나라의 분위기도 크게 바뀐다.

② 어떻게 운영되는가?

지방 분권인가, 중앙 집권인가? 직속 군대나 관료는 어떤가? 세금은……
→ 역사적으로는 다양한 요인과 상황이 있지만, 창작이기 때문에 자유롭게 설정해도 좋다.

③ 대외적인 관계는 어떤가?

고립된 국가가 아닌 이상, 외부와 무관하지 않을 수 없다.
→ 큰 나라와 인접하고 있으면 흡수되지 않도록 줄타기를 해야 한다.

가 발생할 가능성이 높다.

거대한 제국과 인접한 소국이 합병되지 않고 남아 있으려면 뭔가 특별한 이유가 필요하다. 역사, 경제, 문화 등을 존중하는 것일까? 군사력이나 지형 등으로 저항하는가. 적대하는 다른 대국과의 사이에 완충재로서 남아 있는가. 이렇듯 매우 약한 나라가 독립국으로서 남아 있다면 어떤 이유가 있을 것이다.

중립을 유지하는 나라는 나름대로 의도가 있는 경우가 많다. 보통은 다른 나라와 동맹이나 혈연관계를 맺는 등 결국 어딘가와 손을 잡게 마련이다.

나라에 내부 문제가 발생하면 다른 나라가 적극적으로 공격해오거나, 혹은 원조 명목으로 개입한다. 원조를 받으면 그에 대한 대가로 영토와 권익 등을 내어줄 수밖에 없고, 결국 종속되거나 흡수당하게 된다.

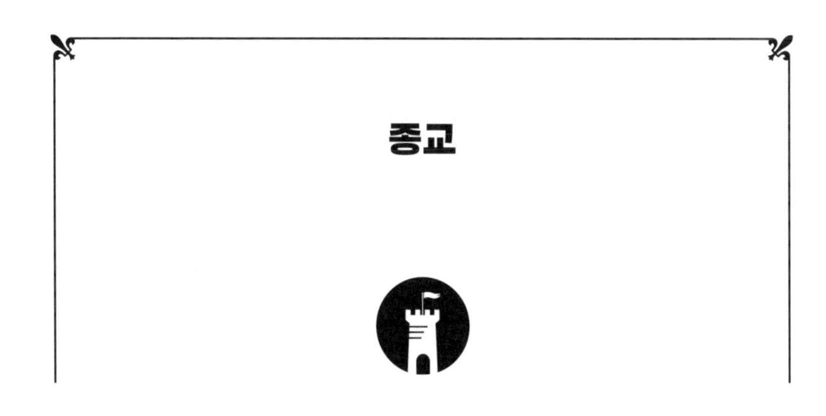

종교

◆ 종교와 사람들

현대 사회를 살아가는 우리는 '종교(신앙)와 생활이 밀접한 관계가 있다'는 사실을 잊어버리기 쉽다. 밤에 이불을 덮으면 졸음이 밀려오고, 아침이 되면 깨어난다. 밥이 맛있다. 계절이 돌아오고 다음 해가 찾아온다. 이것은 모두 당연한 일이다. 하지만 그것을 보장하는 것은 무엇인가? 어느 날 갑자기 엄청난 일이 벌어지고, 모든 것이 엉망이 되지 않는다고 누가 말할 수 있는가?

이것을 보장하고 사람들을 안심시키는 존재가 신이다. 신이 이렇게 세상을 만들었기 때문에 신의 뜻에 따라서 성실하게 일하고, 남을 배려하며, 자손을 남긴다. 이렇게 안심과 안정을 주고 삶의 의미를 부여하는 것이야말로 종교와 신앙이 갖는 의미(중 하나)라고 말할 수 있다. 종교는 사람이 살아가는 데 빼놓을 수 없는 필수적인 요소다.

현대 사회에서는 주로 과학이 이 중심 역할을 맡는다. 과학이 세상의 구조를 해명하고, 세계가 내일도 변함없이 여기에 있다는 것을 보증한다. 하지만 과학

이 종교의 모든 역할을 대신할 수는 없다. 그래서 지금도 우리는 큰일을 앞두었거나 가족이 생명의 위기에 처했을 때 신에게 기도하고, 일이 잘되면 감사한다. 설날, 추석, 크리스마스 등의 이벤트에도 참석하고, 사찰, 신당, 교회처럼 신성하다고 느끼는 장소에서는 최소한의 경의를 표한다.

한 발짝 나아가서 이러한 기존 종교를 넘어서 신이나 천지신명 또는 인지를 초월한 신비한 무언가가 이 세상에 존재하며 우리를 지켜보고 있다고 여기는 사람도 적지 않다.

창작할 때 이러한 종교와 신앙의 모습을 알아두면 좋을 듯하여 여기서 설명해봤다.

◆ 다신교

종교는 신의 수로 나눌 수 있으며, 다신교와 일신교가 대표적이다. 다신교에는 여러 신이 존재한다. 여러 신이 공존하면서 종교적인 세계관을 만들어낸다.

그리스 신화, 북유럽 신화, 켈트 신화 등을 생각해보자. 한편, 일신교에서 신은 단 하나다. 유대교, 기독교, 이슬람교가 대표적이다.

우선 다신교를 소개하겠다. 다신교의 신은 정말로 다양하다. 자세한 내용은 3장의 '신들' 항목에 소개되어 있으니 참조하기를 바란다. 다만, 종교마다 차이를 보인다. 북유럽 신화처럼 전체적으로 인간적인 신이 많은 종교도 있고, 각 신이 자신의 역할이나 처지에 속박된 종교도 있을 것이다. 자연 현상의 구현으로서 감정의 기복이 적고, 어떤 기계적인 행동을 하는 신들이 있어도 좋다. 개구쟁이 아이들 같은 신이 많은 종교는 어떨까?

그 신들이 집단을 형성하면 이를 '판테온'이라고 부른다. 집단의 정점에 선, 가장 지위가 높은 신이 주신이다. 신들의 왕이라고 불러도 좋다. 대개는 태양, 하늘, 번개와 같은 하늘을 연상시키는 상징을 가진 신이 주신인 경우가 많다. 항상 고개를 들어 올려다보는 것에 사람들이 경외심을 품기 때문일까? 또한 신화에서 주신이 교체되기도 하고, 제사를 지낼 때마다 주신이 바뀌는 종교도 있다(교대신교).

대부분 신마다 교단(신전)이 있으며, 사람들은 각자 자신의 직업이나 거주 지역과 관련되거나 취향에 맞는 신을 믿는다. 또는 판테온 자체를 숭배하거나 주신을 믿으면서 추가로 다른 신을 믿는 사례도 있을 것이다.

◆ 일신교

검과 마법의 판타지 세계를 만들 때 밑바탕을 이루는 중세 유럽 분위기를 강하게 드러내고 싶고, 현실의 세계관처럼 느끼게 하고 싶다면 일신교가 대안이 될 수 있다. 중세 유럽의 주요 종교이며, 그 가치관에도 큰 영향을 준 것이 기독교이기 때문이다.

일반에 잘 알려진 일신교인 유대교, 기독교, 이슬람교가 사실은 서로 관계되어 있다는 사실을 아는가? 먼저 유대교가 있었고, 거기에서 기독교와 이슬람교가 탄생했다. 앙드레 슈라키는 『성서 시대 사람들』에서 "유대교의 자궁으로부터 태어난 사도적인 기독교", "구약 성서로부터 탄생한 딸인 새로운 종교 이슬람교"라며 이들의 관계를 언급했다.

세 종교가 각각 섬기는 신은 처음에 신앙이 탄생한 사막이라는 환경의 가혹함을 보여주며, 인간에게 엄청난 벌(구약에 따르면 윤리적으로 타락한 소돔 마을은 하늘에서 떨어진 유황과 불에 의해 멸망했다고 한다)을 주는 등 엄격한 신이다. 다신교 신들에게서 종종 엿보이는 인간미가 적고, 무엇보다도 신화에서 그 모습을 거의 드러내지 않는다.

어쨌거나 기독교는 '사랑의 종교'로 불리며, 성서의 '요한 일서'에도 "하나님은 사랑이시라"라는 구절이 나올 정도로 분명히 신은 인간을 사랑한다. 그런데도 신과 인간 사이에는 분명한 선이 존재한다. 일찍이 가혹한 자연에 견디고 살아남아야 했던 사람들이 자연을 '무서운 것', '두려워하면서도 존경해야 한다'고 생각했던 점이 반영되어서 이렇게 엄격하고 무서운 신의 이미지가 만들어진 것은 아닐까.

그렇기 때문에 중세 유럽의 모습을 사실적으로 그려내고 싶다면 당신이 창조하는 세계에서도 유일신은 엄격하고 무서운 존재로 설정하는 것이 좋다. 만약 이러한 엄격함이 여러분이 만드는 세계와 대상 독자에게 적합하지 않다면 '우애'와 '상냥함'을 전면에 내세워도 된다.

한편, 다수의 신이 공존하는 다신교가 일신교적인 성격을 띨 수도 있다. 모든 신이 동격이 아니라 주신으로서 명확하게 설정된 신이 있고, 그를 신앙하고 숭배하는 경우다. 이를 '단일신교'라고 하는데, 그리스 신화의 주신인 제우스가 대표적이다.

판타지 세계를 만들 때 일신교적인 종교를 설정하고 싶지만 실제 역사와 기존 작품과는 차별화하고 싶다면, 단일신교는 아주 좋은 선택지다. 예를 들어, 주신은 있지만 왕족이나 귀족처럼 특별한 사람에게만 그것을 믿는 일이 허용된다거나, 주신은 인격을 갖지 않는 서민에게는 친숙하지 않은 신이므로 신앙의 대상이 되지 않는다고 설정할 수 있다. 그 대신에 그들이 믿는 더 친숙한 신을 둔다면 좀 더 안정적이고 그럴듯한 세계관이 될 것이다.

◆ 기타 종교

여기에서는 일신교와 다신교와는 구별되는 종교를 소개하고자 한다. 배일신교 또는 이신교는 말 그대로 선과 악의 두 신이 있으며, 양자의 대립 구조가 만들어져 있는 종교다. 대표적인 예로 조로아스터교가 있는데, 이 종교에는 선한 아후라 마즈다와 사악한 앙그라 마이뉴라는 신이 있다. 그러나 그들 이외에도 각각의 진영을 구성하는 신들(천사와 악마)이 있으므로 신이 딱 둘뿐인 건 아니다. 이 이신교적인 구조는 판타지 세계를 만들고 싶은 사람들에게 매우 도움이 된다.

범신교에는 인격과 개성을 가진 신이 없다. 신은 이 세상 그 자체이며, 우주의 온갖 것에 깃들어 있다는 매우 추상적이고 철학적인 사상이다.

애니미즘은 다신교의 일종으로, 범신교와도 가까운 면이 있다. 세상의 온갖 것에 신(영혼)이 깃들어 있다는 가치관이다. 해와 달, 대지 등 자연 그 자체만이 아니라 바람과 불꽃 같은 자연 현상, 인간, 동물, 그리고 집이나 접시 같은 인공물에 이르기까지 신(영혼)이 깃들어 있다고 한다. 일본의 '800만의 신'도 애니미즘의 일종(한국의 '서낭당'도 애니미즘의 한 형태로 볼 수 있다-옮긴이 주)이라고 하면 이해하기 쉽지 않을까?

샤머니즘도 신이나 정령을 숭배하는데, 신과 인간을 이어주는 매개자로서 샤먼이 있다는 점이 특징적이다. 자세한 내용은 3장의 '정령' 항목에서 소개하겠다.

토테미즘은 각 지파가 고유의 '토템'을 가지고 그것을 믿는다. 토템은 대부분 동물로서, 각 지파의 조상과 연결된 존재라고 한다. 또한, 개인이 토템을 가진 사례도 있었는데, 아메리카 인디언을 연상하면 이해하기 쉽다.

판타지 세계에는 신 이외에도 '도저히 신으로밖에 보이지 않는 존재'가 있다. 드래곤이나 뱀파이어 같은 강력한 괴물을 신으로 섬기는 자들이 있어도 이상하지 않다. 이세계로 이동한 사람이 현대 문화를 활용해 존경과 경외심을 얻게 되어 그를 둘러싼 종교가 생겨나는 상황도 있을 법하다.

신이 실재하는 세계이기 때문에 '그런 것은 신이 아니다. 세계의 진리를 추구함으로써 진정한 신이 존재한다'면서 탐구하는 집단이 있을지도 모른다. 이러한 이단의 종교 집단 역시 분위기를 고조시키는 데 큰 도움이 된다.

◈ 종교 집단

마지막으로 종교 집단에 대해 간단하게 설명하겠다. 일반적으로 교회, 신전, 성당, 사원, 신당 등 종교적인 거점을 중심으로 집단이 형성된다. 신관과 승려 등으로 불리는 수행자가 그곳에 거주하며, 일반 신자는 일상생활을 하면서 축제 같은 종교 의식에 참여한다. 전자는 출가 신자, 후자는 재가 신자다.

각지의 작은 종교 집단과 그 종교 전체 세력의 관계는 종교마다 다르다. 가장 알기 쉬운 예는 지역마다 지부가 되는 큰 거점이 있고, 나아가 종교 전체에 대한 지배력을 가진 총본부가 있는 형태다. 한편으로 본부에 너무 힘이 없어서 각 지역 지부의 합의제로 정책이 결정되는 경우도 있을 것이다. 지부의 힘이 대단치 않아서 각 거점에서 아예 따로따로 좋아하는 활동을 하는 종교도 존재할 수 있다. 그렇게 되면 사람들은 필시 혼란스러울 것이다. 또한 각자의 신앙과 의견의 차이로 인해 파벌이 형성되는 경우도 많다. 이 파벌을 '종파'라고 부른다.

종교는 여러분이 만드는 세계에 다양성을 부여하고 싶을 때 활용하기 좋다. 다신교, 일신교, 애니미즘 등에서부터 큰 종교 안에서 일어나는 종파 갈등까지 다양한 형태로 변화를 줄 수 있다.

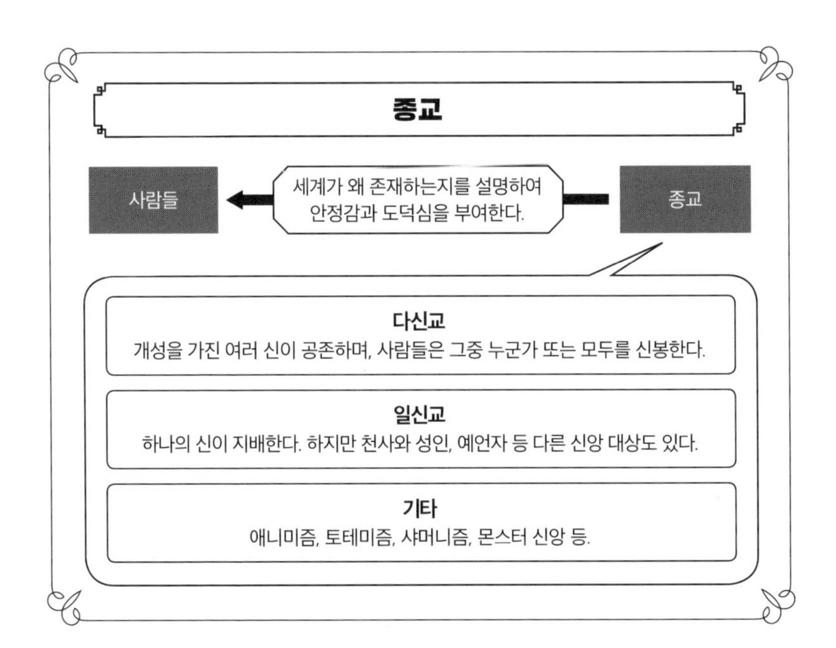
종교
사람들
세계가 왜 존재하는지를 설명하여
안정감과 도덕심을 부여한다.
종교
다신교
개성을 가진 여러 신이 공존하며, 사람들은 그중 누군가 또는 모두를 신봉한다.
일신교
하나의 신이 지배한다. 하지만 천사와 성인, 예언자 등 다른 신앙 대상도 있다.
기타
애니미즘, 토테미즘, 샤머니즘, 몬스터 신앙 등.

조직

◈ 결사의 기본 요소

인간은 사회적 동물이다. 그래서 집단(조직)을 이루고 산다. 그것은 가족이자, 사회이고, 국가이며, 종교 집단이다. 여기에서는 지금까지 소개하지 못한 조직에 대해 이야기하고 싶다.

'결사'라는 말이 있다. '비밀 결사'의 이미지가 강할 텐데, 본래의 의미는 따로 있다. 목적이 있고 나아가 계속해서 이어지는 조직을 결사라고 부른다. 그래서 가족도 회사도 정당도 모두 '결사'다. 또한 지금까지 소개한 판타지 세계 속 나라나 종교 집단도 모두 결사다.

그 밖에 판타지 세계에 있을 법하면서도 이야기에 깊이 관련될 만한 결사는 없을까. 여기서는 '길드'와 '비밀 결사'에 관해 소개하고자 한다. 하지만 그 전에 조직을 구성할 때 염두에 두어야 할 점들을 말해두고 싶다. 그것은 다음과 같다.

· 그 조직의 목적은 무엇인가?

· 결성부터 현재에 이르기까지 어떤 과정을 거쳤는가?

· 규모(인원 및 세력 범위)는 어느 정도인가?

· 조직 분위기는 어떤가?

· 다른 조직과의 관계는 어떤가?

· 조직 내에 파벌 등이 있는가?

이 중 목적이 가장 중요하지만, 다른 부분도 제대로 생각해야 좀 더 자연스러운 형태로 창작할 수 있다.

◈ 길드 = 동업자 조합

먼저 '길드'를 소개해보자. 길드는 '동업자 조합'이라고 할 수 있다. 같은 물건을 만드는 장인과 판매 상인(=동업자)이 조합을 만들어 어디에서, 언제, 얼마에 팔지 등을 결정하는 것이 길드다. 그렇게 규칙을 정하여 전체의 이익을 지키는 것이 목적이다. 규칙이 깨지면 조직의 체제가 흔들리기 때문에 규칙을 깨는 자들에게는 형벌이 내려진다. 길드를 운영해나가기 위한 회비도 있다. 엄격하기만 해서는 집단을 유지할 수 없기에 복지 시설 같은 것도 마련되었던 듯하다.

그 밖에도 정보, 도구, 재료, 기술 등을 공유하고 융통하기도 했던 것으로 보인다. 그렇게 되면 가게나 공방, 거점은 서로 가까이 있는 편이 좋아서 특정 상인이 모인 결과 ○○ 거리 등으로 이름이 붙는 경우가 많았다. 예를 들면, '대장간 마을'이나 '목재 거리' 등이다.

길드와 친하게 지내지 않거나, 회비를 내지 않는 장인과 상인은 그들의 세력이 미치는 곳에서는 정착해서 일하기 어려워진다. 그래서 여기저기 이동하면서 일하게 된다. 작은 길드라면 세력 범위는 동종 장인이나 상인이 거주하는 지역 하나로 한정된다. 그러나 더 큰 길드라면 하나의 도시나 나라, 대륙이나 세계 전체에 영향력을 떨칠 수 있는 초국가적인 규모일지도 모른다. 또는 다른 도시나 국가의 길드와 관계가 있어서 그 지역을 여행하거나 그곳에서 일할 때 길드에서 소개장을 써준다면 혜택을 받을 수도 있다. 물론 그만큼 여분의 돈을 지불해야겠지만.

이 정도로 대규모 네트워크를 보유한 길드라면 국가에 필적하는 존재로서, 세계의 움직임에 영향을 미치는 존재라고 해도 이상하지 않다. 실제로 비밀 결사로 유명한 프리메이슨은 '자유로운 석공'이라는 뜻으로, 원래는 석공 장인 길드였다.

덧붙여서 길드와 같은 구조를 갖춘 것이 '장터'다. 도시에는 매주 한 번 정도 시장이 들어서고 주변 마을 농민들이 이곳에 찾아와서 물품을 얻는데, 여기에도 길드 같은 규칙이 있었기 때문에 장사를 할 수 있다는 것이 일종의 기득권처럼 여겨졌던 모양이다.

길드와 장터는 장인과 상인의 생활을 안정시키기 위한 시스템이었지만, 새롭게 참가하려는 이들에겐 장벽이 되기도 했다. 그러한 장벽에 모험심이 강한 상인이나 장인으로서 주인공이 과감히 도전해가는 이야기도 재미있겠다.

◆ 판타지 세계 길드

지금까지 실제 중세 유럽에 있던 길드의 대략적인 구조와 상황을 이야기했다. 그러나 판타지 세계에서는 더 특이한 형태의 길드가 등장한다. 그중 자주 보이는 것이 '도적 길드'다. 도둑, 강도, 소매치기 등 이른바 도적 행위를 일삼는 자들이 만들어낸 길드이지만, 더 나아가 범죄와 암흑사회에 관련한 일 전반을 다루는 일종의 마피아 같은 단체가 되는 경우도 많다. 범죄자 모임이지만, 다른 한편으로 자신들이 범죄 행위를 통해서 안정적으로 돈을 벌 수 있도록 질서를 유지하려고 한다. 무차별적인 범죄는 허용하지 않으며 외부에서 온 떠돌이 범죄자가 거리를 망치는 것도 좋아하지 않는다. 따라서 도적 길드가 없는 도시보다 있는 쪽이 거리의 치안이 안정되기도 한다. 그런 도시는 영주와 관리가 길드를 묵인하거나 몰래 그들과 손을 잡고 있을지도 모른다. 그렇다고 해서 그들을 선한 사람으로 생각해선 안 된다.

암흑사회 거주자인 그들에게는 다양한 정보가 들어온다. 경비가 완벽한 집이나 금고에 충분한 돈이 쌓여 있는 가게를 파악하기 위해서도, 쓸 만한 돈벌이를 찾기 위해서도 정보는 필요하다. 귀족이나 거상의 추문을 잡으면 협박거리로 삼을 수도 있다. 이 같은 수상한 정보들을 입수하기 위해 도적 길드와 접촉하는 상황도 생긴다.

최근에는 '모험가 길드'도 자주 등장한다. 모험가 길드는 주로 중개자 역할을 하는 존재로서 그려진다. 괴물 퇴치, 분실물 찾기, 아이템 조달 등 여하튼 모험가에게 부탁할 일이 생긴 의뢰인은 모험가 길드를 찾아간다. 길드는 이 의뢰를 나열하여 모험가에게 제시한다. 그리고 의뢰받은 일에 성공하면 길드를 통해서 의뢰인이 직접 보상을 지급하는데, 그중 일부는 소개료로 떼어 간다.

모험가 길드는 모험가라는 상당히 수상하기 이를 데 없는 직업에 공적인 신용을 부여한다. 대중적으로 인정받는 길드가 있는 세계에서 모험가는 믿어도 좋은지 알 수 없는 수상한 무리가 아니라 어쨌든 일을 부탁해도 좋은 상대인 것이다. 반대로 말하면, 길드는 이 사회적 신용을 유지하기 위해 신경을 써야 한다. 그래서 소속된 모험가의 실력이나 신뢰성을 등급제 등으로 관리하여 엉뚱한 일을 맡아서 실패할 확률을 줄인다. 선금을 받은 채 그대로 달아나버리는 자들이 있다면 신용에 문제가 생기는 만큼, 다른 모험가가 쫓아가서 징벌하는 등의 임무를 수행하게 될 것이다.

모험가 길드는 실력이 있는 개인이 모인 집단이다. 그만큼 강력한 전력을 품은 단체라고 할 수 있으며, 때때로 음모의 타깃이 되거나 정치적인 속박에 얽매일 수도 있다. 누군가에게 속아서 국가 전복 음모에 가담한 모험가를 길드는 지켜줄 것인가, 아니면 버리겠는가. 트집이 잡혀 길드가 폐쇄당하면 모험가들은 어떻게 할 것인가. 이렇듯 꽤 극적인 모험을 그려낼 수 있다.

또는 그 세계에만 존재하는 직업에 관련된 길드가 있을지도 모른다. 예를 들어, '세계가 음악으로 짜여 있고, 마법 음악가는 세계를 자유롭게 만들거나 바꿀 수 있지만, 시간이 지남에 따라 세계 일부가 풀려버리는 세계'라면 음악가는 직업으로서 존재하게 된다. 그리고 세계를 지켜나가기 위해서 새로운 음악가를 차례로 육성하고, 작업에 필요한 악기 등을 공급하며, 어디가 풀렸는지에 대한 정보를 관리하여 현지 음악가들을 파견하는 조직이 필요하다. 이 역할은 나라나 종교 단체가 담당할 가능성도 있다. 하지만 길드가 이 업무를 맡을 여지도 충분하다.

창작에서 길드를 묘사할 때는 실제 중세 유럽의 길드에 얽매이지 않고 자유롭게 표현하면 된다. 현실의 길드는 단체 전체 이익을 보호하기 위해 매우 강하게 통제되는 집단이었기 때문이다. 그보다는 앞에서 소개한 모험가 길드처럼 중개업자 같은 느낌으로 일을 알선하는 곳으로 묘사한다면 많은 독자, 시청자, 이용자가 좀 더 쉽게 받아들이지 않을까? 덧붙여서 실제로 중세에는 주선인이라든가 중개업자가 모인 비슷한 조직이 있었는데, 간단한 알선업체에 지나지 않았다. 창작 세계의 길드는 대부분 신뢰할 수 있고, 체계적이며, 공정하다는 특징이 있다. 물론 이러한 조직을 뭔가 수상쩍게 그려내거나, 음모와 관련된 모습으로 그려도 상관없다.

또한, 창작 세계에 어울리는 길드로서 교육 기관(학교)도 생각해볼 만하다. 실제 중세 유럽의 길드에서 직업 훈련은 도제 제도를 통해서 장인들 밑에서 습득해야 했다. 나아가 제 몫을 하게 되면 마스터로서 길드의 구성원이 될 수 있었다.

대학이나 수도원 등의 교육 기관이 별도로 있었다고는 하지만, 판타지 세계의 길드라면 조직 내부에 학교가 있어도 좋겠다. 소질이 있는 사람은 어릴 때부터 학교에서 받아들여서 기술을 익히게 도와주며, 일을 시작하고 보수를 받으면 교육비를 반환하는 것이다. 길드와는 조금 거리가 있지만 나라에서 특별한 직업과 능력을 육성하기 위한 학교를 세울 수도 있다. 판타지 학원물은 최근 라이트 노벨 등에서 인기 있는 주제이니 도전해봐도 좋지 않을까.

◆ 비밀 결사의 상황

다음으로 비밀 결사에 대해 살펴보자. 결사는 우선 어떤 목적을 바탕으로 결성된다. 존재 자체가 비밀인 만큼, 일반적으로 그 목적도 비밀이어야만 한다. 아마도 목적 자체와 그것을 달성하기 위한 수단이 범죄와 관련되었거나 반사회적이기 때문일 것이다. 들키면 잡히거나 사회적 신용을 잃기 때문에 숨길 수밖에 없다.

도적 길드는 이런 의미에서 비밀 결사다. 그 밖에도 나라를 뒤집고 왕족의 권력을 빼앗으려는 귀족들의 결사나 세계 정복을 노리는 마법사들의 결사, 교리에 '살인'이 들어 있어서 사회적으로 결코 인정받을 수 없는 마교 신자들의 결사 등이 그야말로 실재할 법한 비밀 결사의 예다.

단, 비밀 결사라고 해서 반드시 범죄적 성격을 띠어야 하는 건 아니다. 예를 들어, 사회적 측면에서 보면 조금 유치하거나, 신분에 어울리지 않는 취미를 공유하는 집단도 일종의 비밀 결사가 될 수 있다. 출세를 목표로 하는 젊은 장교들의 모임도 이상하게 보이는 것을 막기 위해서 자신들의 존재를 비밀로 하고 싶어 할 수 있다. 이처럼 수상한 비밀 결사가 실은 범죄와 관련된 무엇이 아니라, 그냥 상조회와 사교 모임 같은 단체일 뿐인 상황도 생각해볼 수 있다.

비밀 결사는 당연히 비밀을 지킬 수 있는 수단을 마련해야 한다. 이를 위해 대부분은 '참여 의식'을 치른다. 결사에 참여하기 위해서는 신뢰할 수 있는 자에게 소개받아야 하고, 의식을 통해 상대방의 자질을 확인하며 비밀을 지킬 것을 요구한다.

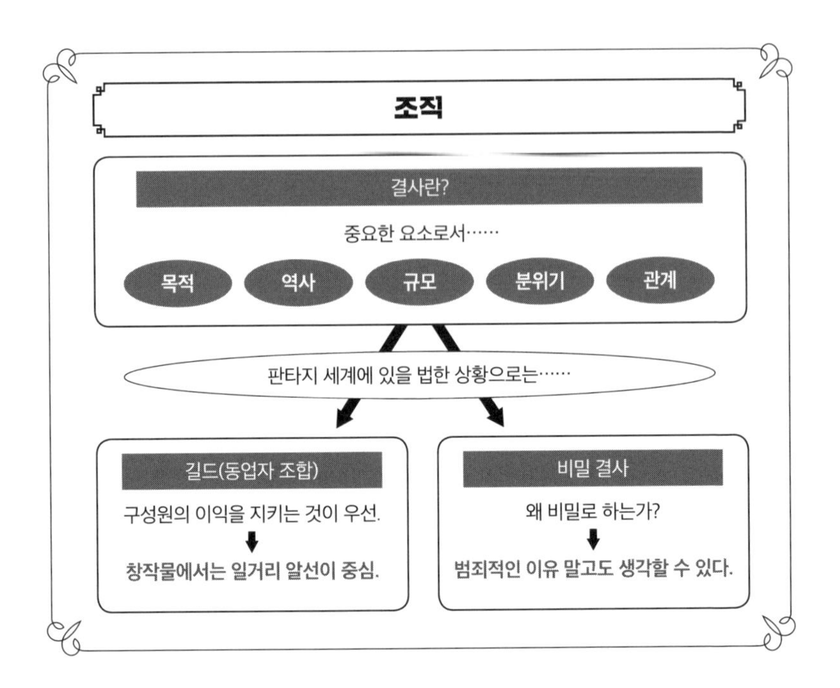

또한 결사에 들어가기만 하면 바로 모든 일을 알 수 있는 구조라면 좀처럼 비밀은 지켜지지 않는다. 하지만 단계를 밟아나가야만 결사의 진실을 알 수 있다거나, 결사가 지키는 비밀(마법 사용 방법 등)이 초기 단계에서는 오해할 만한 모습을 하고 있는 등 의도적으로 함정을 파놓기도 한다.

비밀 결사의 정체가 무시무시한 악의 화신인가? 파헤쳐보니 맥 빠지게 하는 무언가인가? 아니면 비밀스러운 정의의 아군인가? 어떤 모습으로 만들지는 여러분에게 달렸다.

문명 수준

◈ 문명은 얼마나 발달했는가?

여러분이 만드는 세계에서는 인간이 가진 기술과 지식, 즉 문명이 얼마나 발전했는가? 이 책에서 '문명 수준'이라고 부르는 발달 정도는 그 세계의 분위기를 좌우하는 중요한 문제다. 예를 들어, 다음과 같은 경우를 떠올릴 수 있다.

· 전쟁에서 프로 전사들이 검과 창, 활로 싸우는 세계와 총을 든 군인들이 늘어서서 일제 사격을 가하는 세계.
· 대다수 사람이 글을 읽지 못해 정보가 입에서 입으로만 전해지는 세계와 누구나 손쉽게 글을 읽고 신문이나 책을 통해 각지에 정보가 전해지는 세계.

위에서 예시로 든 각각의 세계는 서로 완전히 다른 분위기다. 그렇다면, 구체적으로 문명 수준을 어떻게 설정하면 좋을까? 중세 유럽의 그것을 그대로 옮겨오는 방법이 가장 편리하다. 유용한 참고 자료가 얼마든지 있기 때문에 역사적인 사실에 따라 쓰는 것은 그리 어렵지 않다. 사실성을 가장 우선시한다면 좋은 방법이다. 하지만 완전히 똑같다면 굳이 가상의 세계를 만들 필요가 없다. 또한 짜릿한 모험이나 극적인 전개를 만들고 싶다면 실제 중세 유럽의 모습만으로는 조금 제약이 많은 것도 사실이다.

판타지 이야기를 창작할 때 대부분은 중세와 근세(때로는 고대도)의 문명을 섞어서 자신의 작품에 가장 어울리는 상태를 만들고자 한다. 게다가 마법이나 신비한 현상, 생물 같은 존재들도 추가되기 때문에 자연스레 역사적 사실과는 멀어진다. 하지만 그렇게 해야만 가상의 세계를 만드는 의미도 생긴다. 예를 들어, 다음과 같은 점에 주목해보자.

· 물건을 나르고 기계를 움직이는 동력

→ 중세 유럽이라면 인간이 물건을 옮기는 인력, 또는 그것을 대신할 소나 말 등 가축의 힘, 강과 시냇물이 흐르는 힘으로 물레방아를 움직이는 수력, 바람으로 풍차를 돌리는 풍력 등.

→ 고대 로마 시대에도 증기 기관의 원형이라 할 만한 물건이 발명되었기 때문에 문명의 발전 상황에 따라 증기 기관이 실용화되었다고 해도 이상하지 않다. 마법이 널리 쓰이고 있다면 마법력으로 움직이는 기계나 골렘이 동력으로 사용될 가능성도 충분하다.

· 이동 수단

→ 중세 유럽이라면 사람의 다리, 말, 마차, 강이나 바다를 떠가는 배 등.

→ 판타지 세계에는 말을 대신할 고유 생물이 있을지도 모른다. 하늘에 떠 있는 생물로부터 채취한 가스를 사용하는 비행선이나, 거대한 물고기가 끌어서 바람이나 물의 흐름의 영향을 받지 않는 선박 등 독자적인 탈것이 존재하고, 마법으로 날아다니거나 순간 이동 등이 마법사 개인의 이동 수단만으로 끝나

지 않고 공공 서비스 수준으로까지 보급된 세계도 있을 것이다. 또는 기술이 어떤 요소로 인해서 현대 수준까지 진보한 결과, 자동차가 탄생했다는 설정도 재미있다.

· 언어

→ 중세 유럽이라면 언어는 지역마다 다르다.

→ 판타지 세계에서 언어는 확실히 제각각이지만, 그것과는 별도로 어디서나 통하는 '공통어'를 가진 세계가 많다(단순히 이야기를 전개하기 쉽다는 이유도 크겠지만).

· 화폐

→ 중세 유럽이라면 화폐는 국가의 힘이 얼마나 강하고 안정되어 있느냐에 따라서 달라진다. 국가 권력이 안정되지 않은 시대에는 각지에서 화폐가 이것저것 잡다하게 발행되거나, 금이나 은 덩어리를 그대로 사용하기도 한다. 권력이 안정되면 널리 금화와 은화가 유통되기에 이른다. 또한, 애초에 화폐 경제가 발달하지 않았기 때문에 물물 교환도 평범하게 이루어진다. 화폐 소재 본연의 가치도 중요해서 지폐는 없다.

→ 판타지 세계에서는 금화와 은화, 동전 등이 세계 공통으로 유통되는 경우가 많다(이것도 스토리 전개상의 이유가 크다). 한편 화폐 이외의 가치가 있는 것, 예를 들어 보석 등이 화폐처럼 유통되거나, 지폐가 어떠한 상황(상인 연합의 힘이 매우 강해 지폐의 가치를 강력하게 보장하며, 언제든지 금화나 은화와 같은 돈으로 바꾸어주는 등)으로 인해 유통되는 세계가 있을지도 모른다.

· 교육

→ 중세 유럽에서 교육은 어디까지나 개인 차원에서 진행되었다. 따라서 서

민들은 대부분 도제 교육을 통해서 장인으로부터 살아가기 위한 기술을 배웠다. 학교도 있었지만, 기독교와 밀접한 관계가 있는 것뿐이었다.

→ 판타지 세계에는 종종 현대적인 학교가 등장한다. 이렇게 함으로써 독자에게 친숙한 공간을 만들 수 있다는 이유가 크다. 마법사와 모험가 등 특수 직업을 양성하기 위해 국가 또는 길드가 학교를 운영한다고 설정하는 사례도 종종 볼 수 있다.

물론 여기서 언급한 것 이외에도 나라 항목에서 소개한 국가 체제 등 다양한 요소가 있다. 이 책의 내용을 참고하길 바란다.

◈ 세 가지 중요한 발명

앞에서는 제시하지 않았지만, 문명의 발달에서 특히 중요한 것이 있다. 중세와 근세를 나누는 큰 발명이자 기술 혁신이라고 말할 수 있는 나침반, 활판 인쇄기, 화약이다. 르네상스 삼대 발명이라고도 하는 이것들은 단순히 뛰어난 발명품이 아니라 사회적으로 미친 영향도 컸다.

나침반은 자석의 힘으로 방위를 알려주는 도구다. 이것과 천체 관측을 조합함으로써 자신의 위치를 알 수 있게 되어 원양 항해가 가능해졌고, 대항해 시대에 박차를 가했다. 나침반이야말로 유럽인을 세계로 진출시킨 도구다.

활판 인쇄기는 활자를 조합한 판(활판)의 내용을 종이에 인쇄하는 기계다. 그 이전에 이미 동양에서 인쇄 기계가 만들어졌지만 대개는 한 장의 나무판자에 내용을 새긴 형태였고, 매회 다시 제작해야 했다. 반면 활판 인쇄기는 활자를 새로 짜는 것만으로 인쇄 내용을 바꿀 수 있었다. 이 기술로 양산된 책은 유럽의 지적 수준을 크게 올려 사회를 변화시켰다. 특히, 라틴어뿐만 아니라 각국의 언어로 쓰인 성경이 많이 제작되었고, 때마침 시작된 종교 개혁에도 큰 영향을 주었다.

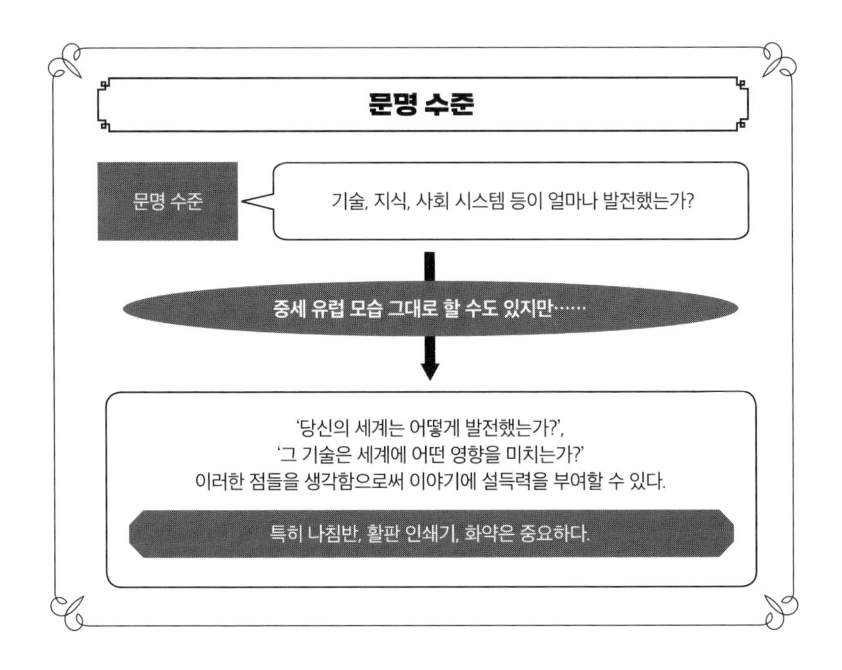

화약은 말 그대로 불의 약, 폭발하는 물질이다. 여기서는 흑색 화약을 가리킨다. 화약의 출현은 총과 대포의 발명으로 이어져 전장의 양상을 바꾸었다. 총을 든 군인들이 주역이 되었고, 기사들은 활약할 장소를 잃고 몰락해갔다.

이 발명품들은 사회의 모습을 바꾸었다. 만약 여러분이 만드는 세계에 이 물건들이 있다면, 중세에서 근대적인 모습으로 변해가는 것이 자연스럽다. 그런데도 사회가 중세적인 모습을 유지한다면 뭔가 그럴듯한 이유가 있어야 한다. 또한 이러한 발명품의 뿌리가 사실은 동양(중국)이라는 점을 고려할 때, 여러분이 만든 세계에 존재하는 이 물건들이 어디에서 왔으며, 어떤 의도나 음모가 숨어 있지는 않은지 등을 생각해봐도 재미있지 않을까.

의·식·주

◈ 어떤 옷을 입는가?

이 항목은 앞에서 소개한 '문명 수준'의 특별편으로 생각해주길 바란다. 문명의 발달 중에서도 삶과 밀착된 의식주는 창작에서 특히 중요하다.

우선 의식주의 '의(옷)'부터 이야기하겠다. 중세 유럽의 의류 원료는 주로 대마(그중에서도 아마 '리넨'), 양털, 모피, 비단이었지만, 서민들이 비단옷을 입는 일은 드물었다. 무명은 아직 들어오기 전이고, 화학 섬유 같은 건 더더욱 바랄 수 없었다.

판타지 세계에는 이러한 재료 이외에 다른 무언가가 존재할 가능성도 있다. 예를 들어 최근에 '스파이더 실크'라는 새로운 섬유가 개발된 사실을 아는가? 비단을 만드는 누에에 거미 유전자를 조합해 탄생한 것으로, 본래의 강인함에 거미줄의 신축성이 더해진 신소재다. 판타지 세계라면 이것과 비슷한 실을 뿜어내는 거미가 있어도 이상하지 않다.

거미줄이 고급 섬유로 취급되며 비단이나 서민들이 입을 수 있는 양털처럼

대중적으로 보급된 세계도 있을까. 그렇다면 실제 농가 건물 일부에 누에를 기르는 방이 있듯, 거미를 키우는 방이 있을지도 모른다. 현실 세계에서 이세계로 이동한 현대인이 보면 기절할 법한 광경이다. 그러나 작은 거미라면 몰라도 대형견이나 인간만 한 거미를 기르기는 쉽지 않을 것이며, 안정적으로 공급할 수 없다면 널리 보급되기도 어렵다.

괴물의 모피나 비늘 같은 판타지 세계 특유의 소재도 그들을 가축화하고 안정적으로 공급할 수 없다면 대중화하기 어렵다. 하지만 희소가치가 있거나 마법적인 효과를 발휘하는 등 부가 가치가 있다면 고급품이나 진귀한 상품으로서 환영받을 가능성은 충분하다. 그렇게 되면 단골에게 부탁받은 직물 도매상이 용병에게 의뢰하거나, 직접 찾아 나서는 등 원료 조달이 모험으로 이어지게 된다. 또한 괴물(그야말로 거대 거미 같은 괴물)을 가축화할 수 있다면 좋겠지만, 공격성을 억제하는 아이템이 떨어지거나, 괴물이 돌연변이를 일으켜 폭주하는 일이 벌어지면 공포물이나 좀비물 속 상황이 일어날 수 있다.

판타지 세계 특유의 소재를 반드시 괴물에게서 구해야 한다는 법은 없다. 쉽게 섬유를 얻을 수 있는 그 세계만의 고유한 풀이나 나무가 존재하거나, 불타는 물(=석유)에서 폴리에스터를 추출하는 마법이 있다면 어떨까. 또는 요정이 구름을 흩뜨리면 하늘하늘한 실이 흘러나올지도 모른다.

한편 중세 유럽과 판타지 세계의 옷 모양은 그다지 닮지 않은 경우가 많다. 예를 들어, 여성의 옷이 상하로 나뉜 것은 15세기 무렵이며, 그 아랫부분을 스커트라고 부른 것은 19세기 이후였다(그 이전에는 페티코트라고 불렀다). 그러나 판타지 세계에서는 스커트나 치마 모양의 옷을 종종 볼 수 있다. 또한 귀여운 옷의 전형인 세일러복은 본래 19세기 해군의 제복으로서 보급되었고, 학교 교복 등에 그 디자인을 적용함으로써 대중화되었다. 그러니 중세풍 세계에는 있을 수 없다. 애니메이션, 게임, 만화 등 시각적인 요소가 중요한 창작 작품에서는 이런 점을 그다지 신경 쓰지 않고 현대적인 디자인을 도입하고 있으며, 너무 역사적 사실에 얽매이지 않아도 된다고 말하고 싶다.

◈ 무엇을 먹는가?

의식주에서 '식(음식)'은 어떨까. 사실 중세 유럽의 실제 모습에 접근하려 한다면 지금 우리가 아는 유럽의 요리와는 양상이 꽤 달라진다. 중세는 현재 유럽 요리에서 빼놓을 수 없는 재료 중 일부가 들어오기 전이기 때문이다. 독일 요리에서 빼놓을 수 없는 감자, 이탈리아 요리를 상징하는 대명사라고 할 수 있는 토마토. 그 밖에 옥수수와 고추 등을 포함하여 이들은 대항해 시대에 신대륙, 즉 아메리카에서 유럽에 소개된 것이다.

중세에는 순무와 당근, 양파와 마늘, 양배추와 양상추, 그리고 완두콩과 강낭콩 같은 콩류 정도가 있었다. 예를 들어 콩과 보존용 베이컨이 들어간 국물에 말라빠진 빵이라는 조합은 농가의 일반적인 식사였다고 할 수 있다. 빵도 호밀 등을 사용한 검은 빵 종류가 농촌에서 흔했다. 밀은 도시에 판매하는 것이었기 때문이다(반대로 도시에서는 밀로 만든 흰 빵을 먹을 수 있었다). 고기는 양이나 돼지, 그리고 닭이 주를 이룬다. 특히 돼지를 베이컨이나 햄으로 만들어 저장함으로써 겨울철 귀중한 보존 식품이 되었다.

또 다른 주목할 점으로 음료가 있다. 물을 그대로 마실 수 있는 지역이라면 괜찮지만, 오염 등으로 마시기 어려운 지역도 많다. 그런 경우에는 물 대신 포도주, 맥주, 에일(상온에서 마시는 맥주), 유청 등을 마셨다. 아이가 술을 마셔도 전혀 문제가 되지 않은 셈이다.

그러나 옷과 마찬가지로 판타지 세계에서는 이러한 상식에 얽매일 필요가 없다. 이미 토마토와 감자가 들어왔건, 아니면 원래부터 그것들이 그곳에 존재했건 상관없다. 밀 이외의 주식으로서 벼를 도입하기 어렵다면(유럽 지역은 기후가 맞지 않는다) 쌀과 비슷한 곡물이 있다고 설정해도 좋다. 또는 아시아 같은 지역의 수입품이라고 한다면 사회의 양상을 완전히 바꿀 수 있는 정도까지는 아니더라도, 동양에서 온 이세계 전이자를 고향의 맛으로 감동시키는 상황을 연출할 수 있다.

여행지에서는 보존 식품으로서 말린 고기와 단단하게 구운 빵, 현지에서 채취한 야생초 등으로 식사를 한다. 하지만 다른 먹을 것이 없다면 사람은 뭐든지 먹는다. 즉, 괴물이라도 먹는다. 물론 맛있는 괴물도 있고 맛없는 괴물도 있고, 독을 지녔거나 인간은 먹을 수 없는 종류가 있을지도 모른다. 인간으로서 '인간을 닮은 괴물은 아무래도 못 먹겠다'거나 '요리하는 동안 보지만 않으면 괜찮다'고 생각하는 등 다양한 상황이 펼쳐진다.

◆ 어디에 사는가?

마지막으로 '주(집)'를 다뤄보겠다. 중세 유럽이라면 집은 나무나 돌 중 하나로 지어진다. 콘크리트는 로마 시대에 발견되어 이미 활용되고 있었지만, 주요 건물에 사용하기에는 강도가 부족했다.

농촌이라면 허술한 목조로 된 단층 건물, 도시라면 로마 시대부터 이어진 고층의 공동 주택(아파트)이 있었다. 상인과 장인이 3층이나 4층짜리 건물에 살면서 1층에는 작업상이나 가세를 두고, 2층부터는 주거 공간으로 자신과 가족, 제자들이 사는 광경은 중세 도시에서 흔히 볼 수 있었다. 공간이 한정되어 있다 보니 계속 위로 높일 수밖에 없었다.

물론, 특별한 환경이라면 특별한 건물에 살 것이다. 나무나 돌을 구하기 어려운 지역에서는 점토를 모아서 햇볕에 말리거나 구워서 만든 벽돌이 많이 사용되었다. 정착 생활을 하지 않는 사람들은 텐트와 같은 물건을 사용했을 텐데, 그것은 동물 가죽 등으로 만들어졌다. 눈과 얼음으로 둘러싸인 땅에서는 그것들을 재료로 삼아 집을 만들 수밖에 없다. 에스키모의 이글루처럼 건축 자재는 눈과 얼음이지만, 외풍을 막는다면 충분히 따뜻할 수 있다.

판타지 세계만의 주거 환경을 쾌적하게 만드는 기술이 있다면 어떨까. 불쾌한 연기를 내뿜지 않고도 열을 내는 연료가 있다면 생활은 편리해질 것이며, 바람을 조종하는 마법의 아이템이 있으면 겨울이건 여름이건 안락하게 지낼 수 있다.

싸움을 위한 도구

◆ 무기와 방어구와 생활

싸움을 위한 도구인 무기와 방어구는 이야기에서 전투가 벌어질 때 꼭 필요한 요소다. 어쨌든 검과 마법의 판타지라고 할 정도니 말이다. 현대인은 전문적인 무기나 방어구를 주변에서 쉽게 접할 수 없다(미국처럼 총기가 허용되는 사회는 예외겠지만). 애써 찾아봐도 골동품으로서 칼이나 국궁, 아니면 사냥총 정도를 볼 수 있을 뿐이다. 물론 이들 역시 엄격하게 관리되는 만큼 손쉽게 무기로 사용할 수는 없다. 식칼이나 공구를 재료로 삼아 무기를 만들기도 쉽지 않다.

하지만 중세풍 세계는 다르다. 무기를 가진 군인과 싸우는 법을 익힌 사람이 매우 흔하다. 평범한 농민이 자위나 맹수 퇴치를 위해서 무기를 마련하거나, 농구를 무기로 사용한다. 이처럼 싸워서 무언가를 얻거나 지키는 일에 대한 장벽이 낮다.

무엇이든 평화롭게 규칙에 따라 대화로 해결할 수 있다면 좋겠지만, 중세풍 세계에서는 어렵다. 법을 어기면 즉시 경찰이 출동해 범죄자를 체포하는 시대가 아니기 때문이다. 자신의 안전과 이익은 스스로 지켜야 한다. 별것도 아닌 다툼이나 이익에 의한 갈등으로 살인이 벌어질 가능성도 충분하다. 그런 만큼, 최소한의 대비책으로서 무기를 준비해두지 않을 수 없다는 말이다. 물론, 여러분이 판타지 세계를 그 정도로 살벌하게 그릴지는 또 다른 문제다. 독자가 감정을 이입하고 공감하게 하려면 너무 참혹한 분위기로 연출하면 곤란하다. 단지, 중세풍 세계에서는 무기나 방어구에 그런 의미가 있었다는 정도는 알아두는 편이 좋다.

무기나 방어구가 그만큼 가까운 존재였기 때문인지 이들을 장식하는 사례도 종종 볼 수 있다. 대대로 전해 내려오는 무기와 방어구를 조상의 명예를 입증하는 증거로 삼고자 가문의 문장을 새기거나, 가족과 연인을 소중하게 여기는 이들은 그 이름을 새긴다. 전장에서 눈에 띄는 무훈을 드러내고 싶은 이들은 화려한 장식을 붙인다. 하지만 반대로 무기는 어디까지나 일회용이라고 생각하는 이들도 있다. 이러한 것들도 캐릭터성이라고 이야기할 수 있겠다.

칼 한 자루에 운명을 거는 검사도 있고, 상황에 맞춰 여러 가지 무기를 구사하는 용병도 있다. 큰 도끼를 휘두르는 전사도 실내에서 싸울 때는 좀 더 작은 칼을 꺼내 들 것이다. 또한 기사라면 전장에서 종자를 거느리면서 무기를 잃어버렸거나 다른 무기를 사용하고자 할 때는 종자에게서 여분의 무기를 받을 것이다.

◈ 각각의 무기, 방어구, 병기

여기에서는 일반적으로 판타지 작품에 나올 만한 무기와 방어구를 나열해 보겠다. 이들 무기는 사용된 시기와 지역이 각기 달라서 같은 시대, 같은 장소에 전부 다 갖춰져 있던 것은 아니다. 하지만 많은 '검과 마법의 판타지'에서는 이들이 뒤섞여서 등장한다.

일반적인 길이의 칼은 보통 '롱 소드long sword, 장검'나 '브로드 소드broad sword'라고 부른다. '브로드 소드'라고 해서 딱히 다른 칼보다 폭이 넓지는 않으며, 근대에 이르러 칼날이 좁고 얇은 검이 등장하면서 그것과 비교하기 위해 이렇게 불린 것이다(브로드 소드는 17세기에 사용한 한 손 도검을 가리킨다. 중세 시대에 사용한 한 손 도검은 아밍 소드arming sword, 군도라고 한다–옮긴이 주).

그 가느다란 날을 지닌 검이 '레이피어rapier, 세검'다. 총이 발달하여 두꺼운 갑옷과 무거운 방패가 쓸모없어진 시대가 되자 변화된 환경에 맞춰 찌르기에 특화된 가늘고 휜 형태의 레이피어가 유행했다. 왼손에는 맹 고슈main gauche라는 방어에 특화된 단검을 드는 경우가 많았다.

장검은 주로 한 손으로 휘두르는 무기로, 양손으로 드는 검은 이름 그대로 '투 핸디드 소드two-handed sword, 양손 검'라고 불렀다. 크고 길며 위력이 있는 점이 특징인데, 허리에 차기는 힘들어서 보통은 메고 다녔다. 또한 한 손으로도 양손으로도 사용할 수 있는 것은 바스타드 소드bastard sword라고 불렀다(이러한 검을 통틀어 '롱 소드'라고 부르기도 했다-옮긴이 주).

두꺼운 갑옷을 입은 상대에게는 칼날이 있는 무기보다는 무거운 물체로 두들기는 편이 더 효과가 있다. 그래서 막대 끝에 금속을 붙인 메이스mace, 철퇴와 해머hammer, 망치가 자주 사용되었다. 판타지에서 피를 보고 싶지 않은 승려가 사용하는 무기라는 느낌도 강하지만, 제대로 맞으면 뼈와 머리를 박살 내는 무기임은 틀림없다.

액스axe, 도끼도 무게를 중시한 무기다. 본래는 나무꾼이 사용하는 도구이지만, 인간도 나무도 베는 건 마찬가지다. 판타지에서는 드워프가 즐겨 사용하는 무기로 알려져 있다.

플레일flail, 도리깨도 일상 도구이자 무기로 유명하다. 메이스의 끝을 사슬로 막대기에 연결한 무기로서, 원심력을 이용하면 파괴력이 더욱 높아진다. 타작할 때 사용하던 도구가 바탕이 되었다고 한다.

다루기 편하고, 숨기기 쉬우며, 힘이 약해도 사용할 수 있는 무기로서 쇼트소드short sword, 단검가 있다. 좀 더 짧은 칼로는 나이프knife나 대거dagger가 있었다. 이들은 던져서 사용하거나, 상대가 검을 휘두르기 어려운 밀접한 상태에서 목을 베어내거나 할 때 쓰였다.

전투 시에는 거리가 중요하다. 그래서 긴 막대기 끝에 칼날을 붙인 무기를 선호했다. 대표적으로 스피어spear, 창가 있다. 주로 찌르기에 사용하지만, 휘둘러서 베어 넘길 수도 있다. 장창이라면 높이 들었다가 내리치는 것만으로도 강렬한 타격을 가할 수 있다. 여러 사람이 장창을 겨눈 채 늘어선 것만으로도 기병에게는 위협적이다.

기사를 상징하는 대명사로 랜스lance, 마상창가 있다. 원뿔 형태가 많으며, 말을 타고 상대에게 겨눈 채 돌격하여 막강한 위력을 발휘한다. 창 옆에 도끼나 상대를 걸 수 있는 다른 날을 단 무기를 폴 암pole arm, 장병 무기 또는 폴 웨폰pole weapon이라고 불렀는데, 할버드halberd, 미늘창가 대표적이다. 베고 찌르고 걸어

당기는 만능 무기이며, 그 외형 때문에 의장용으로 오래 남았다.

여기서부터는 특이한 무기를 소개한다. 엑스큐셔너즈 소드executioner's sword는 처형인, 사형 집행자가 사용하는 검이다. 죄인의 목을 자르는 데 특화되어 있고, 끝이 둥글고 양손으로 휘두르기 좋게 되어 있다. 이것을 실전에 사용한다면 상당히 특수한 경우일 것이다.

플랑베르주flamberge도 독특한 외형의 양손 검으로, 칼날은 불길이 흔들리는 듯한 물결 모양이다. 장식적인 의미도 강했지만, 이외에 상대의 근육을 도려내고 상처를 벌어지게 하는 효과가 있었다고 한다.

크리스kris도 물결 모양 칼날을 가졌지만, 이쪽은 단검이고 물결 모양이 좀 더 부드럽다. 동남아시아에서 볼 수 있으며, 실용적이라기보다는 운석에서 얻을 수 있는 철로 만들어졌다는 점에서 주술적인 느낌이 강했다.

소드 스틱sword-stick, 지팡이 칼은 지팡이나 막대처럼 보이지만 그 속에 칼날이 숨겨진 무기다. 암살용 무기이지만, 한편으로는 귀인들의 호신용으로 사용되기도 했다.

가죽끈을 원심력을 이용해 휘두르는 채찍은 본래 전투용 무기가 아니다. 강한 통증을 유발하기 때문에 고문 등에 사용된다. 하지만 판타지 이야기 속에서는 자유자재로 다루어 상대의 목을 조르거나, 사슬로 된 채찍으로 타격을 입히는 등의 용도로 사용해도 좋다.

아시아에는 전통적으로 '샴시르shamshir, 만월도'를 비롯하여 휘어진 모양의 칼이 존재했다. 그중에서도 사무라이 검, 즉 일본도가 널리 알려졌다. 부러지거나 휘지 않고 잘 베어진다는 점에서 그 명성은 이미 전설이 되었으며, 일본의 검과 마법의 판타지 세계에도 종종 등장한다. 이 경우, 먼 동쪽 나라에서 전해진 잘 베어지는 칼로 취급하는 것이 일반적이다.

다음으로 원거리 무기라고 하면 대표적인 것이 활이다. 길이가 1미터 정도인 것을 쇼트 보short bow, 단궁, 인간의 키만 한 것을 롱 보longbow, 장궁라고 부른다. 활의 성능은 크기에 따라 사거리와 위력이 달라지는데, 재질의 영향도 크다. 기본적으로 나무로 제작되지만, 대나무가 자라나는 지역이라면 대나무도 좋은 재료가 된다. 또한 동물의 뿔이나 힘줄 같은 생체 소재에 금속 등 여러 가지를 결합한 콤퍼짓 보composite bow, 합성궁는 더욱 성능이 좋다.

활의 위력은 시위를 당기는 힘에 따라 달라진다. 기계 장치를 이용하면 인간의 완력 이상의 힘도 발휘할 수 있다. 여기서 크로스 보crossbow, 노궁, 쇠뇌가 탄생했다. 발사하는 화살도 굵고 튼튼하다. 방아쇠를 당기기만 하면 쏠 수 있어서 전투 전문가가 아닌 병사도 사용할 수 있는 총의 선조 같은 존재다.

부메랑이라고 하면, 던진 사람에게 되돌아오는 무기라는 이미지가 강하다. 하지만 이렇게 돌아오는 것은 보통 특별히 만든 사냥용이다. 인간을 쓰러뜨릴 만한 위력을 가진 전투용은 돌아오지 않는다. 아무래도 받아내기 힘들어서이기도 하지만, 부메랑 자체가 회전을 통해 더 멀리 날아가게 하려는 목적으로 만들어졌기 때문이다. 하지만 판타지 세계라면 금속 칼날이 붙어 있고 주인의 손으로 돌아오는 무기로서 등장해도 좋을 것이다.

두 개의 무게 추가 밧줄 양 끝에 매달려 있는 무기를 볼라bola, 사냥돌라고 부른다. 이것을 던지면 상대의 다리와 팔에 묶여서 움직임을 멈추는 효과가 있다.

갑옷은 재질이나 형상으로 분류한다. 천으로 만든 것은 클로스 아머cloth armor, 천 갑옷, 가죽 재질은 레더 아머leather armor, 가죽 갑옷다. 철로 된 갑옷으로는 사슬을 짜서 만든 체인 갑옷chain mail, 사슬 갑옷, 작은 철판 조각을 짜 맞추어 만드는 라멜러 아머lamellar armor, 비늘 갑옷, 찰갑 또는 스케일 아머scale armor, 그리고 철판으로 몸을 보호하는 플레이트 아머plate armor, 판금 갑옷가 있다.

신체의 어느 부위를 보호하는 방어구인지도 중요하다. 앞서 언급된 것은 주로 가슴이나 허리 등 상체를 보호하지만, 머리를 보호하는 헬름helm, 투구, 팔을 보호하는 건틀릿gauntlet, 장갑, 다리를 보호하는 그리브greave, 정강이 보호대 같은 방어구도 있다. 이들을 세트로 몸에 두르면 충분히 자신을 보호할 수 있지만, 그만큼 무거워지게 마련이다. 그래서 일부러 가벼운 갑옷을 걸치고 빠른 속도를 앞세워 적의 공격을 피하면서 싸우는 방법도 있다.

공격에 노출되는 것은 사람만이 아니다. 당연히 기사에 대항해 그가 탄 말을 노리는 것도 전술이다. 그래서 말에도 갑옷을 입힌다. 금속 갑옷을 말에게 입히고 자신도 판금 갑옷을 입으면 그 위용은 가히 요새에 필적할 정도다. 하지만 그만큼 가볍게 움직이긴 어려울 듯하다.

방패도 모양에 따라서 분류한다. 원형의 라운드 실드round shield는 주로 발로 걸어 다니며 싸우는 이들이 사용하는 방패다. 그에 반하여 아래로 길게 뻗어서 서양의 연 모양을 한 방패는 카이트 실드kite shield라고 부른다. 말을 탄 상태로 싸울 때, 하반신을 지키기 위한 방패다. 게임에서는 스몰, 미디움, 라지로 분류하는 사례도 종종 있다. 크기가 클수록 몸을 지키기에는 좋지만 무거워서 방해가 된다. 물론 재질도 중요하다.

더 특별한 모양의 방패도 있다. 일본의 가마쿠라 시대부터 무로마치 시대에 걸쳐서 무사들이 입었던 오요로이大鎧, 대개는 양쪽 어깨 부분이 넓게 펼쳐져 있다. 사실 이건 방패의 일종으로 쏟아져 날아오는 화살 등을 막는 효과가 있었던 것으로 보인다.

방패의 전면과 측면에 날이나 돌출물이 붙어 있으면 공격 면에서도 매우 유용하다. 방패는 크고 무거운 만큼, 돌진 시 앞으로 밀쳐내거나 때리는 등 공격에서도 활약할 때가 많다.

여기까지 개인적인 전투에서 사용되는 무기와 방어구를 살펴보았다. 더 규모가 큰 싸움, 즉 전쟁이 일어나면 병기가 활약할 차례다. 받침 위에서 미끄러지는 거대한 말뚝으로 성문을 깨는 파성추, 때때로 창만큼 커다란 화살을 날리는 거대한 크로스 보인 발리스타ballista, 노포, 지렛대 원리로 바위를 날리는 투석기 등이 널리 사용된다.

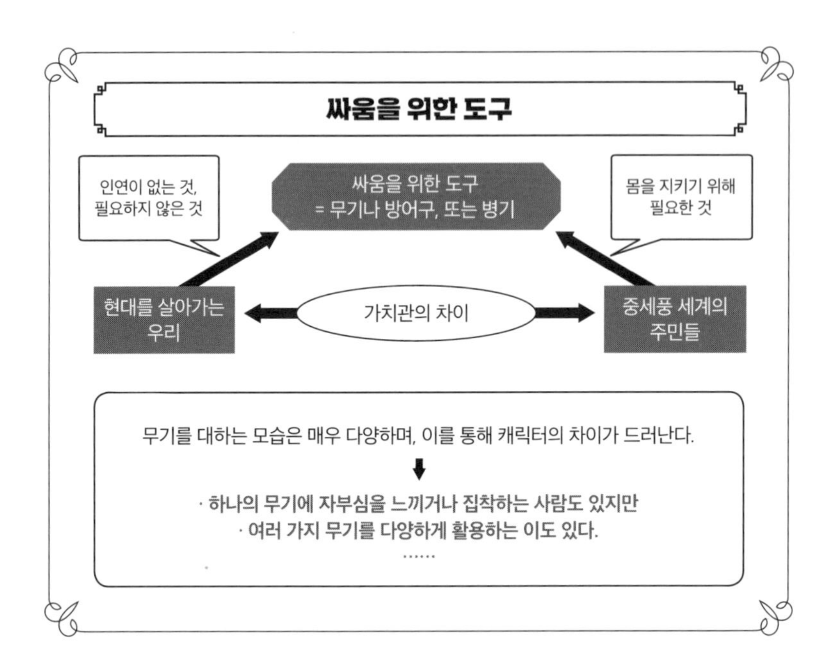
싸움을 위한 도구
인연이 없는 것,
필요하지 않은 것
싸움을 위한 도구
= 무기나 방어구, 또는 병기
몸을 지키기 위해
필요한 것
현대를 살아가는
우리
가치관의 차이
중세풍 세계의
주민들
무기를 대하는 모습은 매우 다양하며, 이를 통해 캐릭터의 차이가 드러난다.
· 하나의 무기에 자부심을 느끼거나 집착하는 사람도 있지만
· 여러 가지 무기를 다양하게 활용하는 이도 있다.
……

칼럼

이름 이야기

이세계에 사는 사람들이 우연히 우리말이나 영어, 독일어를 쓸 것 같지는 않다. 그들은 자신들의 언어를 사용하며, 사람이나 물건의 이름도 그것으로 표현된다. 그러나 알 수 없는 언어로 이야기를 만들면 읽을 수 없다. 그래서 판타지 이야기는 그 세계 언어를 우리말로 번역한 것으로 이해하면 된다.

이렇게 보면 중세 유럽풍 판타지라고 해서 굳이 서양식 이름을 붙이지 않아도 괜찮지 않을까. 용사 갑돌이가 납치된 공주 꽃순이를 구하고자 여행을 떠난다고 해도 상관없다는 말이다(실제로 일본에서 『플랜더스의 개』의 초기 번역에선 네로를 '사야', 파트라슈를 '부치'라고 했다). 하지만 현대에는 개그 작품이 아닌 이상 이런 이름을 붙일 리가 없다. 느낌이 안 살기 때문이다. 어떻게든 서양 글자로 유럽풍 이름을 붙이고 싶어 한다.

그렇다고 해서 서양식 이름이면 무엇이든 상관없다는 말은 아니다. 서양식 이름에 익숙하지 않은 우리가 소리의 울림만으로 그럴듯한 이름을 만들어내려고 한다면 뭔가 괴상망측해지기 쉽다(미국인이 한국식 이름을 만들려다가 '영구'라는 이름을 보고 '영누'라고 이름을 붙이면 어떤 느낌일지 상상하면 이해하기 쉽다-옮긴이 주).

또한 유럽풍이라면 전부 다 같다는 생각에 영국식, 독일식, 프랑스식 이름을 마구 뒤섞어 사용하는 상황도 자주 벌어진다. 우리는 그 차이를 알기 어렵지만, 뭔가 이상하게 느껴지게 마련이다. 같은 한자라고 해도 '김(金) 씨'와 '긴(金) 씨', 그리고 '진(金) 씨'가 서로 다르다는 점을 떠올리면 쉽게 이해할 수 있다. 앞부터 순서대로 한국풍, 일본풍, 중국풍이다. 이를 뒤섞어서 사용하면 어딘가 이상하게 느껴지지 않겠는가.

그래서 나라나 지역마다 모델을 정할 것을 권한다. 그리고 도서관에서 인명사전을 뒤져서 발견한 이름이나 성을 캐릭터에게 붙인다. 이렇게 함으로써 전체적으로 통일감이 생겨나고, 이름도 훨씬 쉽게 지을 수 있게 된다.

3장

판타지의 '약속'

마법, 신, 특별한 무기, 괴물……

신비한 요소가 넘쳐나는 판타지 세계!

다양하게 뒤얽힌 초현실 세계의 문을 열어보자.

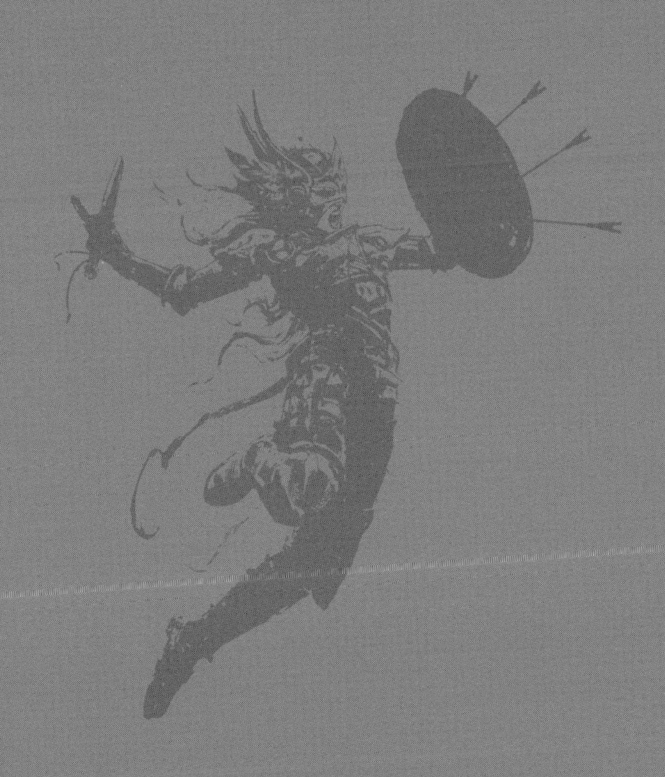

특별한 능력과 마법

◆ 환상적인 힘

손바닥에서 솟아나는 불덩어리, 지팡이를 휘두르면 하늘에서 춤추듯 떨어져 내려와 적을 공격하는 번개, 죽어가는 생물을 눈 깜짝할 사이에 회복시키는 빛, 지면에서 솟아올라 술사의 모습을 감추어주는 거대한 벽. 현실에서는 존재할 수 없는 초자연적 현상을 일으키는 힘, 그것은 '마법' 또는 '특수 능력'이라고도 할 수 있으며, '스킬'이라고 부르기도 한다. 어쨌든 괴물(몬스터)과 함께 판타지의 분위기를 가장 고조시키는 요소임이 틀림없다.

이러한 능력은 신화, 전설, 민화, 오컬트 등 실제로 구전되어온 이야기 속 신이나 악마, 영웅과 마법사가 휘두르는 힘에 바탕을 두고 있다. 하지만 우리에게 익숙한 마법이나 스킬은 소설, 만화, 게임 등을 통해 발전한 부분도 상당하다.

◈ 능력과 마법

캐릭터가 가진 초자연적 현상을 일으키는 힘을 어떻게 분류하고 이해할까? 이 책에서는 두 가지로 분류해 소개하고자 한다. 이 두 가지 축으로 어느 정도 각종 판타지 작품에 나오는 특수 능력이나 마법을 설명할 수 있지만, 완벽하게 나눌 수는 없다. 경계가 모호하며, 중간 지점에 놓인 것도 꽤 많다는 점을 알아주길 바란다.

우선, 이 항목의 제목에 나오듯 '능력'과 '마법'으로 나누고자 한다. 이 두 가지를 명확하게 분류하기는 어렵지만, 일단 이 책에서는 아래와 같이 생각해보겠다.

· 능력 → 타고났거나, 어떤 계기를 통해서 깨우치거나, 감각적으로 익히는 등 학습 이외의 방법으로 발동하거나 제어하는 힘.
· 마법 → 학문이나 기술처럼 배움으로써 발동하거나 제어할 수 있게 되는 힘.

이 둘의 차이는 그다지 명확하지 않다. 타고난 재능이라고 해도 연습하지 않으면 제어할 수 없거나, 배워서 사용하는 마법이라도 일단 재능이 없으면 첫 번째 단계에도 도달하지 못할 수도 있다. 다만, 어느 정도의 경향은 존재하므로 일단은 나누어서 생각하는 쪽이 이해하기 쉽다.

전자는 일반적으로 강력하지만 제어하기 어렵거나, 어느 한 가지 용도에 특화되어 범용성이 떨어지는 힘이 되기 쉽다. 강력하지만 제어하기 어려운 힘의 가장 극단적인 사례는 '믿는 대로 전부 다 실현되는 힘'이다. 여기에는 주문도 범위도 없다. 머릿속으로 생각만 해도 모든 것이 이루어진다. 하지만 강력한 힘은 양날의 검과 같다. 너무도 강력하거나, 자신에게는 자격이 없는 힘(생각만으로 세상을 바꾸는 일은 신의 위업이다)을 휘두르다간 그만큼 무거운 대가를 치르게 된다. 자신의 목숨을 잃는 정도라면 다행이겠지만, 영혼마저 사라져버리거나 더욱 광범위하게 피해를 줄 수도 있다. 최악의 상황에는 세계를 멸망시켜 버릴지도…….

이런 힘은 일단 제어부터 쉽지 않다. 생각만 해도 이루어지기 때문에 극단적인 사례로는 '지쳐서 죽고 싶다'고 생각하는 것만으로도 사망에 이를 수 있다. 그 정도까지는 아닐지라도 정신적으로 불안정해지기만 해도 능력이 멋대로 발동되는 상황도 얼마든지 벌어질 수 있다. 그런 점에서 총이 멋대로 발사되지 않도록 안전장치를 걸어두듯이, 능력에 제한을 거는 수법도 자주 등장한다. 능력을 사용하기 위해서 동작, 손짓, 주문, 도구가 필요하다거나, '무엇이든 할 수 있는 힘'이 아니라 '특정한 무언가만을 할 수 있는 힘'으로 설정함으로써 능력의 폭발 사고를 방지한다.

그런 면에서 볼 때 어쩌면 '배워서 익힐 수 있는 마법'도 처음에는 '왠지 모르게 쓸 수 있는 능력'이었을지도 모른다. 그것을 제어하여 더욱 다양한 용도로 사용할 수 있도록 한 것이 마법이라는 식의 사고도 가능하다. 마법은 제어할 수 있고, 그 위력이 능력에 미치는 정도는 아니며, 무엇이든 가능한 것도 아니기 때문에 상황에 맞게 필요한 마법을 골라야 한다. 마법의 종류마다 이름이 붙어 있어서 그것을 부름(마법 주문을 외움)으로써 발동하는 사례도 많다. 여러분이 게임에서 자주 접하는 마법과 거의 같다.

마법이 학문의 일종이고 이론을 세워 사용하는 기술이라면 마법사를 학교에서 육성하려는 움직임이 있을 것이다. 나라에서는 유용한 장인인 마법사를 늘리기 위해서 국영 학교를 만들 수도 있다. 일반적으로 사관 학교가 그렇듯 졸업 후 나라를 위해 마법을 사용하는 직업을 택한다면 수업료는 무료이지만, 그렇지 않으면 돈을 내야 하는 형태가 되지 않을까.

또한, 어떤 정해진 단계만 거치면 본인의 자질과 상관없이 마법이 발동한다면, 마법사라는 직업이 존재하지 않을지도 모른다. 평범한 사람이 설명서를 보고 간단하게 마법을 사용할 수 있다거나, 기계가 절차를 밟아서 마법을 사용한

다는 설정도 가능하다.

◆ 외부의 힘

다음으로 힘의 근원(파워 소스)이 어디에 있느냐는 관점에서 생각해보겠다. 하나는 능력자 바깥에 있는 경우이고, 다른 하나는 능력자 안에 있는 경우다.

먼저 '바깥'의 경우부터 생각해보자. 그 근원은 도대체 어디에 있는 무엇일까? 대표적인 사례를 나열해보겠다.

· 천국(천계)에 있는 신들.

· 지옥(마계)에 묶여 있는 악마나 마신.

· 자연의 에너지가 모여서 태어난 정령.

· 세계에 가득한 마력(마나).

· 마법을 최초로 발명한 위대한 마법사.

· 세상 어딘가에 숨어 있는 아이템.

능력자와 그 힘의 근원 관계는 매우 다양하다. 힘을 빌릴 때 신에게는 허리를 굽혀 정중히 부탁하고, 악마에게는 대가를 제안한다. 정령이 좋아하는 식물이나 광물을 촉매로 하여 그들이 다가오는 것을 마법에 이용한다. 마력과 마법사, 아이템을 움직이기 위해 필요한 절차가 있어서 이들을 착실하게 따르기만 하면 자동으로 마법을 사용할 수 있다는 식이다.

한편 악마가 평범한 인간 마법사를 무시한다면 일대일 관계에서는 힘을 빌려주지 않을 가능성도 있다. 그럴 때 마법사는 다른 존재의 이름을 꺼냄으로써 문제를 해결한다. 주문 안에 악마를 처벌하는 신이나 악마의 상사인 마왕 이름을 집어넣는다. 또는 천사의 힘을 빌리기 위해 그들이 섬기는 신을 상징하는 문장을 내건다. 인간 따위는 따르지 않는 그들이라도 더 상위의 존재 앞에서는 굴복할 수밖에 없다. 그렇게 힘을 빌린다.

그럼 힘의 근원이 '도구'나 '소재'라면 어떨까. 예를 들어, 마법에 걸렸거나 저주의 힘이 담긴 무기와 도구에서 힘을 끌어내어 잘 제어하는 것은 마법사의 솜씨에 달렸다. 또는 신비한 힘이 담긴 식물이나 광물 등을 혼합하여 마법의 힘을 발동하기도 한다. 후자는 연금술적인 마법이라고 할 수 있다. 이때, 힘의 근원은 완전히 외부에 있어도 좋고, 술사가 자신이 지닌 내면의 힘을 주입하면 그것이 마중물이 되어 외부의 힘이 응한다는 설정도 그럴듯하다.

비슷한 사례로 '예술'에 의해서 초자연적 현상이 일어나는 경우도 종종 있다. 신비한 힘이 담긴 노래로 사람들의 마음을 조종하거나 이계의 그림을 그려서 그 세계로 향하는 문을 만들거나 하는 식이다. 일본 신화에서 아마노이와토 안에 숨어버린 아마테라스를 밖으로 꾀어내기 위해 아메노우즈메가 춤을 춘 것처럼 뛰어난 예술은 때때로 신조차 움직여서 세상을 변화시키는 힘이 있다.

◈ 내부의 힘

이어서 힘의 근원이 '안쪽'에 있는 경우를 소개한다. 그것은 한 사람 한 사람 안에 있는 마력일지도 모른다. 모두가 평등하게 가졌거나, 가지고는 있지만 그 양에 개인차가 있거나, 본래부터 가진 자와 그렇지 못한 자로 명확하게 나뉘기도 한다. 이종족이 있는 세계라면 소질이 있는 종족과 없는 종족이 확실히 구분되어 있을 가능성도 있다.

힘의 근원은 혈통으로 계승되거나, 체내에 공생하는 미생물과 기생충 또는 생명의 에너지, 이른바 '기氣'와 '오라'가 될 수도 있다. 마법과 능력의 유파에 따라 마력이나 오라라고 부르지만, 결국은 같은 것이라는 설정이 일반적이다.

물리적 육체가 아니라 정신적인 영혼에야말로 그 근원이 있다는 발상도 가능하다. 그렇다면 영혼 자체를 태우는(소비하는) 것이며, 영혼이 내뿜는 에너지가 마법이 된다거나 영혼을 통해 신 혹은 집단 무의식과 연결된다고 하면 어떨까.

힘의 근원이 내부에 있다고 해서 누구나 자연히 사용할 수 있는 능력이라고는 할 수 없다. 스승의 가르침에 따라 잠든 힘을 깨우고 제어하는 방법을 배워야 할 때도 많다. 무술과 권법 같은 행위가 환상적인 효과(손을 대지 않고 상대를 쓰러뜨린다거나)를 일으킬 때 자주 이런 형태를 취한다.

마찬가지로 근원이 내부에 있더라도 본인의 자유 의지로 마음대로 조종할 수는 없다. 주문, 동작, 손짓, 도구 등의 사용은 이런 때에도 쓸모가 있다. 자신에게 어떤 암시를 가하여 사용하고자 하는 능력을 정확하게 끌어내는 데 도움을 줄 수 있다. 힘의 근원이 외부에 있는 경우뿐만 아니라 내부에 있을 때도 이러한 수단이 필요하다는 사실에 의아할지도 모르겠다. 하지만 자신의 감정과 의식을 통제하는 일은 생각보다 어렵다. 현실에서 스포츠 선수 같은 전문가들은 경기 전에 일단 정해진 동작을 하면서 기분을 전환하고 집중력을 높인다. 이것을 루틴이라고 하는데, 능력자나 마법사의 행위도 그것의 일종이라고 여

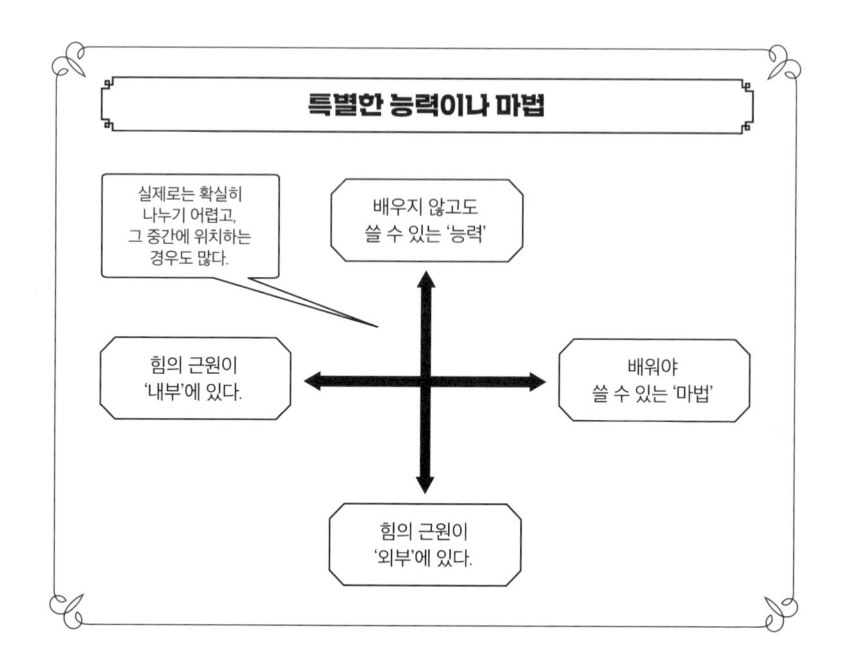

기면 된다.

또는 더 직접적으로 자신을 조작하여 힘을 발동시킬지도 모른다. 칼로 자신의 몸에 상처를 내거나(방어 본능을 자극하는 것일까?), 특별한 약을 삼키거나, 화장을 한다. 이러한 행위에는 시간이 걸리므로 전투 상황에서 활용하려면 나름대로 노력이 필요하겠지만, 독자성이 있다는 점에서 긍정적이다.

흑마법과 백마법:
마법의 분류

◆ 흑마법은 악, 백마법은 선?

하나의 세계에서 마법이 어떠한 기준으로 나뉘는 일은 드물지 않다. 예를 들어 힘의 근원이나 습득 방법(선천적인가, 후천적인가?), 수법이나 효과의 강약에 따라 구분되기도 한다. 그렇게 구별된 것 중에서 '흑마법'과 '백마법'이 가장 유명하지 않을까.

흑마법은 일반적으로 사악한 마법으로 알려졌다. 종종 주술과 동일시되고 타인을 다치게 하거나 저주하는 위험한 마법이다. 이것은 종종 마녀와도 연관지어 이야기된다. 마녀는 악마와 계약해 신비한 힘을 손에 넣었다고 여겨지므로 흑마법 사용자도 악마와 관련될 수밖에 없다. 그 마력이 악마를 소환해 대가를 치르고 계약해 얻은 힘이라면 보통 사람을 뛰어넘는 강력함을 지녔겠지만, 동시에 엄청난 위험을 떠안게 될지도 모른다.

백마법은 흑마법과 대비되는 존재다. 선한 목적을 위해 사용되는 마법으로 상처와 병을 고치거나, 사람들에게 도움이 되는 현상(기우제 등)을 일으키거나, 사악하지 않은 소원(연애와 학업 성취 등)을 빌어 그 일을 이루는 것을 보통 백마법이라고 부른다.

일반적으로 흑마법은 악마의 기술, 백마법은 천사의 기술로 여긴다. 또한, 인도네시아의 발리섬에서는 오른쪽을 좋은 방향, 왼쪽을 나쁜 방향으로 생각해 주술도 오른쪽에 해당하는 주술을 좋은(사람을 돕는) 주술, 왼쪽에 해당하는 주술을 나쁜(사람을 해치는) 주술로 구분한다고 한다. 흑마법, 백마법이라는 단어를 쓰지 않더라도 초자연적인 힘을 선과 악, 옳고 그름으로 나누는 감각은 꽤 보편적이다. 이처럼 흑마법은 '악', 백마법은 '선'이라는 것이 기본적인 견해다. 하지만 정말로 그렇게 간단한 문제일까?

여기서 한 발짝 더 나아가보자. 예를 들어, 악인에게 저주를 건 주술사는 악일까. 또한 누군가가 나쁜 짓을 하려 하면 한 발짝도 움직일 수 없지만, 나쁜 짓을 단념하면 움직일 수 있게 하는 주술은 다른 사람에게 피해를 주는 기술인데, 이것은 흑마법으로 분류해야 할까? 악행을 제지하는 목적이니 선한 것 아닐까?

백마법 역시 마찬가지다. 사람을 치료하는 마법은 무조건 선하다고 여겨지는데, 그렇다면 그 대가로 막대한 돈을 갈취해도 선한 것인가? 하물며 그 결과, 상대가 파멸하고 말았다면? 또한 좋아하는 상대와 이어지도록 도와주는 것을 선이라고 하지만, 한 커플을 맺어주기 위해 다른 커플을 헤어지게 했다면 이를 선이라고 말할 수 있을까?

이처럼 선악을 명확하게 구분하는 일은 매우 어렵다. 그래도 마법을 흑과 백으로 나누어야 한다면 그 이유는 무엇일까. 위험한 마법을 '흑'이라고 부르면서 미숙한 마법사가 사용하지 못하도록 막기 위함일까? 아니면, 세상 사람들이 마음대로 선이니 악이니 부르는 것일 뿐, 실제로 쓰는 사람은 흑마법과 백마법 모두 선악 구분 없이 사용 가능하다고 여길지도 모른다.

◆ 마법을 분류해보자

게임 〈파이널 판타지〉 시리즈에서는 전통적으로 공격적인 마법을 흑마법, 방어와 지원에 특화된 마법을 백마법으로 분류한다. 이 분류 방법은 지극히 게임적이며, 선과 악의 이미지는 없다. 몬스터에게 공격당한 이후에 그 특수 능력을 기억(학습)하여 사용할 수 있는 청마법이나, 흑마법과 백마법 사이의 기초적인 마법을 중심으로 구성된 적마법 등 독특한 분류도 존재한다.

간자카 하지메의 『슬레이어즈!』(대원씨아이)에서는 힘의 근원에 따라서 분류한다. 흑마법은 강대한 정신 생명체(육체가 없이 에너지나 영혼 같은 정신만으로 존재하는 생명체 - 옮긴이 주)인 마족의 힘을 빌리고, 정령 마법은 원소의 힘을 빌린다. 이야기 속에서 마족은 맞서야 하는 적이라서 '상대인 마족의 힘을 빌려서 사용하는 마법으로는 피해를 줄 수 없다'("너를 죽일 테니 칼을 빌려줘" 라고 말하는 상황이 소개된다 - 옮긴이 주)거나, '마족이 멸망하면 그 마족을 근원으로 한 마법은 사용할 수 없게 된다'와 같은 설정이 있었다.

게임 브랜드 타입문TYPEMOON의 여러 작품에서는 과학으로 재현할 수 없다면 마법, 재현이 가능하다면 마술로 분류한다. 현대에 마법은 거의 남아 있지 않다.

점·예지

◈ **미래를 예지할 수 있는가?**

모호한 상황은 사람을 불안하게 만든다. 예로부터 많은 이들이 현재나 과거의 숨겨진 일이나 아직 확정되지 않은 미래의 일을 분명하게 밝히고, 사실이나 진실을 알고자 했다. 그것에 응한 것이 점술, 즉 점과 예지다.

그러나 사실을 분명히 하고 싶은 우리의 바람과는 달리 점으로 명확한 답변이 나오는 일은 드물다. 다양한 해석의 여지가 있는 모호한 형태로 제시되는 경우가 다반사다. 특히 미래와 관련해 이런 경향이 뚜렷하다.

혈액형 운세나 별자리 점은 누구에게나 적용될 수 있는 모호한 내용이며, 20세기 말에 세계가 파멸할 것이라고 말한 노스트라다무스의 대예언도 결국은 해석하기에 따라서 어떻게든 의미를 부여할 수 있는 내용이었다. 그래서 부정적으로 말하자면 점은 사기일 뿐, 맞으면 점 덕분이라 믿고 틀리면 적당히 변명할 수 있는 구조다. 반대로 긍정적으로 말하자면, 미래의 일은 정해져 있지 않아서 아무래도 모호하게 말할 수밖에 없다. 또한 점으로 미래를 정확하게

맞힌다면 그것이 사람들의 행동을 변화시키고, 미래를 바꿀 것이다.

그러나 소설, 그것도 판타지 세계라면 이러한 상황에 얽매이지 않아도 된다. 마법적인 점술로 분실물을 정확하게 찾아내는 점쟁이, 미래의 일을 명확하게 보여주는 무녀가 있어도 괜찮다. 다만 미래를 너무 완벽하게 맞히는 캐릭터가 있고, 그 캐릭터가 주인공에게 적극적으로 협력하거나 하면 예측할 수 없는 상황에서 생겨나는 설렘이 사라질지도 모른다. 그러니 다음과 같은 요소를 도입해보면 어떨까.

· 미래를 예견하는 일은 매우 어렵고, 정신을 소모하는 작업이므로 자주 할 수 없다.
· 미래를 예견하는 일은 금기이기 때문에 큰 대가가 따른다.
· 미래는 모호한 형태나 단편적인 이미지로만 제시되기 때문에 다양한 해석의 여지가 있다.
· 미래는 항상 두 가지 형태로 제시되며 어느 쪽이 진짜인지는 알 수 없다.

이것은 미래가 아닌 다른 무언가를 맞히는 점술에도 적용 가능한 만큼 일단 기억해두어서 나쁠 건 없다.

그 세계에 마법이 존재하든 그렇지 않든 감추어진 사실을 밝혀내거나, 미래 모습을 명확하게 제시하기란 매우 어려운 일이다. 그래서 점쟁이 중에는 허세나 속임수로 고객을 속여서 만족시키는 이들도 있다.

어두운 방 또는 로브나 해골처럼 그럴듯한 도구의 사용. 미리 상대를 조사하거나 대기실에서 대화를 엿듣거나 상대의 반응을 살핀 다음, 마치 점을 통해서 상대의 정보를 알게 된 것처럼 연출하는 것. 이러한 기술을 활용하면 마법 없이도 점괘를 적중시킬 수 있다.

앞으로 가야 할 길을 알고 싶어 하는 것은 개인만이 아니다. 마을이나 국가와 같은 공동체야말로 안전과 번영을 위해 어떻게 해서든 미래가 알고 싶고, 적의 생각을 꿰뚫고 싶고, 올해 농사가 어떨지 궁금하게 마련이다. 이러한 공동체에서 점술은 비교적 최근까지도 중시되었으며, 여전히 제사나 의식으로서 우리 삶 가까이에 남아 있다.

판타지 세계라면 예지를 업으로 삼는 샤먼이나 무녀, 점을 잘 치는 궁정 마법사, 신의 목소리를 알아듣는 궁정 사제와 같은 이들이 큰 기대를 받는다.

◆ 다양한 점과 예지

그렇다면 구체적으로 어떤 점술과 예지가 있을까. 점술은 무작위의 사건에서 법칙성을 발견해 숨겨진 사실과 진실을 풀고자 하는 것이 대부분이다. 종류가 다양하므로 이 중에서 여러분의 세계에 어울리는 것을 적절히 선택하자.

· 해몽

꿈 내용의 의미를 찾아내어 점을 친다. 꿈에서 본 일이 미래에 그대로 일어나거나, 꿈 내용이 무언가를 암시한다고 해석할 수 있다. 또는 꿈을 통해 신이나 조상, 다른 초자연적인 것들과 접촉하여 메시지를 받았다고 생각할 수도 있다.

· 별점(점성술)

천체, 즉 하늘에 떠 있는 태양과 달, 행성, 작은 별들의 움직임에서 의미를 찾아내고 점을 친다. 별점에는 크게 두 종류가 있다. 천체 움직임에 이상이 생기면 세상에 큰 변화가 일어난다는 것과 개인의 출생 시기와 천체 움직임을 통해 운세를 가늠할 수 있다는 것. 판타지 이야기에서 규모가 큰 사건과 관련되는 쪽은 전자, 개인의 운세를 확인하는 수단으로는 후자가 어울린다.

· 흙점

흙, 모래, 콩, 비즈 구슬 등을 집어서 바닥이나 접시에 던진다. 그렇게 해서 나타난 형상의 패턴을 읽고 점을 친다.

· 물점/수정점

수면이나 수정 구슬 등을 가만히 노려보는 사이에 알고자 하는 것에 대한 힌트가 떠오른다고 한다. 현실적으로는 수면이나 수정 구슬처럼 표면이 빛나는 물체를 오랫동안 보고 있으면 어떤 암시에 걸려 무언가 영상이 떠오른다고 설명한다. 판타지 세계에서는 카메라에 연결된 모니터처럼 먼 곳에서 사건이 벌어지는 장면을 수면이나 수정 구슬에 비치게 하는 능력자가 있어도 좋다. 물을 담은 그릇이나 수정 구슬 자체에 마력이 깃들어 있을지도 모른다.

· 역법

서죽筮竹이라는 가는 봉을 사용해서 진행하는 중국의 점술. 음양론에 바탕을 둔 64괘라는 점의 결과로부터 어떻게 진실을 찾아내는지는 점치는 사람의 실력에 달렸다.

· 타로점

트럼프의 원형인 타로를 사용하여 점친다. 집시라고 불린 로마족이 사용하던 것으로도 유명하다. 22개의 대★아르카나는 각각 이름과 의미를 가지며 단순히 점술에 사용하는 것뿐만 아니라, 이야기의 전개를 암시하거나 특별한 무기와 능력에 타로의 암시를 씌우는 등 다양한 형태로 활용할 수 있다.

· 신탁

신이 사람 몸에 들어와 그의 입을 통해 말씀을 전하는 것이 신탁이다. 또는 정령, 요괴, 악마, 영혼 등이 사람에게 빙의해 말을 전하기도 한다. 이러한 초자연적 존재는 종종 인간보다 더 많은 것을 알고 있어서 숨겨진 진실이나 미래의 일을 전해준다.
실제로는 무녀가 트랜스 상태, 황홀한 상태에 빠져 입에 담은 헛소리를 신탁이라고 믿었을 뿐일지도 모르지만, 판타지 세계에서는 정말로 인간이 아닌 존재의 말이라고 해도 이상하지 않다. 하지만 인간과는 관점과 가치관이 다른 존재들이 명확하게 진실을 말해줄 가능성은 작은 만큼, 이를 해독하려는 노력이 필요하다.

저주

◆ 유감 주술과 공감 주술

흑마법과 백마법 항목에서 소개했듯 주술에는 타인을 해치는 측면과 사람을 돕는 측면이 공존한다. 여기에서는 특히 공격적이고 해를 입히는 '저주'와 그에 관련된 이야기를 소개하고자 한다.

일본에서는 '축시의 참배 저주丑の刻参り'라는 것이 유명하다. 소복을 입고, 머리에 쇠로 된 고리를 쓰고, 초를 올리고, 신사나 사원의 나무에 지푸라기로 만든 인형을 놓은 다음 대못을 쳐서 박는다. 이때 저주의 대상은 못이 박힌 부위에 통증이 생긴다. 의식을 행하는 시간이 축시(오전 3시)이기 때문에 '축시의 참배 저주'라고 부른다. 이 주술은 유감 주술로 분류된다. 이것은 프레이저의 『황금가지』에서 소개된 '공감 주술'이라는 개념에 기초한 것으로, 마법 일반에서 사용되는 사고방식이지만 특히 저주는 이 관점에서 생각하면 이해하기 쉽다

유감 주술은 '닮은 것은 곧 같은 존재'라는 사고방식에서 탄생했다. 대못을

박을 때, 지푸라기 인형과 저주 대상은 '모습이 비슷하므로 같은 존재'라는 관계가 만들어진다. 한편 지푸라기 인형을 만들 때, 저주할 상대의 머리카락 등 신체 일부를 구해서 넣으면 효과가 높아진다는 말도 있다. 이것은 공감 주술의 또 다른 사고방식인 '감염 주술'로 설명할 수 있다. '한번 관계가 맺어지면 떨어진 후에도 그 관계는 지속된다'는 발상으로, 머리카락은 이미 상대의 몸에서 떨어져 나왔지만 원래는 일부였던 만큼 그 관계는 사라지지 않는다는 것이다.

또한, 저주의 의미를 좀 더 넓게 '상대에게 어떠한 불이익(그 순간 바로 상처를 입히거나 죽이는 것이 아닌 경우가 많다)을 안기는 마법적인 힘'으로 해석하는 사례도 많다. 예를 들어, 『미녀와 야수』에서 마녀가 남자를 짐승으로 변하게 한 것이나, 『잠자는 숲속의 미녀』에서 마녀가 '열여섯 살 생일 전에 죽는다'고 저주를 건 것과 같다.

◆ 판타지 세계의 저주

축시의 참배 저주로 알 수 있듯이 저주는 장소, 시간, 모습 등이 중요한 경우가 많고, 전체적으로 우회적이고 원격적인 기술이라서 전투가 벌어지는 상황에서 활용하기는 어려울 수 있다. 그래서 저주는 스토리를 전개하기 위한 장치로 자주 사용된다. 어떤 저주에 걸려서 죽을 지경에 처했거나, 정상적이지 않은 상태에 빠진 중요 인물을 구하기 위해 저주를 풀 수 있는 아이템이나 마법사, 저주를 건 장본인을 찾아 여행을 떠난다는 전개가 보편적이다.

하지만 상대에게 직접적인 피해 이외의 불이익을 안기는 저주라면 다양한 장면에서 활약할 수 있다. 게임 용어로 우리에게 친숙한 '디버프'라고 하면 이해하기 쉽지 않을까? 눈이 보이지 않게 만든다, 손발을 움직일 수 없게 한다, 동물로 변하게 한다……. 이렇게 상대가 제대로 싸울 수 없게 만들어 그사이에 다른 마법으로 공격하거나, 동료가 최후의 일격을 가할 수 있도록 하거나, 불쌍하게도 허둥대는 상대를 비웃거나 할 수 있다. 상대를 노려보는 것만으로 저주가 발동하는 '마안魔眼' 등도 도움이 된다.

무기를 들고 싸우는 마법 전사는 이 같은 디버프 또는 버프(자기 강화)의 마법으로 아군을 지원해 싸움을 유리하게 만든다. 주술은 마법 전사에게도 가치가 충분하다. 버프는 백마법에 가까운 느낌인데, 타인의 움직임을 조작하는 저주의 연장선상에서 자신의 몸을 비정상적으로 빠르게 움직이게 하는 것도 재미있지 않을까.

절차가 간략화된 저주를 등장시키는 방법도 있다. 예를 들어, 인형을 사용하는 저주라고 해서 일일이 깊은 밤 신사에서 의식을 치르는 등의 우회적인 수단을 사용할 필요는 없다. 마법의 힘으로 그 자리에서 상대와 인연이 있는 인형을 만들어 그 일부를 파괴하여 저주를 발동시킨다거나, 거울에 상대의 모습을 비춘 다음 저주를 발동시키는 형태라면 전투 전개 상황에서도 멋지게 활약할 수 있다.

소환

◈ '소환'이란 무엇인가?

소환이라는 말은 일반적으로 호출하는 일을 의미한다. 특히 재판 용어로서 주로 법원에서 관계자를 불러들이는 일을 가리킨다. 하지만 판타지 이야기에서는 또 다른 의미로 사용된다. 마법적인 힘으로 본래 거기에 있을 리가 없는 존재를 호출하는 기술. 그것이 판타지에서 바라보는 소환이다. 소환이라고 뭉뚱그려서 말하지만, 그 내용은 매우 다양하다.

· 소환된 존재는 이 세계 어딘가에 있었거나, 다른 세계에서 왔을 수도 있다.

· 본체 자체를 호출할 수도 있지만, 복제나 영혼 등을 부를 수도 있다(본체를 호출했다가 죽으면 시체는 그대로 남아 있을까. 아니면 원래 위치로 되돌아갈까).

· 불러낸 존재는 마법의 힘으로 술사에게 충성을 맹세하게 할 수도 있지만, 다른 수단(금전이나 마력을 대가로 계약을 맺거나 다른 종류의 마법으로 지배하거나)이 필요할지도 모른다.

· 술사와 소환된 존재는 마법적인 관계로 묶여 있어 통증이나 상처를 공유할 수도, 그렇지 않을 수도 있다.
· 소환된 존재를 돌려보내려면 다른 수단이 필요한 경우도 있고, 시간이 지나거나 어떤 조건을 충족하면 자동으로 돌아가기도 한다.

이 중에서 당신의 이야기와 캐릭터에 어울리는 요소를 적절히 선택하면 된다. 소환한 존재와 친구로서 서로 마음이 통하는 주인공도, 마력으로 속박된 군단을 조종하는 강적도 모두 소환을 활용하는 캐릭터다.

소환 마법의 가장 큰 장점은 손쉽게 전력을 늘릴 수 있다는 점이다. 바위를 골렘으로 바꿀 수 있는 골렘술사, 시체를 언데드로 만드는 네크로맨서, 그리고 무에서 유를 불러내는 소환술사. 이 사람들은 홀로 미궁에 자리 잡고 수많은 모험가를 기다리는 사악한 마법사 역할도, 힘없는 민중을 지키며 혼자서 악의 군단에 맞서는 정의의 용사 역할도 할 수 있는 매우 귀중한 캐릭터다.

또한 이계의 존재는 전체적인 이야기나 전투 상황을 연출할 때 좋은 소재가 된다. 이 세계에는 존재할 수 없는 딱딱한 피부를 가진 마수魔獸에 대항해 어떻게 맞서야 할까?

◈ 전투 상황에 따른 소환

소환 마법은 일반적으로 사전 준비가 필요한 마법으로 묘사된다. 미리 마법진을 그리거나, 촉매 등의 아이템을 준비해야 하므로 의식 자체에 시간이 걸린다. 대신에 한번 호출하면 그 존재는 계속 또는 오랫동안 술사를 따르는 전력으로 활약하는 만큼 가치는 충분하다.

하지만 그 존재를 소환된 채로 계속 둔다면 술사도 골치가 아프고, 이야기를 만들어낼 때도 불편한 점이 많아서 이를 어떻게 할지 고민할 필요가 있다. 예를 들어 '한번 소환하면 인연이 생겼기 때문에 다음부터는 쉽게 호출한다'거나 '소환한 괴물을 종이에 그린 마법진이나 금속 통 등에 담아서 필요할 때 거기에서 호출한다'는 식이다. 〈포켓몬스터〉나 〈유희왕〉 시리즈 같은 연출이 소환술사 캐릭터에게는 충분히 가능하다는 말이다.

한편 소환술의 한 가지 형태로서 '일시적인 소환' 패턴도 종종 등장한다. 즉, 이계의 괴물을 영구적 또는 장기간 호출하는 것이 아니라, 잠시 이쪽 세계로 넘어와서 공격과 방어, 특수 능력을 한 번만 발휘하는 것이다. 또는 본체가 아닌, 그가 가진 힘만을 불러오는 소환 마법도 가능하다. 이 발상은 소환 마법을 준비 없이 가볍게 사용할 수 있다고 설정할 때 적합할 뿐만 아니라, 신이나 괴수 같은 거대한 존재를 하찮은 인간이 소환할 수 있는 이유로서도 그럴듯하다. 즉, 계속 소환해두는 것은 어렵지만 잠깐 부르는 정도라면 가능하다거나, 본체를 소환하기에는 마력이 부족하지만 신의 능력 중 일부라면 충분히 부를 수 있다는 식이다.

연금술

◈ 역사 속 연금술

연금술은 역사에 실존했던 마술의 한 갈래인 동시에 학문과 기술이다. 그 목적은 말 그대로 '금'을 생성하는 것이라고 한다. 현자의 돌(이것은 붉고 신비한 돌이라고 하지만, 어떤 기술이라고도 한다)이 있다면 쇠처럼 흔한 금속을 귀금속으로 바꾸거나, 인공 생명체 호문쿨루스와 모든 질병을 치료하는 만능 약 엘릭시르도 얼마든지 만들어낼 수 있다고 한다.

하지만 이것은 수단의 일부에 지나지 않으며, 연금술의 진정한 목적은 '철을 황금으로 바꾸듯이 불완전한 인간을 영적으로 완전한 존재로 바꾸는 것' 또는 '천사의 몸을 얻어서 인간을 초월한 지혜와 힘, 그리고 불로불사를 손에 넣는 것'이었다고 한다.

'기술이 완성되면 황금을 자유롭게 만들 수 있다'라는 연금술사들의 선전 문구를 믿고 많은 권력자가 후원자를 자청하며 자금을 쏟아부었다. 하지만 결국 황금을 만들어낸 연금술사는 실제 역사에 나타나지 않았다. 이런 이유로 연금술사에게는 '사기꾼 집단'이라는 평판이 붙었다. 실제로 그럴듯한 속임수로 후원자에게 돈을 뜯어내려는 집단도 적지 않았던 모양이다. 처음에는 반신반의하며 찾아온 후원자 앞에서 실험을 통해서 약간의 황금을 만들어내고(사실은 숨겨두었던 황금을 꺼낸 것에 불과하지만) 지금은 이 정도밖에 못 만들지만 후원해준다면 반드시 많은 양의 황금을 만들어주겠다고 선전한다. 그러다가 어느 정도 돈을 뜯어내고 나면 잠적해버리는 것이다.

다만, 연금술사를 옹호하자면 그들 역시 처음부터 속일 생각은 없었던 듯하다. 어쨌든 연금술에는 어마어마한 돈이 든다. 유리 용기를 비롯한 실험기구는 모두 고가다. 연료비도 만만치 않다. 여기에 특수한 실험 재료까지 갖추려면 더욱더 많은 돈이 필요하다.

후원자에게 약속할 때는 진심이었지만 실험을 거듭해도 좀처럼 결과는 나오지 않고, 한두 번의 추가 비용에는 관대했던 후원자도 곧 의심하기 시작한다. 최악의 상황에는 연금술의 실험 장비가 고가인 만큼, 그것을 압류하여 팔아버리면 후원자는 조금이나마 돈을 회수할 수 있다. 아무것도 얻지 못하는 것보다는 낫기 때문이다. 그렇게 되면 결국 짐을 싸 들고 도망칠 수밖에 없다.

그들이 연구를 통해서 아무것도 남기지 못한 것은 아니다. 연금술은 초보적인 화학의 성격을 띠고 있었다. 예를 들어 증류 기술, 알코올의 발견 등은 연금술의 성과이며, 온갖 실험 방법을 비롯하여 이러한 결과물이 현대 문명의 바탕이 된 것은 사실이다.

덧붙여서, 연금술은 주로 유럽을 중심으로 발달한 것을 부르는 이름이다. 사실 중국에도 비슷한 기술이나 학문, 마술이 있었는데, 이를 '연단술鍊丹術'이라고 불렀다. '단丹'이란 약을 말하는데, 여기서는 주로 불로불사, 신선이 될 수 있는 약을 말한다. 중국인은 붉은색 주사(황화수은)가 무한히 순환하는 성질이 있다고 보았고, 금은 그 안정된 성질에서 불변을 상징하는 존재라고 여겼다. 이 두 물질의 성질을 거두어들임으로써 불로불사에 이를 수 있다고 믿은 것이

다. 하지만 수은은 인간에게 치명적이다. 마시면 몸을 해치고 결국은 죽게 된다. 진시황을 시작으로 연단술로 불멸의 꿈을 꾼 이들은 많았지만, 그들을 기다린 것은 수은에 의한 중독사였다.

◈ 판타지 세계의 연금술

그럼 판타지 세계의 연금술은 어떤 존재가 될 것인가. 먼저 역사적 사실에 가깝게 취급되는 상황을 생각해보자. 즉, 그 세계에 마법은 있지만 금을 만들어내는 기술은 없거나, 아직 발견하지 못한 상태다. 잠깐 금을 만들어낼 수 있지만, 곧 원래의 물질로 돌아가버릴 수도 있다. 이런 경우, 연금술사는 역사적 사실과 다름없이 뭔가 수상쩍은 무리로 여겨진다.

하지만 마법이 존재하는 세계에서 마법과 연금술을 구분 지어 생각하는 것도 자연스럽지 않다. 그러니 마법사의 연구 대상 중 하나가 연금술이라고 하면 어떨까. 마법의 효과는 주로 순식간에 사라져버린다. 물질을 변화시켜도 곧장 원래대로 돌아오거나 이전보다 더 안 좋은 상태가 되어버린다. 하지만 연구를 거듭하면 영구적으로 전혀 다른 물질로 변화시키는 일이 가능할지도 모른다. 연구에는 자금이 필요하니 '황금을 만드는 연구'라는 이름을 내걸고 후원자를 모집한다고 설정한다면 그럴듯해 보이지 않을까?

또는 연금술사란, 마법이 있는 세계에서 화학(과학)을 발전시키려고 하는, 이루지 못할 꿈을 좇는 도전자일지도 모른다. 손으로 불덩어리를 날리고, 하늘을 날며, 드래곤을 소환할 수 있는 마법사가 있는 세계에서 과학을 대중화하려는 행위는 언뜻 보면 어리석어 보인다.

하지만 마법의 특성에 따라 과학 측에도 충분히 승산이 있다. 마법은 종종 재능 있는 개인만이 사용할 수 있고, 효과가 확실하지 않으며, 그때그때 조건에 좌우되는 성질을 지닌다. 그에 반해 과학은 법칙이 밝혀져 있으면 누가 해도 동일한 결과가 나온다. 소수의 치료술사보다 연금술로 만들어낸 약의 조제법이나 치료법이 더 많은 사람을 구원할 수도 있으며, 단 한 명의 마법사로는 어쩌지 못하는 전쟁 상황을 연금술사가 발명한 화약 무기를 갖춘 군대가 바꿀 수 있을지도 모른다. 이것은 이것대로 극적인 이야기가 될 것이다. 이른바 '기술 치트'(반칙에 가까운 뛰어난 기술을 반입하는 것)에 의해 이세계 전이자들이 활약하는 것과 비슷한 재미를 노릴 수 있다.

세계에 따라서는 연금술이 우리의 생각보다 더 마법에 가깝게 취급되기도 한다. 소재와 소재를 마력으로 결합해 새로운 아이템을 만들어낸다. 미리 그렇게 만들어놓은 아이템을 가방이나 주머니에 대량으로 넣어 휴대하고 있다가 전투 시에 그들을 차례로 꺼낸다. 그것은 예를 들어 수류탄일 수도, 상처 치료제일 수도 있다. 액체가 들어간 시험관을 던지면 상대가 얼어붙게 될지도 모른다.

또는 연금술의 특성을 '물질을 변화시키는 것'으로 해석한다면 연금술사를 다른 종류의 마법사로서 묘사할 수 있다. 아라카와 히로무의 만화 『강철의 연금술사』에서 연금술은 그 자리에 있는 물질을 다르게 변화시키는 기술(마법)로 묘사되었다. 이런 방향에서 새로운 아이디어를 만들어낼 수는 없을까?

예를 들어, 마력을 써서 순간적으로 두 개(혹은 그 이상)의 소재를 융합한다는 것은 어떨까. 또는 아이템에서 그 본질에 해당하는 오라 같은 것을 꺼낸 뒤 그것을 합성해 마법으로 사용한다는 설정도 재미있겠다. 자유로운 발상으로 당신만의 연금술사를 떠올려보자.

연금술사의 진정한 목적, 즉 인간의 영적 수준을 높이는 기술이 이미 완성되었거나, 이제 막 만들어지는 세계는 어떨까. 혹은 그 세계에서 신으로 알려진 존재가 사실은 고대 연금술을 통해 변화한 인간이라거나, 연금술을 사용해 인간을 개조하는(호문쿨루스 기술의 응용) 사악한 마법사의 진정한 목적이 인간을 영적으로 승화시키는 것이라면? 특히 후자는 〈가면라이더〉나 〈파워레인저〉와 같은 슈퍼 히어로물이나 전대물 느낌으로 연출할 수 있어서 좋아하는 사람도 많지 않을까?

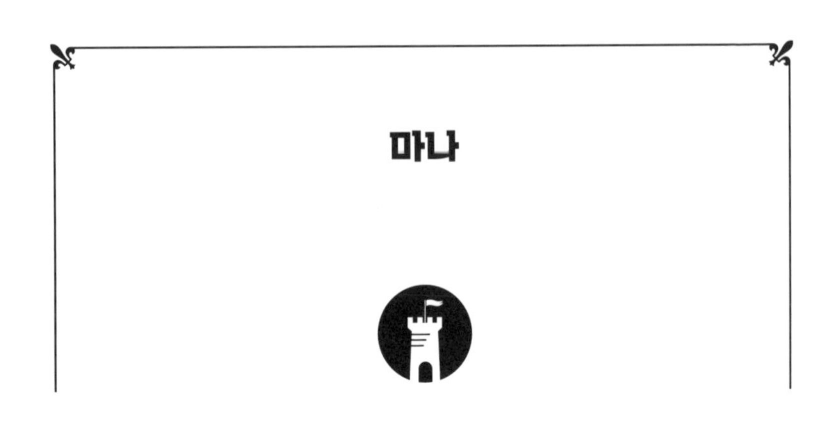

마나

◈ 판타지의 마나

판타지 세계에서 '마나mana'라는 말은 종종 '그 세계에 자연스럽게 존재하는 마력 (같은 이상한 힘)'의 뜻으로 사용된다. 몬스터가 존재하고 초자연적 현상이 일어나는 이유도 마나 때문이며, 그 힘으로 마법을 부릴 수도 있다.

대개 마나는 '보이지 않는 힘'으로 등장한다. 어디에나 있고, 또는 어두운 면과 밝은 면이 있는데 소양이 있는 사람만이 그것을 알아챌 수 있다. 반대로 말하면 마법에 대한 소양이 있고, 기술을 익힐 수 있다면 마나의 힘을 활용해 여러 가지 신비한 현상을 일으킬 수 있다. 마나를 자신의 몸에 흡수해 괴력 또는 비정상적인 수준으로 민첩하게 움직이는 초능력을 발휘하는 기술이나 특이 체질이 있어도 재미있지 않을까.

마나는 한 종류밖에 없다고 해도 좋고, 여러 가지 종류가 있다는 설정도 자연스럽다. 예를 들어, 플러스 마나와 마이너스 마나가 있고 전자는 성스러운 마법, 후자는 사악한 마법을 일으키는 힘의 근원이 된다. 혹은 전자는 보통의 생명체, 후자는 언데드처럼 죽음의 영역에 속하는 것들의 힘이 된다는 식이다.

마나는 사용 방법이 간편해도 좋지만, 자신의 신체 외부에 존재하는 강력한 힘인 만큼 다루기가 매우 까다롭다고 설정해도 재미있을 듯하다. 예를 들어 이런 설정은 어떨까. 자신의 몸에서 마력을 추출하고 제어하기는 쉽고 간단하지만, 마나는 양이 너무 많아지거나 적어지거나 해서 제어하기 어렵다. 그래서 일반적인 마법사는 마나를 사용하지 않지만, 정밀 마력 제어를 전문으로 하는 일부 고급 마법사는 마나를 활용해 강력한 마법을 다룰 수 있다.

◈ 현실의 마나

사실 마나에는 그 모티프가 된 현실의 개념이 있다. 마나란 원래 오세아니아 언어로 인간과 신과 조상의 영혼, 나아가 자연물부터 인공물에까지 깃든 힘을 가리키는데, 초자연적인 힘을 의미하는 단어로 사용하게 되었다. 물론 여기서 말하는 마나는 눈에 보이지 않기 때문에 '판타지 세계의 마력=마나'라는 발상이 여기에서 유래했다고 여겨도 좋다.

오세아니아 지역에서도 마나에 대한 해석이 다양하다. 파푸아 뉴기니 같은 멜라네시아 지역에서는 '개인에게 깃든 힘', 뉴질랜드 같은 폴리네시아 지역에서는 '사회적 계급이나 집단에 깃든 힘'이라고 한다. 특히 폴리네시아에는 '신들의 후손인 왕족은 보통 사람보다 훨씬 강한 마나를 가졌으며(이것이 통치자에게 정당성을 부여한다), 그만큼 강한 마나를 가지지 못한 백성들과 접촉하면 그들에게 위험을 끼칠 수 있다'는 개념이 있는데, 판타지적 세계관에 그대로 도입할 만한 이야기가 아닐까?

예를 들어, 마나는 세계에 골고루 분포되지 않고 한쪽에 쏠려서 존재하기 때문에 그 힘을 인류가 사용하려면 일단 재능 있는 사람의 몸에 채워 넣어야만 한다. 재능은 혈통에 따라서 결정되고, 왕족은 특히 그 힘이 강하다. 마나를 몸에 지닌 사람은 닿기만 해도 에너지를 방출하기 때문에 위험해서 사람들이 경외했는데, 마법 과학 기술이 발달하면서 왕족의 에너지를 빨아들이는 기술이 개발된다. 그리하여 적대 세력의 마수에서 벗어나기 위해 도망치던 공주가 주인공과 만나는 이야기는 어떨까?

덧붙여서 성경에는 '만나'라는 음식이 등장한다. 구약 성경의 『출애굽기』에서 모세의 인도를 받아 이집트를 탈출해 광야를 방황하던 유대인들을 위해 신은 하얗고 달콤한 의문의 음식을 내리게 했다. 사람들이 그것을 보고 '이것은 무엇일까'라는 의미의 '만나'라고 불렀다고 한다. 마력을 뜻하는 마나와는 무관하지만, 이름이 비슷한 만큼 이와 연관 지어도 재미있을 듯하다. 먹으면 마력이 생기는 만나라는 음식이 내리는 세계, 그것이 마나의 원천이라면?

엘리먼트

◈ 기본이 되는 원소, 엘리먼트

엘리먼트는 기본 원소를 말한다. 예로부터 인류는 '이 세상은 어떤 원소(엘리먼트)로 구성된 것이 아닐까?'라고 생각해왔다. 가장 먼저 제기된 것이 만물일원론이다. '만물은 물로 이루어졌다', '아니다, 공기로 이루어졌다', '불이다', '흙이다' 등과 같은 주장이 이어졌다.

이러한 주장을 정리하는 형태로서 만물 사원론(4대 원소론)이 나왔다. 만물은 흙, 물, 불, 바람(지수화풍)의 네 가지 원소로 이루어졌다는 것이다. 아리스토텔레스는 여기에 세계를 만드는 근원 물질인 '제1물질'을 추가해 다섯 원소로 정리했다.

이러한 생각은 유럽, 특히 그리스에서 시작됐지만, 각지에는 비슷한 방식으로 다양한 원소에 대한 사상이 존재한다. 중국에서는 음과 양, 그리고 화·수·목·금·토(불·물·나무·쇠·흙)의 오행으로 세계를 해석한다. 또는 건곤진손감리간태乾坤震巽坎離艮兌라는 팔괘 사상이 있는데, 각각 자연의 하늘, 땅, 번개, 바람, 물, 불, 산, 늪을 가리킨다(우리에게는 태극기의 네 방향 모서리에 있는 건곤감리로 친숙하다-옮긴이 주). 인도에서 태어난 불교의 시조인 부처는 지수화풍에 비어 있음을 뜻하는 '공空'을 더했는데, 아리스토텔레스 제1 원소와의 공통점을 찾아볼 수 있다.

현대 과학에서는 세계를 이처럼 단순한 요소나 원소로 설명할 수 없다고 말한다. 하지만 판타지 세계는 그런 과학적 관점에 얽매이지 않아도 된다. 당신이 만드는 세상은 마나 같은 단 하나의 요소로 이루어져도 좋고, 지수화풍으로 구성되어도 좋으며, 다른 대안을 선택해도 무방하다.

◈ 판타지 세계와 엘리먼트

그렇다면 판타지 세계에서는 구체적으로 어떤 형태로 엘리먼트라는 개념이 사용될까. 가장 흔한 것이 마법 속성으로 사용하는 경우다. 많은 마법이 각 엘리먼트에 속하여 '불 엘리먼트 마법은 자신 있지만, 물 엘리먼트 마법은 서툴다'거나 '바람과 땅의 엘리먼트는 대립하고 있어서 마법이 서로 부딪치면 소멸한다'는 성질을 지닌다. 또는 인간과 이종족, 몬스터나 신들이 각 엘리먼트에 속하기도 한다. 알기 쉬운 사례로 드워프가 있는데, 그들은 땅의 엘리먼트에 가까운 생물이라고 할 수 있다.

엘리먼트의 종류로는 무엇이 있을까? 지수화풍의 네 가지 엘리먼트가 가장 널리 사용된다. 이를 '4대 원소'라고 부르기도 한다. 하지만 이것만으로는 완벽하게 적용하기 어려운 현상도 많다. 대표적으로 공격 마법에 자주 등장하는 번개가 있는데, 이는 지수화풍 중 어느 쪽으로 분류해야 할지 감이 잘 오지 않는다. 바람으로 분류되거나, 바람과 물의 속성을 전부 가지기도 한다. 4대 원소 이외에도 빛과 어둠(또는 신성함[聖, 성]과 악마성[魔, 마])을 엘리먼트로 추가하여 번개를 빛으로 분류하는 방법도 있다.

물론, 엘리먼트의 종류를 더 늘려도 좋다. 제1 원소나 공空 또는 번개, 나무, 쇠

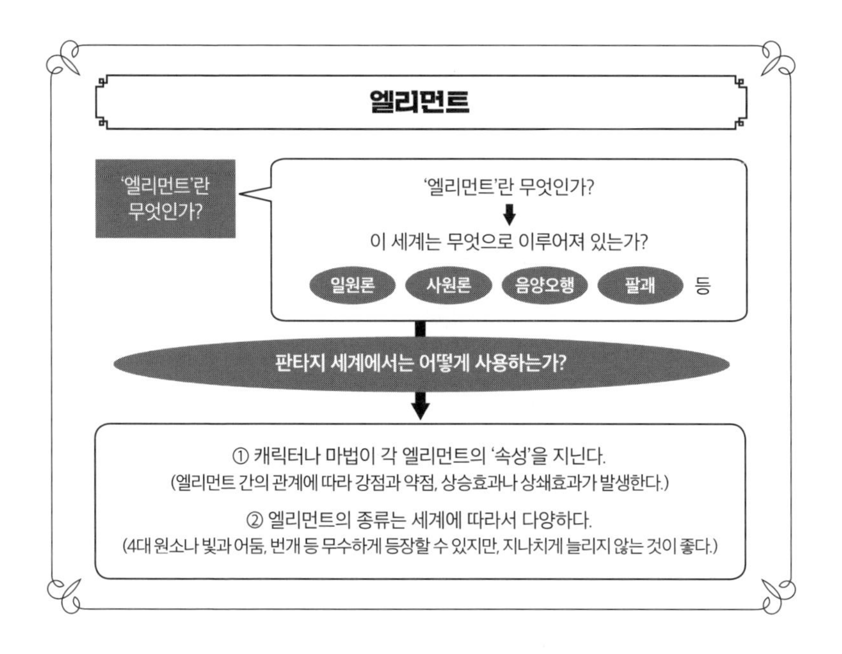

같은 엘리먼트를 더해도 좋다. 다만, 너무 많이 늘리다 보면 수습할 수 없게 되니 주의하자.

정령

◈ 정령이란 무엇인가?

정령이라는 말이 내포하는 의미는 매우 다양해서 좀처럼 한마디로 설명할 수 없다. 애니미즘 종교에서 신앙 대상이 되는 '온갖 존재에 깃든 신과 같은 신비한 에너지'를 가리키기도 하지만, 마나처럼 만물의 근원인 기氣를 나타내기도 하며, 그러한 에너지가 모여서 형태를 이룬 존재를 말하기도 한다. 천사나 악마를 정령으로 보거나, 인간의 영혼 등을 의미할 수도 있다. 이것은 여러 종교와 마법에서 정령이라는 단어가 편리하게 사용되기 때문이며, '정령은 이것이다'와 같이 모든 가치관에서 공통되는 정의를 찾기는 어렵다.

단 하나 확실한 것은 대부분의 정령은 현실과 동떨어진 환상적인 존재이며, 비물질적인 경향이 강하고 흐릿한 존재라는 점이다. 눈에 보이지 않지만, 확실히 그곳에 있는 영적인 존재. 그것을 정령이라고 부른다면 이해하기 쉽지 않을까?

◈ 판타지 세계의 정령

종교나 주술, 오컬트에서의 의미와는 달리, 판타지 이야기에서 말하는 정령은 좀 더 알기 쉽다. 대부분 자연 에너지나 인간의 역사처럼 눈에는 보이지 않는 무언가가 모여서 형태를 갖추어 나타나는 것을 뜻한다.

그것은 어디에서든 자연히 나타나기도 하고, 마력이나 특정 엘리먼트의 힘이 강한 곳에만 나타날지도 모른다. 정령계가 있고 거기에서 빠져나온 존재만을 우리가 목격한다고 여겨지기도 한다.

저절로 형태를 갖추는 것이 아니라 마법사나 샤먼이 불러냄으로써(형태를 부여함으로써) 처음으로 어떤 모양을 갖게 될 수도 있다. 이 경우 자연 에너지 자체는 의사고 뭐고 없는 '힘'에 불과하지만, 불러낸 인간이 어떤 형태를 준비함으로써 처음으로 모양을 갖춘다.

많은 정령이 물리적 형태를 갖춘 것처럼 보일지라도 실제로는 영적인 특성을 강하게 띤다. 그래서 일종의 유령처럼 불확실하고, 물리적 수단으로는 피해를 주지 못할 수도 있다. 정령을 상대로 싸워야 한다면 마법 무기나 샤먼의 기도 같은 영적 수단이 필요하다.

가장 좁은 의미의 정령은 4대 원소를 상징하는 존재를 말한다. 불꽃으로 이루어진 도마뱀 형상을 한 불의 정령 '샐러맨더', 물을 휘감은 소녀의 모습을 한 물의 정령 '운디네', 바람을 타고 노는 미녀의 모습을 한 바람의 정령 '실프', 난쟁이 모습을 한 땅의 정령 '노움'. 이들은 요정이나 특정한 종족으로 묘사되기도 하지만, 대개는 자연의 힘을 상징하는 4대 정령으로서 등장한다. 각 원소를 연상시키는 성격이나 특성을 띤 경우가 많다.

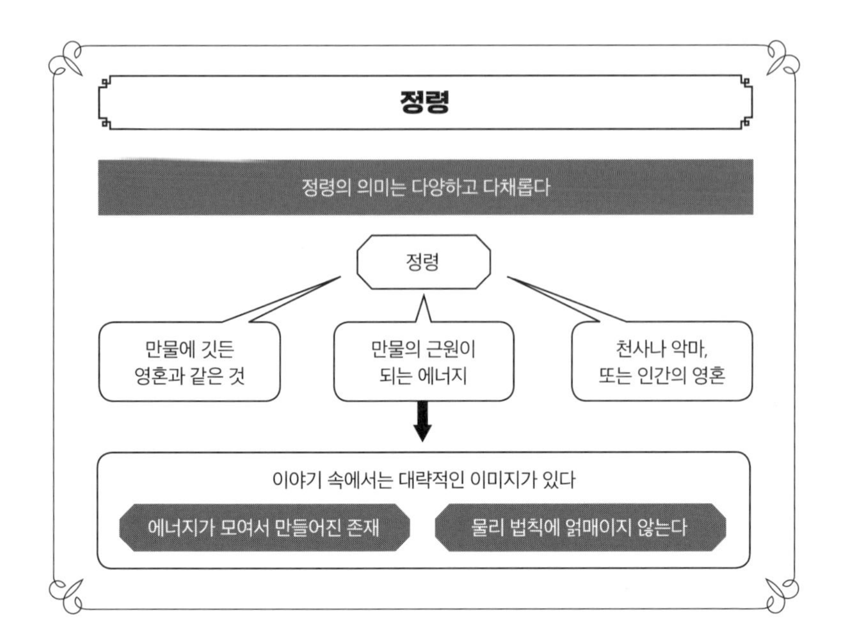
정령
정령의 의미는 다양하고 다채롭다
정령
만물에 깃든
영혼과 같은 것
만물의 근원이
되는 에너지
천사나 악마,
또는 인간의 영혼
이야기 속에서는 대략적인 이미지가 있다
에너지가 모여서 만들어진 존재
물리 법칙에 얽매이지 않는다

인챈트

◆ **마법의 힘을 부여하는 마법**

인챈트enchant(부여)는 마법 사용법 혹은 마법 스타일의 일종으로, 마법의 힘을 인체나 물체 등에 담아서 특별한 효과를 발휘한다. 가장 이해하기 쉬운 사례가 무기에 인챈트를 거는 마법이다. 전사가 손에 든 검 주변에 이상한 빛이 감돌면서 날카로움이 증가하고, 유령처럼 실체가 없는 괴물에게 타격을 가할 수 있게 되며, 화염에 의한 열이나 바람에 의한 공격 범위 확대와 같은 특수 효과가 발생한다.

생물에 인챈트를 거는 마법도 종종 볼 수 있다. 대부분은 자신과 동료의 신체 능력을 강화하고 전투와 모험을 유리하게 진행하기 위함이다. 예를 들면, 근력을 높이고 움직임을 빠르게 한다. 감각을 예민하게 만들어 적이나 함정을 쉽게 찾아내고, 피부를 단단하게 만들어서 맨손으로 칼날을 받아낼 수 있도록 한다. 그 밖에도 다양한 변주를 생각할 수 있다.

여기까지 소개한 것은 온라인 게임에서 흔히 말하는 '버프', 즉 긍정적인 영향을 주는 마법이다. 반대로 부정적 효과를 주는 마법도 있다. 이른바 '디버프'다. 움직임을 둔화시키고 신체 능력을 약하게 만들거나 사고력을 빼앗아서 싸울 수 없게 한다. 게임에서 흔히 볼 수 있는 독으로 체력을 서서히 감소하게 하거나, 마비시켜 움직일 수 없게 하는 것도 디버프 마법의 일종이다.

또한, 트레이딩 카드 게임의 원조인 〈매직 더 개더링〉에는 필드 자체에 능력을 부여하는 마법이 존재한다. 전장에 어떤 속성을 부여하여 자신에게 이롭거나 상대에게 불리한 효과를 일으켜 전투를 유리하게 진행한다.

이른바 마법 전사 중 많은 이들이 인챈트 마법을 구사한다. 무기를 휘두르기 바빠서 공격 마법을 사용할 기회가 적은 만큼, 인챈트로 자신이나 동료를 강화하고 적을 약하게 만들어 전투를 유리하게 이끈다.

◈ 부여 효과는 일시적인가, 영구적인가?

인챈트는 보통 지속 시간이 있다. 불덩이나 번개처럼 순식간에 사라져버리지 않는다. 검에 깃든 불꽃은 싸우는 동안 계속 타오르다가 전투가 끝날 무렵에나 사라져버린다. 또는 마법사가 인챈트가 지속되도록 계속 정신을 집중하고 있을지도 모른다.

반대로 말하면 인챈트의 효과는 일정한 시간 동안에만 작용한다. 시간이 지나면 또는 사용자의 집중이 끊어지면 어느 순간 사라져버리고, 그 후에는 아무것도 남지 않는다. 강철도 베어낼 수 있는 마검이 본래의 무딘 칼로 돌아가고, 올림픽 선수를 넘어서는 신체 능력도 꿈처럼 사라져버린다.

오히려 본래 주어진 잠재력 이상으로 무리한 만큼 반동이 생겨나서 검이라면 날이 무뎌지고, 사람이라면 다음 날 온종일 근육통에 시달리는 상황도 충분히 벌어질 수 있다. 인챈트에 반동이 있는지, 있다면 어떤 조건에서 발생하는지 등을 설정해봐도 재미있겠다. 또는 생물과 물품에는 '자질'이라고 할 만한 속성이 있으며, 그것을 넘어서는 인챈트는 수명을 단축한다고 하면 어떨까.

물론 예외적인 상황도 존재한다. 본래는 어느 정도 지속 시간이 정해진 인챈트 마법을 단 한 순간에만 발동하게 하는 대신에 효과를 더욱 강력하게 높여주는 스킬이 있다면 어떨까. 칼날에서 마법이 뿜어져 나오는 한순간을 예측해서 적을 베어내야만 하는 만큼, 보통 사람은 쉽게 다룰 수 없지만 주인공은 가능하다고 설정한다면 주인공의 실력이나 특별함을 드러낼 수 있다. 또는 그 반대로 본래는 사라져야 할 인챈트 마법의 효과를 계속 유지할 방법이 있다면 어떨까. 그렇게 영구적으로 마법의 힘을 지니게 된 물품은 '마법 아이템'이라고 불러야 할 것이다. 특별한 소재와 보조적인 마법, 여러 가지 수고와 시간을 들이는 의식을 통해서 본래는 어느 정도밖에 지속되지 않는 인챈트 마법을 영구적으로 작동하게 한 것. 그것이 마법 아이템이라고 한다면 그럴듯하지 않을까?

이세계 전이

◆ 이세계를 찾아온 방문자

평범한 현대인이었던 주인공이 어느 날 갑자기 다른 세계로 이동하게 되고, 사건에 휘말린 주인공은 세계를 구하기 위해 분투한다. 이른바 '이세계 전이'는 최근 판타지 작품들의 가장 대표적인 요소 중 하나다. 대부분은 현대인이 판타지 세계로 전이하기 때문에 독자들이 공감하기 쉬운 캐릭터를 주인공으로 삼을 수 있다. 또한 아무것도 모르는 현대인 캐릭터에게 이세계를 설명하는 형식을 빌려 자연스럽게 세계관을 소개할 수 있다. 판타지 세계에 현대 사회나 다른 시대에서 유래한 물건들을 도입하여 독특한 분위기를 만들어낼 수 있는 것도 장점이다.

마크 트웨인의 『아서 왕 궁전의 코네티컷 양키』(주인공이 이동한 곳은 이세계가 아닌 과거 세계지만, 스토리 구조는 유사하다)가 고전적 작품으로 잘 알려져 있으며, 이외에 『이상한 나라의 앨리스』도 이세계 모험을 다뤘다는 점에서 비슷하다.

일본의 창작 작품 중에서 주목할 만한 작품으로는 전이된 이세계에서 로봇을 타고 싸우는 애니메이션 〈성전사 던바인〉과 '이세계에 소환된 용사'라는 구조 자체를 패러디한 간자카 하지메의 『철없는 이방인』, 그리고 무엇보다도 '소설가가 되자'나 '가쿠요무'로 대표되는 소설 투고 사이트에 수없이 연재되는 작품군이 있다.

이세계 전이물에서 중요한 것은 어떤 수단과 이유로 전이되었느냐다. 예전에는 '이세계에 소환된다'는 패턴이 가장 흔했다. 소환 마법이나 의식, 아이템을 통해 이세계에 전이된다는 것이다. 소환한 존재는 무엇을 바란 것일까? 마왕에 의해 궁지에 몰린 인류 측 세력이 용사를 원했을지도 모른다. 또는 정기적으로 다른 세계에서 온 존재를 필요로 하는 의식이 열릴 수도 있다. 그 밖에 위기에 처해서가 아니라 단지 심심해서 소환했을 가능성도 있다.

신이나 악마 같은 초자연적 존재에 의해 소환되는 패턴은 최근 들어 자주 나오는 편이다. 세계의 균형을 지키기 위해서, 또는 세계에 혼란을 가져오기 위해서 등 다양한 이유로 그들은 한 세계에서 다른 세계로 사람을 이동시킨다. 이러한 초자연적인 존재는 이세계 전이자의 운명을 좌우하는데, 『이 멋진 세계에 축복을!』에서 이세계에 가져갈 수 있는 한 가지로 전생을 다루는 여신을 선택해 모험에 동행한다는 전개를 연출했듯이, 전이자가 초자연적인 존재를 자신들의 운명에 끌어들이는 스토리도 종종 등장한다.

소환이 그 대상의 '죽음'과 관련되는 일도 적지 않다. 전이자가 죽어가면서 본래 있던 세계와의 인연이 약해짐에 따라 소환하기 쉬워서일까. 신이 죽은 사람의 영혼을 이세계로 이동시키는 상황도 자주 등장한다. 그래서 '이세계 전생'이라고 부르기도 한다.

한편 소환된 것도 아닌데 전이하는 상황도 있다. 폭풍우처럼 나타난 시공간에 왜곡이 발생해 이세계로 날아가버리거나, 다른 세계의 입구가 되는 문이나 아이템을 손에 넣은 것이 원인이 되기도 한다. 후자라면 여러 가지 상상을 펼쳐낼 수 있다. 현대 사회와 이세계를 오갈 수 있다면 다양한 상황을 연출할 수 있기 때문이다. 기계나 차량, 무기 같은 현대 문명의 산물이나, 대량의 인간으로 이루어진 군단과 조직을 보낼 수 있다면 이세계를 순식간에 정복하는 일도 가능하지 않을까. 그 정도까지는 아니라도 설탕이나 후추 등 귀중하고 비싼 물건을 정기적으로 보낼 수 있다면 떼돈을 벌게 될 것이다.

◆ 이세계 전이에서 치트는 필수 요소

이세계 전이 상황에서는 '치트cheat'라는 기술이 필수 요소처럼 등장한다. '부정행위'라는 본래 의미처럼 그 세계의 인간은 가질 수 없는 특별한 능력이나 아이템, 알 리가 없는 지식을 말한다. 이 치트 덕분에 이세계로 전이해 온 현대인이 판타지 세계에서 대활약할 수 있는 것이다.

그럼, 치트는 어떻게 주어질까? 다른 세계에서 온 것만으로 이상한 힘이 생겨날 수 있다. 또는 특별히 누군가가 능력을 준 것은 아니지만, 생활 환경이나

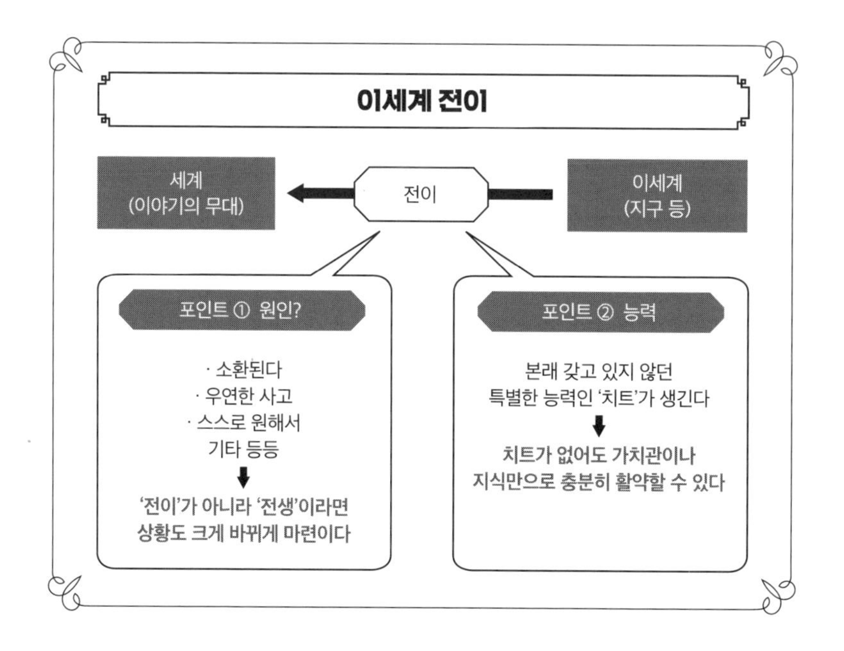

문명의 차이가 자연스럽게 치트처럼 작용할지도 모른다. 현대 지식은 잘 사용하면 큰 효과를 발휘할 수 있으며, 중력이 다른 별에 가면 신체 능력에서 현격한 차이가 난다.

이세계 전이를 이야기에 도입할 때는 '본래의 세계에서는 어떤 인간이었는가?'를 반드시 생각해야 한다. 특별한 기술이나 재능을 가진 사람인가, 이세계의 가치관에 빨리 적응할 사람인가, 반대로 전혀 다른 정신성을 가진 사람인가. 이러한 요소를 좀 더 깊이 파고들면 도움이 된다.

치트 이야기로 다시 돌아가자. 그중에서도 주인공을 이세계로 보낸 초자연적 존재가 치트를 선사하는 패턴이 자주 활용된다. 주인공에게 마왕을 물리치라거나 세계에 혼란을 일으키라는 등 임무를 주고, 이를 달성하도록 도와주는 것일지도 모른다. 또는 어떤 착오로 주인공이 죽거나 전이하게 되었고, 사과의 의미로 치트를 부여하는 사례도 종종 볼 수 있다.

치트는 이세계 전이라는 이야기 요소가 가질 수밖에 없는 무리수를 해결하기 위한 측면도 있다. 여러분은 이세계 전이물을 보면서 의문을 가진 적이 없는가? '현대의 평범한 젊은이가 갑자기 몬스터와 싸우게 되는 건 조금 억지 아닐까?', '어떻게 말이 통하는 거야? 판타지 세계에는 거기만의 언어가 있잖아?', '저 세계와 이 세계의 공기 성분이 다르면 최악의 경우 숨을 못 쉬고 죽는 거 아냐?'

이러한 문제에 대해서 충실하게 파고드는 것도 상당히 흥미로운 소재가 될 수 있다. 예를 들어, 언어 문제와 관련해서 Fats F. Sashimi의 『이세계어 입문 ~전생했지만, 일본어가 통하지 않았다~異世界語入門~転生したけど日本語が通じなかった~』라는 제목 그대로의 내용을 담은 작품도 있다.

하지만 작품의 주요 테마가 따로 있다면, 이러한 모순을 일일이 지적하다간 이야기의 흐름이 깨질 가능성도 있다. 따라서 그러한 문제는 모두 전이할 때 얻게 된 치트로 해결했다고 설정하는 것이다. 조금 지나치게 억지스럽긴 하지만, 판타지 이야기에서는 충분히 허용된다.

전생
(환생)

◈ 전생(환생)은 평범한 일인가, 특별한 일인가?

전생, 즉 환생에는 두 가지 방향성이 존재한다. 하나는 인도를 중심으로 한 윤회 사상이다. 그것에 따르면 인간은 모두 계속해서 다시 태어나고 있으며, 극히 일부 사람만이 수레바퀴 돌 듯 계속되는 루프를 벗어나 신의 경지에 이른다고 한다. 이를 바탕으로 불교에서는 '삶은 곧 고행이며, 여기에서 해방되기 위해서 윤회전생에서 벗어나는 일(해탈)을 지향한다'는 진리를 설파한다. 또한 전세의 기억을 지니고 있어도 딱히 놀라운 일이라고 생각하지 않는다고 한다.

다른 하나는 오컬트적인 사상에서 말하는 전생이다. 여기에서는 전세의 기억이나 사상(그리고 때로는 초자연적인 힘)을 가지고 전생하는 것이 특별한 인간의 증거로 여겨진다. 또한 '전생은 괴로운 일이기 때문에 해탈하고 싶다'는 불교적 사상은 찾아볼 수 없다. 도리어 마법사나 영적 능력자처럼 힘이 있는 인간은 자신이 원하면 얼마든지 환생할 수 있다는 발상도 있다.

다만, 티베트 불교에는 '전생활불轉生活佛'이라는 전통이 있다. 부처님의 화신인 보살은 모든 사람이 깨달음을 얻어서 구원되는 그날까지 윤회의 고리에 미무른다는 사상을 받아들여 보살에 해당하는 스님의 환생자를 교단 상위직으로 받들어 모신다고 한다. 이렇게 위대한 인간이 전생하는 모델은 오컬트적인 전생 사상에 영향을 미쳤다고도 할 수 있다.

◈ 판타지 세계의 전생

판타지 세계에 전생이라는 개념을 도입하려면 어떤 형태가 좋을까? 불교적인 윤회전생을 도입한다면 이야기에 그대로 사용하기에는 조금 어려울 것 같다. 삶은 곧 고행이니 전생에서 벗어나고 싶다는 구조를 가져오면 어떨까?

예를 들어, '그 세계는 새장 같은 곳이다. 한번 잡히면 다시는 다른 세계로 도망칠 수 없고, 그 세계에서 전생을 거듭하게 된다. 주인공은 몇 번이나 전생하는 와중에 다양한 사람과 만나고 성장하여 드디어 세계라는 우리에서 벗어나는 방법을 깨닫게 된다'는 내용을 생각해보았다. 상당히 신화적이면서 규모가 큰 이야기가 되지 않을까.

한편 이전 기억과 사상(과 힘)을 그대로 갖추고 전생하는 것을 특별한 사람의 증거로 여기는 설정은 판타지 세계에 꽤 잘 어울린다. 전생자인 주인공이 전세에서 미처 완수하지 못한 일을 마무리하기 위해 모험에 나설 것인가. 전생자인 주인공이 이전 기억과 힘 때문에 생명의 위협을 받는다면? 전세의 망상에 대한 집착에 사로잡힌 라이벌을 구하기 위해 주인공은 목숨을 걸고 싸워야 하는가…….

또한, 전생의 기억과 사상을 그대로 가졌다면 현세의 기억과 사상과는 어떤 관계를 맺게 될지도 상당히 흥미롭다. 하나의 몸에 두 개의 인격이 공존하는 다중 인격자처럼 될 것인가. 전세의 기억에 눈을 뜨면 현세의 인격은 사라져버리는 것일까. 반대로 어디까지나 현세의 인격은 유지한 채 기억만 다른 사람의 것을 받아들이듯 떠오르게 된다는 설정도 그럴듯하다. 현세의 인격을 바탕으로 전세의 인격이 뒤섞여서 완전히 새로운 인격이 태어날 가능성도 있다.

이처럼 복잡한 양상을 보이는 가운데, 전세와 현세의 인격이나 삶에 큰 차이가 없다면 별다른 문제는 일어나지 않을지도 모른다. 그러나 전혀 다르다면 어떨까? 전세에는 여성, 현세에는 남성인 전생자가 전세의 남편을 만난다면 어떻게 될까? 코미디 혹은 진지한 젠더 문제, 어느 쪽이건 매우 흥미롭게 전개할 수 있는 상황이다.

장대한 판타지 세계에 어울릴 법한 전생 소재로 '전생을 거듭하는 성자'와 '하나의 혼을 갖고 다시 태어나는 왕'이 있다. 이에 대한 변화구로서 '그렇게 말했지만 사실은 전생 같은 건 하지 않았다'는 설정도 재미있다. 실제로 티베트 불교의 전생자 선정 과정에서 왜곡도 발생한다고 하니, 그럴듯한 설정이라고 할 수 있다.

특별한 아이템

◆ 특별한 무기와 도구의 이모저모

내리치면 빛의 격류가 흘러나와 적군을 소멸시키는 검. 불길을 휘감은 창. 여러 개 화살을 한꺼번에 날릴 수 있는 활. 과거와 미래를 비추는 거울. 사망자를 소생시키는 지팡이. 기계 장치로서 몇 킬로미터든 계속해서 달릴 수 있는 말. 이 같은 특별한 아이템은 판타지의 매력과 분위기를 돋보이게 하는 중요한 소품이다. 그것은 세계의 운명을 바꿀 만한 놀라운 것일지도, 세상에 하나밖에 없어서 주인공의 개성이나 목적을 결정짓는 무언가일지도 모른다. 아니, 그 정도까지는 아니더라도 그 세계만의 독특한 아이템들이 있다면 훨씬 분위기가 살아난다. 이 같은 아이템들을 일컬어 '가제트gadget'라고도 부른다.

게임 세계에서 자주 등장하는 특별한 아이템이라면 역시 성능이 좋은 무기나 방어구다. 이들은 명중률 또는 적에게 끼치는 피해량(대미지)을 높이거나, 방어력을 상승시킨다. 게임에서는 성능을 수치로 표현할 수 있지만, 그 외의 창작 작품들에서는 그렇게 하기 어렵다. 좋은 무기와 방어구는 어떤 것을 말할

까? 예를 들면 다음과 같은 특징이 있다.

· 매우 잘 베어진다.
· 보기보다 무겁고 파괴력이 있다.
· 화염, 번개, 바람을 두르고 추가 피해를 준다.
· 매우 가벼워서 빠르고 날렵하게 공격을 가할 수 있다.
· 단단할 뿐만 아니라 유연해서 공격의 충격을 흡수한다.

이 중에는 뛰어난 장인의 솜씨로 현실적으로 어느 정도는 실현 가능한 것도 있지만, 무기가 완성된 이후에 마법의 힘을 가해야 비로소 특수한 힘을 발휘하는 것도 있다. 또는 특별한 재료(냉기를 지닌 금속이나 불의 힘을 가진 보석, 드래곤의 비늘 등)를 활용하여 특별한 아이템을 만들 수도 있다. 물론, 그에 걸맞은 장인의 솜씨도 필요하겠지만. 하지만 여기까지는 일반적인 무기나 방어구의 연장선상에 지나지 않는다. 때에 따라서는 이런 무기가 양산되어도 재미있을 것이다.

마법이 현저하게 발전한 나라의 군대가 다른 나라에서는 기사나 영웅 등급의 사람이 아니면 지닐 수 없는 마법 무기를 말단 병사까지 모두 갖추고 있어서, 병력은 적지만 매우 두려운 존재로 여겨진다면 어떨까? 또는 수많은 마수가 사는 산림과 영토를 접하고 있는 작은 나라가 있다. 이곳은 항상 마수의 침입에 시달리는데, 정작 인근의 다른 나라가 쳐들어오면 마수의 송곳니를 단련해 만든 검으로 강철 갑옷도 가볍게 베어내고, 마수의 가죽으로 만든 갑옷을 착용하여 아무리 창으로 찔러도 꿈쩍도 하지 않아서 인간과의 싸움에서는 진 적이 없다는 설정도 재미있을 것 같다.

한편, 이러한 나라나 지역에서도 양산하지 못할, 가히 신화나 전설에 등장할 만한 무기와 매우 독특한 무기도 있을 법하다. 예를 들면 다음과 같은 것들이 떠오른다.

- 화염을 뿜어내고, 폭풍을 일으키며, 하늘에서 번개를 불러내고, 갑자기 땅이 갈라지게 하며, 빛의 격류로 수십 명에서 수백 명, 때로는 수만 명 규모의 상대를 단번에 날려버리는 무기.
- 필요한 순간에 나타나거나 사라지고, 혹은 환상이 되거나 실체가 되어 절대로 막을 수 없는 칼날.
- 빛, 열, 바람이 솟아오르면서 칼날을 이루는 무기.
- 마치 누군가가 들고 있는 것처럼 공중에 떠올라서 소유자를 도와주는 무기나 방패.
- 닿을 필요도 없이 상대에게 향하기만 해도 죽일 수 있는 무기.
- 걸린 마법의 힘을 지워버리는 무기.
- 팔찌나 보석 같은 아이템을 매개로 사용자를 '변신'시킴으로써 나타나는 전신 갑옷.

이 정도로 강력한 아이템이라면 사용 시 주문을 외우거나, 칼을 휘두르거나, 춤을 추는 등 추가 동작이 따르기 마련이다. 그것은 매우 위험한 아이템에 걸린 안전장치일 수도 있고, 혹은 단순히 멋져 보이기 위해 만들어진 동작일지도 모른다. 어쨌든 판타지 작품에서는 전투 액션 장면 분위기를 고조하기 위해 중요한 요소이므로, 가능한 한 신경 써서 폼을 잡아보자. 다만, 준비 동작이 너무 길면 그사이에 공격당할 수도 있기 때문에 현실성이 떨어져 보이고, 지나치게 폼을 잡으면 바보나 괴짜처럼 보일 수도 있으니 주의해야 한다.

그런데 이러한 강력한 아이템이 나타나게 된 배경은 도대체 무엇일까. 신화의 시대에 신들이 휘두르던 아이템이나 신과 정령이 사람에게 준 아이템, 전설의 시대에 뛰어난 기술로 만들어진 아이템 등이 여전히 남아 있는 것인가? 이종족이나 괴물, 인간과는 다른 기술과 문화, 뛰어난 마력을 가진 무언가로부터 만들어진 아이템이 도입된 것인가? 그렇지 않으면 특별한 천재가 만들어낸 아이템일까. 역시 그러한 강력한 아이템에는 평범하지 않은, 매우 이질적인 배경 이야기가 어울린다.

여기까지는 무기나 방어구를 중심으로 생각했지만, 특별한 아이템으로 무기나 방어구만 있는 것은 아니다. 일상생활, 여행, 상처 치료, 국가 통치, 문화 보급 등을 편리하게 해주는 아이템도 있다. 다음과 같은 예가 떠오른다.

· 하늘을 나는 양탄자나 빗자루.
· 아무리 많은 물건도 얼마든지 넣을 수 있는 가방.
· 물과 식량이 계속 생성되는 용기.
· 모든 상처나 병을 치료할 수 있는 약물.
· 멀리 떨어진 사람과 대화할 수 있게 하는 부적.

무기나 방어구뿐만 아니라 다른 아이템에 관해서도 적당한 아이디어가 떠오르지 않는다면 각종 신화와 SF 창작물을 참고하자. 특히 이야기의 중심이 되는 아이템들은 신화에 나올 정도로 무지막지한 위력이나 효과를 가진 것이 어울린다.

◆ 앞선 기술에 의한 아이템

마지막으로, 중세 기술 수준을 넘어선 아이템에 대해 이야기하고 싶다. 최근에는 판타지 세계에서 화약(또는 이와 유사한 것)을 폭발시켜 탄환을 날리는 무기, 즉 총이나 대포가 등장하는 일이 적지 않다. 판타지 세계에서 이색적인 총잡이가 드래곤과 싸우는 모습이 매우 매력적인 느낌을 주겠지만 주의가 필요하다. 실제 인간 역사에서는 총이 보급되면서 전장의 주역이 기사에서 총을 사용하는 병사로 바뀌어 기사가 몰락했기 때문이다. 총이 너무 많이 보급되면 중세적인 세계는 막을 내리게 된다.

따라서 총을 만드는 기술이나 화약 같은 필수 재료가 아직 부족하다거나 정치적, 종교적 이유 등으로 제한된다고 설정하는 경우가 많다. 물론, 중세가 끝나가는 상황을 이야기로 그려내는 것도 좋은 방법이다. 아니면 차라리 기술이 전반적으로 중세 수준을 넘어섰다고 하면 어떨까. 그 세계만의 요소(마법)와 과학 등이 결합함으로써 근세, 현대, 근미래 수준의 기술을 획득하는 것이다. 대표적인 예가 게임 〈파이널 판타지〉 시리즈로, 이 책에서도 예제로 '비석 문명 세계'를 소개했다.

마법의 힘으로 움직이는 컴퓨터, 강화복, 로봇 병기, 비행선 등에 독특한 매력을 느끼는 사람은 분명히 적지 않을 것이다.

의학과 의료

◈ 역사 속 의학

중세 유럽의 의학을 거슬러 올라가면 그리스 히포크라테스에 이르게 된다. 의술의 신 아스클레피오스의 후예인 그의 이름은 오늘날에도 환자를 생각해야 한다는 의사의 윤리를 강조한 '히포크라테스 선서'에 남아 있다. 히포크라테스는 혈액을 비롯한 체액을 중시했으며, 환자의 자기 치유 능력을 도와주는 일이 의학이라고 생각했다.

그리스의 의학은 많은 다른 문화와 마찬가지로 로마에 계승되었고, 중세 유럽에서는 교회가 그것을 계승했다. 종파에 따라 적극적으로 의료 활동에 종사하는 곳도 있었지만, 영혼의 구제를 우선시하는 기독교에서는 육체 치료에 적극적으로 나서지는 않았던 듯하다.

중세에는 사회적 약자나 여행자 등이 쉴 수 있는 자선 시설이 생겼는데, 여기에 오늘날 병원의 의미로 사용하는 '호스피털hospital'이라는 명칭이 붙어 있었다. 이와는 별도로 위험한 질병 감염자를 마을 바깥에 격리하는 시설도 탄생했다.

의사에게 면허가 필요하다는 발상도 중세에 생겨났다. 휴양지로 유명한 이탈리아 살레르노라는 도시에 아라비아를 비롯한 여러 민족의 의사가 모여서 학교가 세워졌는데, 그 속에서 면허에 대한 필요성도 제기된 것이다.

연금술의 성과도 의학 발전에 이바지했다. 연금술사로 알려진 파라켈수스는 본래 고명한 의사였으며, 기존의 체액을 중시하는 설과 대립하며 광물을 약으로 먹기 시작했다고 한다.

외과적 수술로는 나쁜 피를 빼내어 건강하게 만드는(체액 중시설에서 나온 개념이다) 사혈 요법 이외에도 몸의 상처를 치료하거나, 종양을 제거하기도 했다. 이것은 전문 의사뿐만 아니라 이발사의 일이기도 했다.

◈ 판타지 세계 의학

지금까지 실제 중세 유럽의 의학 상황을 살펴봤다. 판타지 세계라면 상황이 어떻게 바뀔까?

기독교 교회처럼 의학을 독점하는 집단이 없었다면 의학은 좀 더 빨리 발전했을지도 모른다. 반대로 교회가 그리스와 로마의 의학을 계승하지 않았다면 더 심각한 형태로 소실되었을 가능성도 있다.

판타지 세계의 의학에서 주목해야 할 점은 치료 마법과의 관계다. 순식간에 상처나 병을 치료하는 마법이 존재하는 세계에서 의학은 과연 진보할 수 있을까? 어쨌든 마법이라면 현대 의학으로는 치료가 불가능한 문제를 순식간에 고쳐버린다. 마법을 누구나, 얼마든지 사용할 수 있다면 본래는 의학에 뜻을 두었을 젊은이도, 의사가 필요한 환자도 모두 마법사를 찾게 될 것이다. 그런 세계라면 병에 걸리지 않게 평소에 건강을 관리하는 양생법 이외에는 의학이 필요 없을지도 모른다.

하지만 많은 세계에서 마법이 완벽한 것은 아니다. 마법사 수가 적거나 마법을 위해 집중력, 체력, 촉매 등의 대가가 필요할 수도 있다. 이런 조건 때문에 많은 사람을 치료할 수 없다면 당연히 의사가 활약할 기회가 주어진다. 이럴 경우에 일반적인 상처나 병은 의사가 담당하고, 지나치게 중증이거나 의사의 힘으로는 어쩔 도리가 없는 상황(손발을 잃은 환자에게 의사가 할 만한 치료는 거의 없다)에는 마법사가 등장한다. 또는 치료 마법을 쓸 수 있는 의사(의술도 배운 마법사)가 상황에 따라 의술과 마법을 적재적소에 사용하는 일도 가능하지 않을까.

또한 의학이 싸워야 할 상대로 전염병이 있다. 중세 유럽에서도 종종 흑사병(페스트)이 유행했는데, 일설에는 인구가 절반으로 줄었다고 한다. 그 세계에 전염병이 유행할 때, 의사는 무엇을 할 수 있는가? 뭔가 특별한 치료법이 계승되거나, 의사가 가장 먼저 감염되어 쓰러져버릴지도 모른다.

문화와 전승

♦ 중세풍 세계의 오락

현대에는 문화와 오락이 매우 발달했다. 단순히 축적된 기술과 지식 때문만이 아니다. 인간 사회가 거대해졌고, 삶을 겨우 이어가면서 내일 먹을 쌀을 걱정하지 않아도 될 정도로 생활이 여유로워졌기에 가능했다. 이런 여유 덕분에 문화에도 돈과 시간을 할애할 수 있게 되었다. 한편 중세의 어려운 생활 속에서도 문화는 태어났다. 여기에서는 이야기에 나올 법한 문화 중심으로 소개해보겠다.

우선 오락적 측면에서 생각해보자. 보드(판) 위에서 말이나 표식을 움직이는 보드게임의 역사는 오래되었는데, 기원전 3500년 유적에서 세계에서 가장 오래된 보드게임이 발굴되기도 했다. 유럽의 대표적인 보드게임으로는 체스가 있다. 체스의 기원인 인도 게임 차투랑가가 페르시아와 아라비아를 거쳐서 동로마 제국(비잔틴 제국)을 통해 유럽에 들어온 것은 대략 9~10세기 무렵이다. 영어로 체스chess, 독일어로 샤흐schach, 프랑스어로 에셰크échecs인데, 그 어원은 페르시아어로 샤shah, 즉 왕을 의미한다. 체스는 왕후 귀족의 놀이로서 전략·전술적인 안목을 기르는 훈련으로 활용되며 중세에 널리 퍼져나갔다. 그리고 15세기에 이르러 현재의 규칙이 완성됐다.

덧붙여 마찬가지로 차투랑가가 그 뿌리로 여겨지는 장기와 중국에서 독자적으로 만들었다는 바둑은 중국에서 시작해 동양권으로 퍼져나갔다(중국, 한국, 일본의 장기는 게임 방식이 조금 다르다–옮긴이 주). 여러분이 만드는 판타지 세계에도 바둑, 장기, 체스와 비슷한 게임이 있고, 귀족과 기사가 전술 훈련이나 심심풀이 목적으로 가지고 노는 모습도 충분히 있을 법한 광경이다.

좀 더 서민이 쉽게 접할 수 있는 놀이로는 카드가 있다. 흔히 '트럼프'라고 부르며, 52장이 한 세트인 카드를 사용한 각종 게임이다. 사실 '트럼프'라는 명칭은 일본에서 나왔다. '으뜸 패'를 뜻하는 영단어 트럼프trump가 카드 자체의 이름이 되어버린 것이다(본래는 '플레잉 카드playing card, 놀이 카드'라고 부른다–옮긴이 주).

카드 게임이 어디에서 탄생했는지는 알 수 없다. 중국일 수도 있고, 인도 또는 이집트라고도 하는데, 어느 쪽이건 동양에서 생겨나 11~13세기에 유럽에 도입된 것은 분명한 사실인 듯하다. 이를 전한 것은 로마족(집시)이라고도 하고, 이슬람교도 또는 십자군이라고도 한다.

단, 초창기에는 현재 우리가 아는 트럼프와는 다른 모습이었다. 이른바 '타로'야말로 그 당시의 모습이다. 다양한 의미와 그림을 담은 22장의 카드와 트럼프의 원형이 된 56장의 카드로 구성되어 있는데, 그것은 초기의 타로인 동시에 카드 게임이기도 했다. 56장의 카드(소小아르카나라고 부른다)는 트럼프처럼 4종류로 나뉜다. 왕후 귀족을 상징하는 검, 농민을 상징하는 곤봉, 종교인을 상징하는 성배, 상인을 상징하는 금화로, 사회 구조를 그림에 담았다. 이것이 나중에 스페이드, 클로버, 하트, 다이아몬드가 된다.

여러분이 만든 세계에 독자적인 카드 게임을 도입하고자 한다면 이것을 참고하면 좋다. 무늬를 지수화풍 4대 원소로 할 것인가. 아니면 사회 구조를 상징하는 다른 그림이 비교적 무난할까?

타로에서 카드로 바뀌고, 인쇄 기술이 발달함에 따라 대량 생산이 가능해지면서 카드 게임이 보편화되어 서민의 놀이가 된 것은 15세기 이후였다. 하지만 여러분의 세계에서는 이런 내용을 조금 바꾸어도 상관없다. 술집에서 사람들이 술을 마시며 카드 게임을 하고, 도박에 열중하는 모습은 서부극 같은 느낌도 있어서 분위기를 고조시키기에 좋다.

아무런 도구도 필요 없는 놀이로는 '가위바위보'가 있다. 주먹을 쥔 바위, 두 개의 손가락을 내민 가위, 다섯 손가락을 펼친 보, 이렇게 세 종류다. 서로 이기고 지는 관계가 설정되어 있으며, 두 사람 이상이 각각 손을 내밀어 승부를 낸다. 이 놀이는 동양 각지에서 행해지며, 본래는 중국에서 시작된 것으로 보인다. 가위바위보를 포함하여 두 사람이 구호를 외치면서 손가락 모양으로 승부를 내는 게임을 통칭해 일본에서는 '겐拳, 권'이라고 부른다.

◆ 음악과 문학

음악은 예로부터 사람을 즐겁게 했으며, 종교와 떼려야 뗄 수 없는 관계다. 열광적인 분위기나 장엄한 느낌을 연출하기 위해 종교 음악이 크게 발전했으며, 중세 유럽에서도 교회는 대체로 음악에 대해서 관용적이었다.

그러나 이처럼 딱딱한 음악만 있는 것은 아니었다. 좀 더 세속적인, 악기를 연주하면서 시를 노래하는 음악도 많이 등장했다. 이러한 문화를 담당했던 음유 시인은 하급 성직자나 학생, 기사 계급과 같은 주로 학식을 갖춘 사람이 대부분이었지만, 판타지 세계라면 좀 더 일찍부터 평민들이 음악에 뛰어들어도 괜찮지 않을까.

중세 시대에 친숙한 악기라면 현악기인 류트가 있다. 기타와 비슷하지만, 이쪽이 훨씬 역사가 길다. 건반 악기인 피아노는 아직 발명되기 전이지만, 공기의 힘으로 연주하는 오르간은 오래전부터 있었다. 처음에는 궁정에서 사용되었지만, 14~15세기 무렵에는 건물에 붙이는 방식으로 만든 오르간이 교회를 중심으로 사용되면서 종교 음악에서 빠질 수 없는 존재가 되었다. 그 밖에도 피리나 북 같은 악기도 있다.

한편 전문가가 부르는 노래와는 별도로, 사람들이 계속 부르면서 전해지는 민간의 노래도 있었다. 예를 들면, 일할 때 부르는 노동가가 있었는데, 집중력을 높이고 기분을 고조시키며 여러 명이 함께 작업할 때 박자를 맞추는 효과도 있었던 듯하다.

음유 시인이 노래한 이야기, 즉 문학과 구전 설화도 많은 사람을 매료해온 문화다. 종교적인 이야기, 전쟁과 무훈을 그린 이야기, 그리고 왕에 대한 충성과 로망스풍 기사도 이야기 등이 널리 인기를 끌었다.

이와는 별도로 주로 서민들 사이에서 구전되어온 민화와 동화도 빼놓을 수 없다. 「백설 공주」, 「빨간 망토」, 「헨젤과 그레텔」 등이 대표적인 사례다. 이러한 작품들은 신화의 잔향이면서 사람들이 자신이 목격한 불가사의한 현상이나 불만과 욕망을 당시 이야기로 표현한 것이기도 하지만, 한편으로 교훈적이고 우화적인 요소도 있었다. 이야기의 형태를 빌려서 아이들이 배워야 할 지식과 따라야 할 사회적 규범 등을 전한 것이다. 또는 아이들이 순수하게 말하는 이야기나 노래 안에 도시의 비밀이 담겨 있을지도?

◈ 판타지 세계의 문화

판타지 세계에서는 조건에 따라 또 다른 문화가 탄생할 수 있다. 음성이나 영상을 매체에 담는 마법이 있다면 음악과 연극 등이 금방 보급될 수 있다. 모든 사람이 재생 기기를 하나씩 보유하고 있다면 조금 지나치겠지만, 라디오나 TV가 보급되던 초창기처럼 술집이나 광장 같은 사람이 모이는 장소에 놓인 마법 장치에서 음악과 영상이 흘러나오는 상황도 재미있지 않을까. 그 배경에는 현

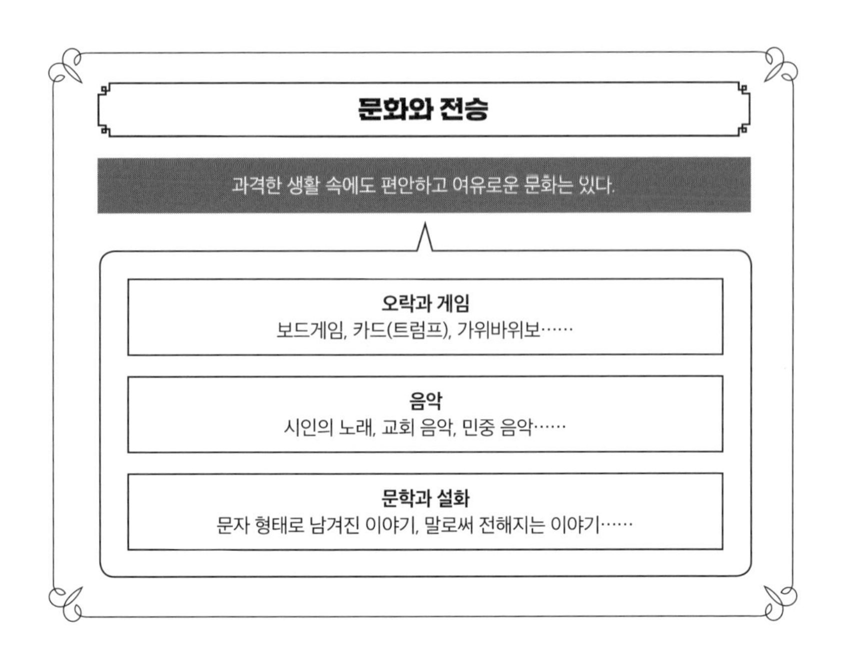

대 문화를 아는 이방인의 암약이 있을지도 모른다.

한편, 인간과는 다른 기관과 감각기를 가졌고, 감성도 다른 이종족의 문화는 어떤 것이 있을까. 이질적이지만 이해가 가능할 수도, 너무 이질적이어서 이해하기 어려울 수도 있다. 아예 인식조차 할 수 없는 상황도 벌어질 수 있다(열을 눈으로 볼 수 있는 종족이 온도 차이를 이용해 차가운 판에 손가락으로 그린 그림을 인간은 알아볼 도리가 없다).

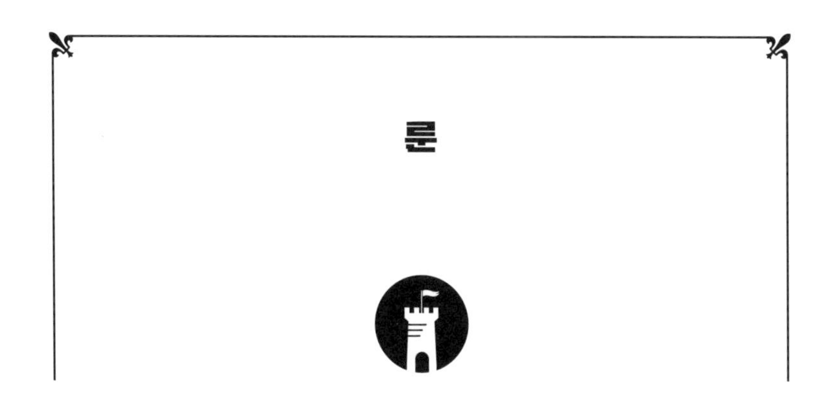

룬

◆ 역사 속 룬

룬rune은 무엇인가? 이것은 원래 '룬 문자'라고 해서 게르만계 민족이 사용하던 문자다('룬'이라는 단어 자체에 '문자'란 뜻도 있다-옮긴이 주). 시대와 장소에 따라 문자 수가 달랐는데, 가장 오래됐다고 알려진 24자로 구성된 게르만형이 대표적이다. 첫머리 글자를 따서 '푸사르크FUTHARK'라고도 한다.

룬 문자는 지금 우리가 사용하는 문자와는 달리, 일상적으로 사용하는 문자는 아니었다고 한다. 룬이라는 단어 자체에 '비밀'이라는 뜻이 담긴 것처럼 각각의 문자와 조합에 마법적인 힘이 있었다고 한다.

북유럽 신화의 주신 오딘도 스스로 나무에 매달려 창을 자신의 몸에 찌른 채 9일 밤을 지내는 자살적 수행 끝에 룬의 비술을 손에 넣었다고 한다. 그만큼 엄청난 힘을 가진 마법적인 문자, 그것이 북유럽 신화의 룬 문자였다. 따라서 룬 문자를 새긴 돌과 카드를 운명을 점치는 일에 사용했다.

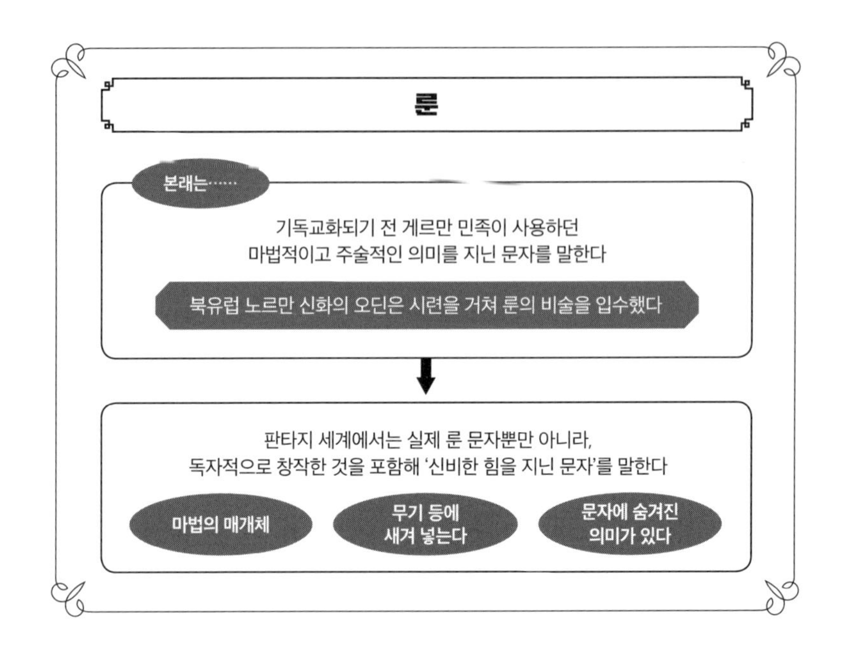

◈ 판타지 세계 룬

실제 룬 문자와 판타지 세계의 룬 문자는 조금 상황이 다르다. 실제 게르만계 민족의 문자인 룬에 얽매이지 않고 자신만의 독자적인 것을 포함하여 '힘이 담긴 문자'를 모두 '룬'으로 총칭하는 경우가 종종 있기 때문이다. 창작 작품에서는 점점 이런 의미로 사용되는 일이 많아지는 추세다.

덧붙여서 한자 역시 문자 하나하나에 소리뿐만 아니라 의미가 담겨 있어서 룬처럼 사용할 수 있다. 검과 마법의 판타지 세계에서 동양의 신비한 '한자 룬'을 사용한다면 꽤 매력적이지 않을까?

그럼 룬은 구체적으로 어떻게 사용될까? 우선 마법을 발동하는 매개로 종종 사용된다. 불꽃을 의미하는 룬을 바닥에 새기면 불길이 일어나고, 방패를 뜻하는 룬을 공중에 그려 적의 공격을 막아내며, 무기를 나타내는 룬이 적힌 카드를 위로 들면 즉시 무기로 변한다는 식이다. 또한 여러 문자를 결합하면 더 강력한 마법이 발동한다는 설정도 그럴듯하다.

문자를 새긴다는 것은 '그곳에 남는다'는 뜻이기도 하다. 신비한 문자이기 때문에 모호한 마법을 연출할 때 써먹기 좋다. 무기와 도구에 룬을 새겨 마법의 힘을 부여하거나, 벽이나 바닥에 즉흥적으로 룬을 새겨 일종의 함정처럼 사용해도 재미있다.

룬에 마법적인 힘이 없다고 해도 '감추어진 뜻을 가진 언어'라는 점만으로도 충분히 의미가 있다. 사랑이나 살의 같은 중요한 마음을 몰래 룬에 담아두거나, 신체에 룬 문신을 새겨서 자신의 상황이나 목적을 잊지 않도록 하는 등 여러 가지로 응용할 수 있다.

이종족
(다른 종족)

◈ 다양한 '사람'들

판타지 세계에서는 '사람'을 우리 같은 '인간'만으로 제한하지 않는다. 세계에 따라서 인간과 다르지만 사람 범주에 드는 종족이 있다. 이전에는 '아인亞人'이나 '아인종'이라고도 불렸지만, 조금 차별적인 느낌이 있어서인지 최근에는 별로 사용되지 않는다.

이종족의 대략적인 정의는 다음과 같다.

- 대략적인 외형은 인간과 비슷하다. → 극단적으로 크거나 작거나, 때로는 전혀 닮지 않은 경우도 있다.
- 인간처럼 사회를 형성하는 경우가 많다. → 사회의 모습과 가치관은 다양하다.
- 일반적으로 인간과 대화를 나눌 수 있다. → 반드시 말을 할 수 있는 것은 아니다. 빛, 소리, 진동 같은 수단을 사용하기도 한다.

이처럼 이종족의 모습은 다양하다. 인간과 적대적인 괴물(몬스터)과 동일시하기도 하지만, 어디까지나 다른 종족으로서 인식하기도 한다. '사람'에 관해 명확하게 정의하는(신화적인 뿌리가 같다는 등) 작품도 있지만, 모호한 경우도 있다. 이러한 점은 자유롭게 생각하도록 한다.

이른바 판타지 이야기에서 이종족의 대표 주자로는 톨킨이 『반지의 제왕』에서 만들어낸 엘프와 드워프가 있다. 모두 유럽의 전설을 바탕으로 하지만, 지금 우리가 아는 두 종족의 이미지는 톨킨에 의해 완성되었다고 할 수 있다. 다만, 이후에 나온 엘프와 드워프가 모두 『반지의 제왕』 속 모습 그대로인 것은 아니며, 시대와 작품에 따라 변화했다. 한 가지 예로 엘프의 상징으로서 유명한 '당나귀처럼 긴 귀'는 미즈노 료의 소설 『로도스도 전기』의 삽화에서 처음으로 등장했다고 한다. 지금부터 대표적인 이종족의 개요를 소개할 텐데, 어디까지나 사례로서 참고하기를 바란다.

보통 엘프는 숲에 살며 활을 잘 쏜다. 인간보다 지능이 뛰어난 경우도 종종 있다. 수려한 외모에 긴 귀를 가졌으며 수명이 길다는 이미지가 일반적이다.

드워프는 비교적 키가 작지만, 다부진 체격을 가졌다. 대부분 수염이 풍성한 모습으로 등장한다. 도끼를 잘 다루는 데다, 손재주가 뛰어나서 대장장이 같은 장인으로 유명하다. 주로 지하에 산다.

『반지의 제왕』의 호빗을 참고해서 만든 소형 종족도 여러 작품에서 볼 수 있다. 어른이 되어도 키와 외모는 인간 아이 정도지만, 매우 민첩하고 약삭빠르므로 방심해서는 안 된다.

추악한 모습을 한 작은 괴물인 고블린이나 개의 얼굴을 한 코볼트, 돼지머리를 한 오크 등은 인간에게 적대적인 이종족의 대표로서 등장한다(돼지머리의 오크는 보통 일본 작품에 자주 나오며, 『반지의 제왕』이나 〈워크래프트〉 속 모습은 완전히 다르다-옮긴이 주). 이들은 보통 약한 적으로 설정되지만, 번식력과 특수 능력으로 종종 다른 종족을 위협한다. 혼자서도 인간보다 강한 힘을 발휘할 수 있다.

그 밖에도 등에 날개가 달린 '배트맨' 같은 종족이나, 직립 보행을 하는 도마뱀 형상의 '리저드 맨', 동물의 귀나 꼬리 등이 달린 '수인' 등도 비교적 흔하게 볼 수 있는 종족이다.

반복하지만 여기에서 소개한 것은 어디까지나 대략적인 이미지이며 한 가지 사례에 불과하다. 요즘 판타지 작품 속 엘프나 드워프의 모습이 『반지의 제왕』과 비슷한 면도 있지만, 다른 점도 많다. 그러니 여러분이 창작하는 세계에 나오는 엘프나 드워프가 그 세계만의 특성을 띠어도 전혀 문제없다.

다만 완전히 다르게 만든다면 굳이 엘프나 드워프라고 부를 필요도 없고, 독자도 당황할 수 있다. 그러니 같은 명칭을 사용하고 싶다면 큰 틀에서는 본래의 느낌을 이어가자. 완전히 다른 종족으로 만들고 싶다면 어울리는 이름을 새롭게 붙인다. 조금 이미지를 바꾸고 싶다면 엘프를 '숲 사람'이라고 부르는 것도 효과적이다.

◈ 이종족의 생활을 생각해보자

모처럼 이종족을 설정했는데 뭔가 조금 다르기는 하지만, 결국 인간과 비슷하다면 재미없다. 종족마다 특수 능력이 있고, 전문 분야와 약한 분야가 있으며, 성격과 성향, 생활 습관이 다르고, 역사와 문화가 있어야 한다. 그래야 '인종'이나 '민족'이 아닌 '이종족'이라는 현실에 없는 존재를 설정하는 의미가 생긴다.

그들의 생활을 생각하며 '이런 특징을 지녔는데, 도대체 어떤 이유로 이렇게 된 것일까'라든지, '이 특징은 그들의 문화와 성격에 어떤 영향을 미칠 것인가' 등을 탐구함으로써 이야기에 깊이가 더해진다. 예를 들어, 배트맨이나 수인 중에서도 조류 종족처럼 일단 날개가 있고 새를 연상케 하는 종족에 대해서 생각해보자. 그들은 무엇을 먹을까? 조류의 특징을 그대로 따른다면 곤충이나 풀 등이겠지만, 인간만 한 체구를 유지하기에는 조금 부족하지 않을까. 그렇다면 인간과 같은 생물을 먹는 것일까. 어쩌면 그 세계에는 그들이 먹을 수 있는 영양이 충분한 벌레가 존재할지도 모른다. 또한 배 안에 돌을 넣어 소화에 도움이 되도록 하는 조류처럼 이들 종족 또한 위에 돌을 넣어두는 습관이 있고, 중시하는 돌의 재질은 부족이나 취향에 따라 다르다는 식으로 설정하면 분위기가 살아날 것이다.

날개를 가진 종족이라면 아무래도 비행 능력을 기대하지만, 물리적으로 생각할 때 이른바 천사의 날개 같은 두 날개로 인간 크기의 물체가 하늘을 날기는 어렵다. 조류가 하늘을 날 수 있는 것은 뛰어난 근력과 가벼운 무게 덕분으로, 인간만 한 물체가 자유롭게 하늘을 나는 일은 아무래도 어렵다.

그래도 하늘을 날게 만들고 싶다면 날개에 마법의 힘이 깃들어 있다는 설정이 가장 간단하지만, 재미없게 느껴질 수도 있다. 그래서 날개 모양을 합리적인 형태로 바꾸거나, 어디까지나 활강에 사용하는 날개로서 날갯짓으로 하늘을 날지는 못한다고 이유를 붙여보면 어떨까?

◆ 현실의 이모저모를 적용해보자

이종족을 이야기에 등장시키면 현실의 민족 문제나 국가 간 인연 등의 문제를 이종족에 적용해서 그려낼 수 있다는 장점도 있다. 예를 들면, 기독교와 이슬람교의 오랜 대립이나, 대항해 시대의 각 식민지 또는 로마나 중국의 장안처럼 다양한 민족이 모이는 다국적 국가의 이야기를 그릴 수 있다.

인간 사이에서 벌어진 일로 그려내기에는 너무 잔인한 이야기도 이종족을 통해서 연출함으로써 오락성을 강조할 수 있다. 또한 다민족 문화를 다종족 문화로 그려서 그 특징과 느낌을 강화하고 알기 쉽게 극적인 전개를 연출하는 일도 가능하다.

심각한 주제가 아니더라도 허구의 종족에 현실의 민족을 대입하는 일은 충분히 가능하다. 기독교도로부터 차별받았지만, 그 덕분에 오히려 기독교도들에겐 허용되지 않은 금융 관련 업무 등 돈벌이가 되는 직업을 얻은 유대인이나 예능을 점령한 로마족, 각지에 중국인 거리를 만들어 화교로서 큰 힘을 가진 중국인, 사람과 물건이 오가는 실크로드가 다다르는 동쪽 끝 섬에서 독자적인 문화를 발달시킨 일본인, 바이킹으로서 다른 지역에 진출한 북유럽인 등. 이런 이미지를 이종족에 대입한다면 개성적인 캐릭터들을 등장시킬 수 있다.

요정

◈ 아름다운 요정, 추한 요정

요정이라는 말을 들었을 때, 여러분은 어떤 존재를 상상하는가? 벌레의 날개가 돋아난 아름답고 작은 소녀? 분명히 그런 모습의 요정도 판타지 작품에 종종 등장한다. 픽시pixie나 페어리fairy라고 불리는 것들이 그러하다. 하지만 요정이라고 해서 이처럼 아름다운 존재만 있는 것은 아니다. 오히려 디즈니 같은 대중문화 작품을 통해서 아름다운 요정의 이미지가 늘어나기 전에는 추한 모습의 요정이 일반적이었다.

총괄하면 초자연적인 존재 일반을 요정이라고 칭하는 경우가 많았으며, 우리 식으로 말하면 도깨비나 괴물에 가깝다. 켈트 신화의 신들인 다난신족(투어허 데 다난Tuatha Dé Danann)이 믿음을 잃고 몸도 작아져 이윽고 요정이 되었다는 이야기가 있는데, 괴물들이 오랜 신들이 타락한 모습이라는 설과 통하는 부분이 있다. 여러분이 만든 세계 한구석에 자리한 숲에 조용히 숨어 있는 요정들도 본래는 위대한 힘을 가진 신들이거나 그 일족이었는지도 모른다. 또한 엘프와 드워프처럼 판타지 이야기에서 이종족으로 알려진 것들도 원래는 각지에서 요정으로 전해지던 존재를 바탕으로 만든 경우가 많다.

요정 중에서도 신처럼 장엄함을 남긴 존재가 있다. 셰익스피어의 『한여름 밤의 꿈』에 나온 요정 나라의 왕 오베론과 여왕 티타니아는 원래 유럽의 요정 전설에 등장하는 존재다. 여러분의 판타지 세계에도 요정의 나라와 요정만이 사는 세계가 있다면 오베론이나 티타니아, 또는 이와 비슷한 통치자가 있을지도 모른다.

신화에 나오는 요정은 아름답고 신비로운 존재가 많다. 그리스 신화의 님프 등이 대표적이며 자연을 상징하고 자유분방한 사랑을 나누는 소녀들이다.

◈ 다양한 요정들

요정은 일반적으로 장난을 좋아하고 친절한 면도 있지만, 한편으로는 사람들에게 지나치게 큰 피해를 주기도 한다. 장인이 잠든 사이에 요정이 일을 끝내버리거나, 요정이 아이를 바꿔치기하는 바람에 그 공동체에서 생겨날 수 없는 아이(체인질링changeling)가 태어나버리는 이야기도 있다.

다만 다른 관점에서 생각해보면 이러한 요정의 장난 이야기는 자신의 실패를 감추거나, 격세 유전이나 불륜으로 태어난 이질적인 아이를 어떻게든 변명하려는 인간들의 노력에서 나온 결과물일지도 모른다. 따라서 뭐든지 자기들 탓으로 돌리는 인간의 행태에 분노한 요정들이 습격해올 수도 있다.

요정으로서 전해지는 한편, 판타지 세계에서는 괴물(몬스터)로 묘사되는 경우도 종종 있다. 못생기고 거대한 괴물 트롤troll은 본래 북유럽 전설에 나오는 요정이다.

죽음을 예언하고 통곡하는 여성 요정 밴시banshee는 본래의 전설에서는 인간에게 악의를 지닌 존재가 아니다. 죽을 운명을 지닌 자의 옷을 깨끗하게 세탁해주거나, 조언을 해주거나, 몰래 다가가서 유방을 빨면 양자가 되어서 힘을 빌릴 수 있다고 한다. 무엇보다 밴시는 임신과 출산으로 죽은 여자들이 변한 존재라는 전설이 있는데, 그녀는 어디까지나 죽음을 맞이하는 이들이 안타까워서 슬퍼하는 것일지도 모른다.

머리 없는 기사 듀라한dullahan도 본래는 죽음을 알리는 요정이다. 자신과 마찬가지로 목 없는 말이 끄는 마차를 타고 거리를 돌아다니는데, 그가 도착한 집에 사는 사람이 죽는다고 한다. 여성으로 묘사되는 일이 많다 보니 영웅을 저승으로 데려가는 발키리와의 관련성도 제기된다.

그 밖에도 잡으면 황금이 있는 장소를 알려주는 빨간 모자를 쓴 명랑한 난쟁이 레프러콘leprechaun, 나무의 요정인 드라이어드dryad, 러시아 민간 신앙에 등장하는 주부의 좋은 친구인 키키모라kikimora 등 다양한 요정이 각지의 이야기에 등장한다.

신들

◆ 신의 정의와 신앙

그 세계에서 말하는 '신'은 어떤 것일까? 역사 속에서 신은 믿음의 대상으로, 특히 인격을 갖췄으며 고유의 이름을 가지고 개성이 뚜렷한 존재다. 이러한 기준으로 생각할 때, 단지 불타는 화염이나 하늘에서 빛나고 있을 뿐인 태양은 신앙의 대상이 될 수는 있어도 신이라고는 할 수 없다.

참고로 신으로 여겨지는 부처(붓다)는 '눈을 뜬 자'라는 뜻으로, 깨달음을 얻은 사람을 말한다. 종종 불교의 창시자인 석가모니를 가리키기도 하지만, 일단 깨달음을 얻은 사람이라면 부처로 불리는 경우도 있는 듯하다.

판타지 세계에서는 '신'을 다르게 정의해보면 어떨까. 신이 실재하는지 확신할 수 없는 현실 세계와 달리, 실재한다는 것을 모두가 인지하는 세계라면 당연히 신에 대한 다른 정의가 필요하다. 예를 들어 다음과 같이 생각할 수 있다.

· 사람의 신앙을 힘(권능)으로 바꾸는 존재.

· 신들이 사는 세계의 주인.

· 우주에서 최초로 생겨난 존재.

· 특별한 음식을 먹는 등 조건을 채운 존재.

· 육체가 없는 정신 생명체.

· 불로불사.

이러한 조건을 하나라도 충족한다면 신이라고 부를 수도 있겠지만, 다양한 조건을 충족해야 하는 상황도 있다. 예를 들어, 불로불사의 존재는 여럿이지만, 신앙심을 거두어들이지 못한다면 신이라고 부를 수 없다는 식이다. 특히 '신앙'이라는 점이 중요한데, 많은 사람에게 신이란 신앙하는 존재이며, 신의 모습과 사람들의 믿음이 밀접한 관계가 있어야 확 와닿기 때문이다.

누군가의 신앙심을 얻어야만 신이라고 불린다는 것은, 반대로 말하면 그를 따르는 신자가 없다면 신이 아니라는 말이다. 자신을 따르는 백성을 모두 잃거나, 백성은 있지만 그들이 자신이 아닌 다른 신을 믿게 되었을 때, 그 신은 어떻게 될까? 신의 권능을 잃고 인간이 되어버리는가. 원래 자신의 존재를 유지할 수 없어 사라지는가. 신도 인간도 아닌, 요정이나 요괴, 정령에 가까운 존재가 될지도 모른다. 일본의 민속학자인 야나기타 구니오는 일본의 요괴는 오래된 신이 몰락한 모습이라고 했다.

물론 신을 사람들의 신앙과는 거리가 먼 일종의 초인으로 설정하는 것도 창작자의 자유다. 신자들이 자신을 숭배하고, 기도하며, 멋대로 소원을 비는 모습을 보면서 그는 무슨 생각을 할까?

◆ 신의 상징, 신의 변천

신은 개성을 지닌 존재다. 성격과 목적, 과거의 역사가 있고, 양보할 수 없는 신념과 사랑하는 가족, 증오하는 적이 있으며, 전문 분야와 취약한 분야가 있다. 타고난 신도 있지만, 인간이나 동물이 신으로 변하기도 한다. 자신을 상징하는 무기와 도구를 가지는 이들도 많다.

특히 여러 신이 어깨를 나란히 하는 종교에서 말하는 신은 대부분 무언가를 상징하거나 수호하는 경우가 많다. 그것은 신의 개성이나 성격, 신화와 강하게 연관되어 있다.

- 자연(하늘, 땅, 바다, 태양, 달, 별, 숲, 강, 산, 사막, 광야 등)
- 기상(맑은 날, 비, 천둥, 눈보라, 태풍, 폭풍 등)
- 감정(희로애락, 애정, 질투, 증오 등)
- 동물(늑대, 곰, 호랑이, 사자, 말, 개, 고양이, 새 등)
- 직업이나 신분(전사, 마법사, 도적, 왕과 귀족, 사냥꾼, 농민, 상인, 여행자, 예술가, 각 이종족 등)
- 개념(전쟁, 평화, 계약, 지식 등)

이러한 상징은 하나의 신이 여러 가지를 동시에 지닐 수도 있다. 대개는 각 요소가 서로 관계를 맺게 된다(분노에 의해 싸우는 전사의 수호신이자, 용맹한 사자를 상징하는 등).

또한 시대가 변화하면서 상징과 수호의 대상이 바뀌거나 그 수가 더 늘어나는 일도 종종 벌어진다. 예전에는 거친 전사의 수호신이었지만, 그 전사들이 전쟁에서 승리해 귀족으로서 나라를 다스림으로써 군사력에 의해 나라를 다스리는 통치의 신이 되는 상황도 충분히 있을 법하다. 아니면, 행운의 신으로 숭배되다 보니 상인, 도박꾼, 선원 등 행운을 바라는 사람들의 수호신으로 여겨지게 되었다는 설정은 어떨까.

하나의 거대한 종교가 세력을 확대하면서 적대 세력과 새로 지배하에 들어온 세력이 섬기는 신을 마신이나 악신, 악마와 같은 왜곡된 형태로 받아들이는 일도 종종 벌어진다. 기독교의 악마인 바알과 아스타로트 등이 대표적인 사례다.

또한, 여러 신이 하나로 통합되기도 한다. 그리스 신화에는 크로노스라는 신이 있다. 그는 하늘의 신이자 주신인 우라노스의 자식으로 태어나 아버지를 물리치고 주신 자리를 빼앗았다. 하지만 그 역시 자신의 아들인 번개의 신 제우스에게 패배하여 신화에서 퇴장했다. 그런데 그리스 신화에는 크로노스라는 이름의 또 다른 신이 있다. 이 크로노스는 시간을 담당하는데, 때때로 둘을 혼동하여 '크로노스는 제우스의 아버지이자 시간 신 아니야?'라는 오해를 받곤 한다. 이처럼 어떠한 사정으로 여러 신의 일화와 특징이 뒤섞인 존재도 꽤 재미있지 않을까?

만약 그 세계의 신이 사람들의 신앙과 관계없이 생겨났거나 그다지 영향을 받지 않는 존재라면 신앙이 변화해도 신은 변함없이 존재한다. 그래서 신을 섬기는 신관이 신앙 대상인 신을 만났을 때, 자신의 생각과는 전혀 다른 성격을 가지고 있어 깜짝 놀라는 상황도 벌어질 수 있다.

반면, 신앙에 영향을 받는 신은 그 본질 자체가 바뀌는 경우도 있다. 작은 나라에서 신봉되었던 소박하고 선한 신이 거대한 제국의 신앙에 편입되면서 악신으로 바뀌어버리는 상황도 일어날 수 있다. 그리하여 선한 신과 악한 신으로 나뉘거나, 선한 측면이 인간으로 환생하여 악한 부분이 남은 자신과 싸우기 위해 모험에 나서거나(귀종유리담貴種流離譚) 하는 이야기도 재미있겠다.

또한, 여러 상징을 가진 신 중에는 각각의 상징마다 분신을 가진 존재도 있다. 예를 들어, 인도 신화에 등장하는 시바의 왕비 파르바티는 전쟁의 여신 두르가라는 또 다른 얼굴을 가지고 있다. 너무 상반되는 상징이 공존해서 그때마다 다른 모습을 드러낸다는 설정이 그럴듯하게 느껴진다.

◈ 신은 지금 어디에서 무엇을 하는가?

그런데 그러한 신들은 이야기 속에서 현재 뭘 하고 있을까? 당당하게 지상에서 사람들을 지배하는가. 신의 세계에서 인간을 지켜보는가. 지켜보면서 때때로 참견하는가. 아니면 떠난 뒤 더 이상 돌아오지 않고 사념만이 남아 있는가. 어딘가에 봉인되었거나 모습을 바꾸어 지상과 지하 등에 존재하는가. 이런 식으로 여러분의 세계에서 신이 서 있을 곳을 결정하면 된다.

천사

◈ 신에게 봉사하는 이들

'천사'는 신의 사자다. 특히 기독교에서 말하는 '등에 흰색 날개가 달린 인간'의 이미지가 강한데, 실제로는 다양한 신화와 이야기에서 천사라고 부를 만한 존재들이 나온다. 그중 북유럽 신화에 나오는 발키리가 유명하다. 대신 오딘의 사자인 그들은 전장에서 용감하게 싸우다가 죽은 전사들을 발할라 궁전으로 데려간다. 전사들은 그곳에서 언젠가 찾아올 라그나뢰크에 대비한다. 만약 여러분의 세계에 북유럽 신화적 요소를 도입하고 있다면, 발키리가 천사의 일원으로 등장해도 이상하지 않다.

천사는 신의 지상 대리인이라고 할 수 있다. 기독교의 성경을 보면 주로 신의 말씀을 지상 사람들에게 전하는 전령이며, 『묵시록』에 나오는 '심판의 날'에는 일곱 천사가 나팔을 불어 일곱 가지 재난을 일으키고, 신의 진노가 가득 찬 일곱 개의 잔을 쏟아붓는 역할을 담당하고 있다. 천사는 신의 능력을 보관하고 그것을 대신 운용하는 존재라고 여겨도 좋다. 한편 개인, 지역, 직업 등을 수호하는 '수호천사'의 개념도 있다. 판타지 세계의 신관이나 마법사, 특수 능력자라면 자신의 수호천사와 마음을 통하게 함으로써 그 힘을 휘두를 수도 있다.

유럽적인 세계에서 벗어나 생각해보면 일본에도 '천인'이나 '천녀(선녀)' 같은 하늘에서 내려온 사람의 이야기가 전해진다. 「다케토리 이야기」에서는 하늘에 뜨는 달에 사는 가구야 공주가 한때 지상에서 생활하다가 하늘로 돌아간다. 그때 달에서 가구야 공주를 맞이하러 오는데, 그들 역시 천인이다.

또한, 각지에 전해지는 날개옷 설화에서는 하늘에서 내려온 천녀(선녀)가 지상과 하늘을 자유롭게 오갈 수 있는 도구인 날개옷을 잃어버려서 하늘로 돌아가지 못하는 상황이 그려진다. 이러한 내용을 여러분 세계의 천사 이야기에 넣어보면 어떨까.

◈ 천사는 '선'인가?

일반적으로 천사는 선하다는 인상이 있다. 사람 모습을 하고 있다 보니 인간과 같은 감정을 가지고, 인간의 상황과 노력을 이해하며, 상냥하게 지켜봐주는 존재로 인식하는 사람이 많지 않을까. 물론 천사를 그런 모습으로 그려도 좋다. 신이 주신 힘으로 약자를 보호하는 이상적인 수호자가 될 수 있다.

하지만 앞에서 소개했듯이 천사는 '신의 사자'다. 천사가 아무리 선한 마음을 가지고 있다고 해도 신이 내건 선함의 범주에서 벗어날 수 없다. 예를 들어, 착한 마음을 가진 사람이 신이 제시한 것과 다른 선한 행동을 하려 한다면, 천사는 그것을 용납하지 않을 것이다.

애초에 천사에 대해서 인간다움을 요구하는 것이 잘못됐다는 견해도 있다. 성경에 나오는 천사는 종종 괴이한 모습을 하고 있기 때문이다. 『에스겔서』에는 네 쪽 날개에 네 개의 얼굴(인간, 사자, 황소, 독수리)을 가진 천사 케루빔cherubim, 지품천사과 활활 타오르는 수레바퀴를 닮은 스론즈thrones, 좌품천사 등의 천사가 등장한다. 이들에게 인간적인 부드러움과 따뜻함을 요구하기란 어렵지 않을까.

그러다 보니 판타지 이야기에서는 오래전부터 천사를 인간미가 없는 일종의 로봇처럼 그려내곤 했다. SF 소설에서 로봇 병사가 명령을 확인하고 무미건조하면서도 잔혹하게 인간을 살해하는 모습을 천사에게 적용한 것이다.

다만, 적어도 기독교의 천사는 자유 의지가 없는 완전한 기계는 아니었던 듯하다. 천사의 우두머리인 루시퍼는 교만한 나머지 휘하의 천사들을 이끌고 신에게 반역했지만, 싸움에서 패하여 지옥에 떨어졌고 악마가 되었다. 사실은 천사에게도 인간을 닮은 마음이 있을까? 아니면 루시퍼 같은 상위 개체만이 특별한 것일까? 컴퓨터에 발생한 버그처럼 감정이 나중에 생겨났을까? 여러 가지 해석이 가능하다.

자, 여러분의 세계에 등장하는 천사는 자비로운 수호자인가, 아니면 신에게 충실한 기계인가. 신이 모습을 감춘 뒤, 마치 미아처럼 자신의 갈 길을 모색하는 천사도 이야기의 좋은 소재다.

악마

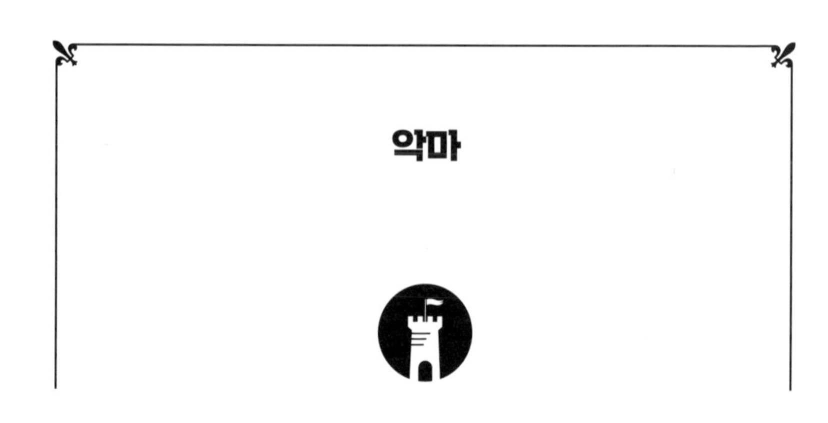

◆ 악마의 다양한 모습

악마는 악의 화신이다. 그러나 선함을 간단히 정의할 수 없듯이 악 또한 내부에 복잡한 요소를 지니고 있다. 악마의 모습은 다양하다. 그중 마녀가 숭배하는 악마로서 흑염소 머리를 한 인간 형상의 바포메트가 가장 유명하지만, 그 밖에도 쉽게 설명할 수 없는 모습의 악마가 있다. 비교적 흔한 특징으로는 뿔(염소 뿔이 자주 등장하지만, 그것만 있는 건 아니다)과 박쥐처럼 피막이 있는 날개를 들 수 있다.

악마의 유래는 다양한데, 크게 나누면 처음부터 악한 측면에서 태어나는 경우와 천사와 신처럼 선한 존재 옆에 있었다가 악마가 되는 경우가 있다. 특히 본래는 천사였던 이들을 '타락 천사'라고 부른다. 타락 천사는 일반적인 천사의 이미지와는 반대로 검은 깃털의 날개를 가진 이들도 많다. 그들은 과거의 자신에 대해 어떻게 생각할까. 신이나 천사였던 시절의 영광을 되찾고 싶을지도, 또는 이미 완전히 다른 존재가 되었으니 그리워하지 않을지도 모른다. 지금이 진정한 자기 모습이라고 생각하면서 과거를 혐오할 수도 있다.

유명한 악마로 솔로몬의 72 악마(마신)가 있다. 이스라엘의 전설적인 왕인 솔로몬이 지배하고 있던 악마들로, 그의 마법을 기록했다는 『게티아』에 그 명칭과 각각의 능력이 적혀 있다. 그 종류가 매우 다양해서 특수 능력을 생각할 때 요긴하다.

한편 인간이 저질러서는 안 되는 7가지 대죄(칠죄종)에 대응하는 악마가 있었다고도 전해진다. 오만의 루시퍼lucifer, 분노의 사탄satan, 질투의 리바이어던leviathan, 나태의 벨페고르belphegor, 탐욕의 마몬mammon, 폭식의 바알세불baalzeboul, 색욕의 아스모데우스asmodeus다. 이들은 악마 중에서도 강력한 존재로 여겨지며 '마왕' 등으로도 불린다. 가상의 판타지 세계에서도 악마와 캐릭터에 이들의 이름을 붙이는 사례가 많다.

◈ 유혹하고 미혹하는 존재

악마는 종종 '유혹하는 존재'로 여겨진다. 그리스도가 광야에서 수행할 때 악마인 사탄이 유혹했고, 붓다가 깨달음을 얻기 위해 수행할 때에도 욕망의 화신 마라가 유혹의 손길을 내밀었다. 또한 제육천에 사는 제육천 마왕과 그 부하인 천마들은 불교 승려들의 수행을 방해하는 존재로서 잘 알려져 있다.

악마는 왜 사람을 유혹할까. 자신과 대적하는 신을 괴롭히기 위해서라는 이유가 그럴듯하다. 특히 타락한 천사에게 신은 애증의 존재이기에 신을 섬기는 자들, 신의 마음에 드는 이들을 유혹하고 파멸시키면서 큰 기쁨을 느낄 것이 분명하다.

또는 더 확실한 이점이 있을지도 모른다. 악마의 유혹으로 타락하고 악에 치우친 영혼이 많을수록 악마에게 편한 세계가 되지는 않을까? 또는 그 영혼을 물리적, 정신적으로 잡아먹음으로써 힘을 강화하는 것일까? 악마가 계약을 통해 인간에게 힘을 빌려주는 대신에 영혼을 요구하는 이야기는 매우 흔하다.

악마는 인간에게는 없는 놀라운 힘을 지니고 있다. 단순히 사람을 해치거나 하늘을 날아다닐 뿐만 아니라, 인간의 욕망을 이루어줄 정도의 힘을 지닌 존재도 많다. 그것은 천사였던 시절의 흔적일 수도 있고, 혹은 그들이 거처하는 마계나 인간의 사악한 마음에서 솟아 나오는 에너지일지도 모른다.

악마는 매우 교활하므로 항상 경계해야 한다. 인간이 악마의 힘을 이용하려고 계약을 맺을 때, 악마가 계약서의 허점을 노리거나 모호한 문장을 확대해석하여 끔찍한 상황이 벌어지는 경우가 꽤 많다.

임프imp라고 불리는 작은 악마는 일반적으로 전투력이 대단치 않으며, 종종 마법사의 부하나 사역마로서 사용된다. 하지만 방심한다면 어떤 식으로 뒤통수를 맞을지 알 수 없다. 적이건, 아군이건, 악마를 상대할 때는 신중에 신중을 거듭해야 한다.

변신 종족

◈ 모습이 짐승으로 변한다

변신 종족은 말 그대로 '몸이 변하는' 종족이다. 늑대 인간(웨어울프werewolf)이 가장 유명하지만, 그 밖에도 호랑이 인간, 고양이 인간, 새 인간, 도마뱀 인간, 여우 인간 등 다양한 동물로 변신하는 종족이 있어도 좋을 것이다. 대개는 이들을 각자 다른 종족으로 설정하지만, 모두 '변신 종족'이라는 동족으로서 어떤 동물로 변신할지는 본인의 성격이나 혈통으로 결정된다는 설정도 흥미롭다. 혼혈 등으로 인하여 여러 동물의 형질을 지니게 된 변신 종족도 그럴듯하다.

이야기에 등장하는 변신 종족은 크게 두 가지 유형으로 나뉜다. 하나는 질병에 걸려 변신하게 된 존재다. 변신 종족의 공격 등으로 상처를 입으면 이를 통해 특수한 질병에 걸리고, 이 병이 사람을 변신 종족으로 만든다. 들개의 발톱이나 송곳니에 상처를 입어 광견병에 걸리면 사람이 마치 개가 되어버린 듯 행동하는 것에서 나온 착상으로 보인다.

또 다른 하나는 혈통에 의해 변신하는 존재다. 이 경우, 변신하지 않았을 때는 지극히 평범한 인간처럼 보이지만, 실은 아버지나 어머니, 조상 중 누군가가 변신 종족이라는 설정이다. 평소에는 평범한 인간의 모습이므로 인간과 교배할 수 있기에 그렇게 후손을 남길 것이다.

어느 쪽이건 변신 종족은 이종족보다는 몬스터로 분류하는 경향이 있다. 전자는 감염을 두려워한 인간들이 선수를 쳐 죽일 수도 있고, 후자도 인간들과 뒤섞여서 산다는 이유로 두려움의 대상이 되기 쉽다. 앞에서 소개했듯이 이 둘은 별개의 존재다. 그래서 판타지 세계에서는 일반적으로 이 중 한쪽만 변신 종족으로 등장한다. 하지만 양자를 공존시켜도 재미있지 않을까.

예를 들면 이런 식이다. 변신 종족으로 태어난 원조(흡혈귀 종족에선 신조/진조라고도 한다 - 옮긴이 주)와 변신 종족에 의해 그 특성을 후천적으로 갖게 된 존재(사본, 열화본 등으로도 불린다 - 옮긴이 주)가 있다. 원조는 혈통으로 계승되며, 그 피가 얼마나 진한가로 힘의 강도가 결정된다. 사본은 원조로부터 상처를 입고 살아남은 이들이다. 보통 원조가 사본들을 종복으로 부리면서 무리를 형성하지만, 사본이 원조를 물어 죽이면 그 피를 손에 넣어 원조가 될 수 있기 때문에 반항심을 몰래 감추고 있는 이들도 적지 않다. 꽤 설정이 복잡해지기 때문에 변신 종족이 이야기의 중심이 되지 않으면 다루기 어렵겠지만, 상당히 재미있는 설정이 아닐까?

◈ 변신의 형태

변신 종족의 특징은 뭐니 뭐니 해도 신체를 바꾸는 것이다. 그렇다면 구체적으로 어떤 형태, 어떤 식으로 변신할까? 가장 흔한 방식은 사람과 동물이 섞인 형태로 변신하는 것이다. 인간의 외형에 직립 보행을 하지만, 머리는 동물의 그것으로 바뀐다. 몸도 털이나 비늘로 뒤덮여 있으며, 날카로운 손발톱이 자라는 이른바 '웨어울프' 방식이 가장 대중적이다. 몸이 부풀어 올라 옷이 찢겨 나가거나, 옷을 입은 채로 변신하기도 한다. 신체 일부, 가령 손이나 발만 필요에 따라 변신하는 방식도 재미있다.

한편, 아예 동물로 변신하는 유형도 있다. 이 경우, 변신 후에는 인간의 모습이 남아 있지 않다. 그러나 인간의 언어를 구사하는 때가 많고, 뛰어난 지성을 지니고 있어서 주변 사람들이 예사로운 동물이 아니라는 것을 눈치채기도 한다. 판타지 세계라면 질량 보존의 법칙 같은 건 무시하고 인간이 작은 새나 고양이로 변신해도 문제없다. 또는 이런 부분을 조금은 고려해서 지나치게 커지거나 작아지지는 못한다고 설정해도 상관없다.

이 두 가지 변신 유형 중에서 하나만 가능하다고 해도 좋고, 자신의 의도에 따라 다르게 변신한다(전자는 불완전 변신, 후자는 완전 변신?)는 설정도 괜찮다.

여러 작품에서 보이는 변신 종족의 또 다른 특징으로 강력한 재생 능력, 달 모양의 변화에 따른 능력이나 난폭성의 증감, 은으로 된 무기와 화염이 약점으로 작용하는 점 등을 들 수 있다. 단, 이러한 특징은 대부분 늑대 인간 전설에서 가져왔기 때문에 모든 변신 종족이 이러한 능력과 약점을 가질 필요는 없다. 늑대 인간은 달, 호랑이 인간은 태양과 관계가 깊다는 식으로 종족마다 특성이나 속성, 진영 등을 달리한다면 더욱 흥미로운 연출이 가능하다.

괴물

(몬스터)

◆ 괴물은 어디에서 왔는가?

판타지 이야기에서 괴물(몬스터, 크리처, 마물, 환수)은 주로 악역으로서 빼놓을 수 없는 존재다. 이상한 외모에 무서운 능력을 지닌 그들을 장해물로 등장시킴으로써 모험의 분위기를 끌어올릴 수 있다.

이러한 괴물들은 대부분 각지의 신화나 전설에서 나왔다. 특히 그리스 신화와 유럽의 전설에서 나타난 것들이다. 판타지 이야기의 제작자들은 그들을 모델로 삼아 약간의 변형을 가한 괴물들을 이야기에 등장시켰다. 이런 괴물들은 독자에게 '대체로 이렇다'는 공통적인 인식이 있기 때문에 길게 설명하지 않아도 된다.

물론 독자적으로 창작된 괴물도 적지 않다. 기존의 괴물을 바탕으로 하거나, 실제 동물에 어떤 특징을 추가하거나, 또는 SF나 공포물 같은 다른 장르에서 아이디어를 가져오는 등 발상의 가능성은 충분하다.

◆ 실제로 있을 법한 괴물을 만들려면?

괴물을 설정할 때, 일반적으로 과학이나 현실적인 면은 그다지 고려하지 않는다. 만일 여러분이 만드는 판타지 세계가 게임을 위한 것이거나, 괴물은 마력이 모여서 만들어진 존재로서 쓰러뜨리면 사라져버린다거나, 일관성 없는 꿈과 같은 세계에서 괴물이 태어난다는 식으로 설정하면 현실성을 중시할 필요는 없다. 그냥 '그런 것'이기 때문이다.

하지만 괴물을 설정하면서 현실성을 중시하고 싶다면 이야기가 복잡해진다. 영역 다툼, 식사, 주인공과 싸우는 이유 등을 정해야 하기 때문이다. 괴물이 인간을 덮친다면 보통은 잡아먹기 위해서다. 그들의 영역이 마을 근처에 있으면 인간은 살아남기 어려워진다. 퇴치 및 방위를 강화하거나 이주해야만 한다.

주요 먹이가 인간이 아닌 경우도 있다. 마법과 깊이 관련된 괴물이라면 식사할 필요가 없을지도 모른다. 인간을 먹지 않는데도 습격해온다면 뭔가를 지키고 있다거나, 인간을 적으로 간주하여 선제공격을 가한다거나, 혹은 인간을 증오하는 등의 이유가 있을 것이다.

혹은 다른 목적이 있을지도 모른다. 인간의 재산을 노리고 있거나, 인간을 괴롭히는 일을 좋아하거나, '마왕'의 명령을 받아서 활동하는 것은 아닐까. 더욱 지혜로운 괴물은 이러한 목적을 달성하고자 자신은 뒤에 숨은 채 다른 괴물이나 사악한 이종족을 지배하고, 그들에게 주인공을 습격하게 할지도 모른다. 이러한 사악한 괴물이라면 용사가 싸울 상대로서 매우 적합하다.

이러한 특징들과 관련해 '이러면 어떨까'를 생각하다 보면 괴물들의 설정에 현실감이 생긴다. 다음 항목에서는 그러한 점을 고찰하기 위해 몇 가지로 나누어 괴물의 모습과 종류를 소개하겠다.

고유한 동식물

◆ 그 세계 특유의 동물이나 식물이 있는가?

현실에 있을 수 없는 초자연적인 존재만이 판타지 세계를 장식하는 것은 아니다. 마법이나 신의 기적과는 관계없지만, 그 세계만의 기묘한 형태와 생태를 가진 동식물을 등장시키면 이계의 느낌을 더욱 잘 살릴 수 있지 않을까. 그래서 여기에서는 판타지 세계에서 괴물이라고 할 만큼 현실과 동떨어지진 않았지만, 이국적인 분위기를 풍기는 동식물을 소개하고자 한다.

대표적인 사례로 〈파이널 판타지〉 시리즈의 상징적 존재인 '초코보'가 있다. 조류이지만 기본적으로 하늘은 날지 않고, 두 다리로 지상을 달리는 모습이 타조와 에뮤를 연상케 한다. 종류에 따라 마법적인 힘을 가지기도 하지만, 기본적으로는 단순한 동물로서 사람들은 말처럼 초코보를 타고 이동한다.

이처럼 기존의 동식물을 대신하는 그 세계만의 동식물을 등장시키면 그럴듯한 분위기가 난다. 초코보는 말을 대신하는 탈것이며, 인간이 타고 하늘을 날 수 있는 비행 동물(거대한 조류도 좋고, 하늘을 헤엄치는 물고기도 좋다)이 있다면 매우 편리하지 않을까?

몸집이 크고 힘도 세지만 성격이 온순한 동물이 있다면 말과 소를 대신하는 가축으로서 밭을 갈거나 짐을 나르는 데 큰 도움이 될 것이다. 더욱이 그 알이나 고기까지 맛있으면 완벽하다. 식물도 곡물과 각종 채소를 대신하거나 지구상에 존재하지 않는 것이 있다면, 요리의 형태와 인류의 발전이 달라질지도 모른다.

◆ 어떤 동식물이 있을까?

어떤 동식물을 등장시켜야 재미있을까? 기존 동식물의 연장선에서 생각하면 널리 알려지지 않았거나 지구에서는 이미 멸종된 동식물을 등장시키거나, 기존 동식물과 같으면서도 비정상적으로 크거나 작다는 식으로 뭔가 특별한 특징을 부여한다면 재미있지 않을까. 예를 들어, 인간을 완전히 삼켜버리는 식충(식인) 식물은 어떤가.

공룡이 멸종하지 않고 살아 있다는 설정도 자주 볼 수 있다. 그들은 밀림이나 산속처럼 특수한 환경에서만 조용히 살아가는가. 아니면 그 세계와 지역에서 포유류 대신 대규모로 번식하고 있는가. 여하튼, 공룡은 꽤 쓸 만한 동물이다. 초식 공룡은 노동력과 고기를 제공하는 소, 돼지, 말, 닭의 위치를 차지할 수 있다. 공룡은 파충류로서 악어나 도마뱀과 동류인 데다 조류와 비슷한 종류이므로 담백하면서도 깊은 맛이 날지도 모른다.

소형에서 중형 크기의 육식 공룡은 말 대신 탈것, 그리고 전력으로도 활용할 수 있다. 하지만 인간을 잡아먹을 수 있는 육식 공룡을 지배하기란 보통 일이 아니다. 더 큰 공룡은 인간에게 위협적인 존재이며, 때로는 신앙의 대상도 될 수 있다. 그뿐만 아니라 괴물의 범주에 속하기는 하지만, 유니콘(치유의 힘을 가진 뿔을 지닌 말로서, 순결한 여성에게만 마음을 허락한다)과 카벙클(부와 행복을 약속하는 붉은 보석을 지닌 동물) 같은 존재도 참고할 만하다.

기묘한 동물의 한 가지 사례로서 비행류鼻行類를 소개하겠다. 남태평양의 하이아이아이 군도에는 다른 곳에서는 볼 수 없는 특수 포유류가 서식하고 있었다. 그것은 비행류라고 하는데, 얼굴에 붙은 '코'로 걷는 이상한 동물이다. 그래서 코걸음쟁이로 불리기도 한다. 그런데 단순히 한 종류가 아니라, 다양한 종류의 비행류가 발견되었다. 하랄트 슈튐프케의 저서 『코걸음쟁이의 생김새와 생활상』을 통해 발표되면서 크게 주목받았지만, 그들과 원주민이 사는 섬은 비밀 핵 실험으로 이미 소멸했다.

이 흥미진진한 줄거리는 모두 허구다. 비행류도, 독특한 습관을 지닌 원주민도, 하이아이아이아이 군도도 존재하지 않는다. 앞에서 말한 책은 실제로 존재하지만, 하랄트 슈튐프케는 한 교수의 필명이다. 하지만 그 내용이 매우 독특하므로 판타지 세계의 동식물을 만들어낼 때 하나의 참고가 되지 않을까.

야생의 괴물

◈ 광야와 삼림에 깃든 위험

사람들의 발길이 뜸한 광야나 삼림, 이른바 야생 세계는 괴물들의 영역이다. 사실 중세에도 마을에서 떨어진 광야와 산림은 이계로 여겨졌으며, 야수와 산적의 영역이었다. 인간이 실수로 발을 디디면 대부분 목숨을 잃었다. 이런 광야와 산림에는 어떤 괴물이 살고 있을까. 여기서는 괴물(몬스터)이라는 말을 넓은 의미로 소개하고자 한다.

늑대, 곰, 호랑이, 사자, 표범, 멧돼지 등 보통의(판타지적 느낌이 적은) 야수조차 인간이 무기를 지니고도 쉽사리 이길 수 있는 상대가 아니다. 반대로 말하면, 야수를 어렵지 않게 무찌르거나, 먹이 사슬에서 야수 위에 군림하는 괴물과 싸우기 때문에 판타지에 어울리는 영웅이 된 것이리라. 거미, 꿀벌, 뱀 같은 현실의 몸집으로는(독을 제외하고) 인간을 위협하기 어려운 생물이 거대해져 맹수처럼 인간을 덮친다는 설정은 판타지 세계에서 종종 보인다. 곤충은 크기에 비해 위협적인 운동 능력과 키틴질로 구성된 강인한 껍질을 지녔다. 그것이

맹수만큼 커지면 무서운 적으로 변한다.

고블린이나 오크 같은 적대적인 이종족이 사는 마을 근처는 당연히 위험한 지역이다. 그들에게 그곳은 인간을 공격하기 위한 거점인 동시에 식량 생산과 아이 양육 등의 기능을 지닌 지켜야 할 장소이기도 하다. 그들에게 충분한 지혜가 있다면 울타리나 함정 같은 방위 시설을 갖추거나, 야수를 길들여서 전력으로 삼을지도 모른다. 무엇보다 이종족의 마을에는 그들이 원정에 나설 때보다 훨씬 많은 전력이 비축되어 있을 것이다. 그래도 그들을 토벌할 수 있다면, 인근 마을로부터 고마움을 살 것이다.

거인과 드래곤처럼 거대한 괴물과 넓게 트인 장소에서 만난다면 도망가기조차 힘들다. 거인은 말 그대로 거대한 인간으로서 인간만큼 지능이 높지 않고, 복잡한 도구나 정교한 무기, 방어구 등은 지니고 있지 않은 경우가 많다. 하지만 거대한 나무를 뽑아 휘두르거나, 바위를 들어서 던지면 인간이 치명상을 입게 되므로 매우 위험하다.

숲에서 정령이나 요정 등을 만나면 도움을 받을 수도 있지만, 그들의 장난에 홀려버리면 탈출하기 어려워진다. 평소에 숲에 익숙한 나무꾼이나 사냥꾼, 엘프 같은 이종족은 요정을 물리치는 주술 등을 알지도 모른다.

엘프와 드워프처럼 친근한 이종족의 거주지라도 인간 마을에서 떨어져 있는 경우에는 조심해야 한다. 그 마을은 인간에게 적개심을 품은 이들이 모여서 생활하는 곳일지도 모른다. 또는 그들에게 중요하거나 인간에게 숨기고 싶은 무언가를 지키는 마을일 가능성도 있다. 그런 곳에 함부로 발을 디뎠다간 어떤 일을 당할지 모른다.

촉수를 뻗쳐서 먹이를 잡는 식인 식물이나, 약효가 뛰어나지만 비명을 질러 자신을 뽑는 인간을 해치는 맨드레이크(만드라고라)와 같은 식물류 괴물은 인간이 접근해 오기를 기다리는 유형이 많다.

◆ 위험을 피하고, 위험에 도전한다

이처럼 광야와 산림에는 다양한 괴물이나 때에 따라서는 괴물이 될 만한 존재가 숨어 있다. 특별한 이유 없이 접근하기에 어울리는 장소는 아니다. 그래도 마을이나 가도를 벗어나 괴물의 영역에 발을 딛는다면 거기서 모험 이야기가 탄생한다.

그 지역에 사는 인간은 각각의 괴물이나 위험한 존재가 어떤 지역을 영역으로 삼고 있는지 잘 알고 있으며, 그런 곳은 피하거나 현실에서 사용되는 곰을 쫓는 방울 같은 도구를 사용할지도 모른다. 특별한 사정으로 세력권이 바뀌어 위험한 장소와 안전한 장소가 달라지기도 한다. 예를 들어, 외부에서 더 강력한 괴물이 들어와 새로운 영역을 만든 결과, 기존 괴물들이 마을과 더 가까운 곳으로 영역을 옮기게 되었다는 식이다.

미궁(던전)의 괴물

◈ 왜 괴물은 그곳에서 사는가?

던전에 낭만을 느끼는 사람이 많다. 그런데 이 던전은 어떤 경위로 생겨나는 것일까? 인공적인 던전이라면 본래는 성이나 요새, 신전 또는 연구소, 아니면 지하 묘지(무덤)였을까. 자연적으로 발생한 동굴이라면 그곳을 이용하려는 자는 도대체 누구인가. 우연히 또는 궁리 끝에 그곳을 찾은 마법사가 자신의 연구 거점으로 이용하거나, 어두운 곳 또는 사람이 없는 장소를 좋아하는 이종족이나 괴물이 마침 잘 되었다면서 근거지로 삼고 있는지도 모른다.

이렇게 미궁이 생겨난 경위(이야기라고 해도 좋다)를 떠올리다 보면 거기에 있는 괴물들의 모습도 보이기 시작한다. 어디까지나 자연히 생겨난 동굴이라면 우두머리에 해당하는 존재도 없을 것이다. 설령 있다고 해도 다른 거주자들과 관계가 없다면 특별한 의도 없이 들어온 야수나 이종족일 확률이 높다.

마법사가 유적에서 연구 중이라면 자신이 만들거나 소환한 괴물 또는 용병을 호위 목적으로 고용할 것이다. 어떤 괴물을 지배하는지는 마법사의 성격에 따라 다르다.

아직 아무도 파헤치지 않은 유적이라면 과거의 방어 장치가 그대로 남았을 가능성도 있다. 그곳에는 골렘과 키메라 등 마법으로 탄생한 괴물, 마법으로 속박된 정령과 악마도 있지 않을까. 또는 유적에서 죽은 인간이 언데드가 되어 지금도 거기에 남아 있을지도 모른다.

◆ 던전의 괴물들

그럼 던전에는 구체적으로 어떤 괴물이 있을까. 다른 항목에서 소개하지 않은, 던전에 있을 만한 존재를 열거해보겠다.

골렘은 원래 카발라(유대교 신비주의)에 의해서 흙이나 진흙으로 만들어진 인조인간을 말한다. 신이 만든 최초의 인간 아담을 모방했다고 한다. 이마에는 진실을 의미하는 '에메트emeth'라는 글자가 새겨져 있는데, 첫 글자를 지워서 '메트meth'로 만들면 죽음이라는 뜻이 되어 사라져버린다.

반면 현재 골렘은 마법에 걸린 로봇 정도로 여겨지는 경우가 많다. 이마의 특수 효과도 판타지 세계 이야기에서는 별로 등장하지 않는다. 또한 철이나 크리스털, 살점 등 재질에 따라서 다양한 특성을 가진다고 설정된다.

골렘의 변형으로서 미궁 내부에 놓인 물품이나 미궁 자체가 실은 마법에 걸린 괴물이었다는 설정도 종종 등장한다. 엄니를 드러내는 보물 상자 미믹mimic이 대표적인 예로, 그 밖에도 바닥이나 벽면, 문이 움직이며 공격해오면 분명 의표를 찔리게 될 것이다.

호문쿨루스는 연금술로 만들어낸 인조인간이다. 골렘과 달리 대부분 생명체로서 창조된다. 그 세계에는 번식을 통해서 제멋대로 늘어나거나 이종족으로 인정받은 호문쿨루스가 존재할지도 모른다. 또한 신화에서 유래한 괴물 중에서도 미궁이나 동굴과 관련이 깊은 것, 자연스럽지 않아서 마법으로 만들어졌다고 여겨지는 것이 던전에 등장하기 쉽다.

미노타우로스는 소의 머리를 가진 인간으로, 이종족으로 취급될 때가 많다. 그리스 신화에 따르면 인간과 소 사이에서 태어났는데, 너무도 난폭해서 미궁에 가둔 채 산 제물을 바쳤다고 한다.

스핑크스는 이집트 신화와 그리스 신화 등에 등장하는 사자 몸에 인간의 얼굴을 가진 괴물이다. 피라미드 옆에 놓인 유명한 스핑크스 석상에서 알 수 있듯이 왕의 무덤을 지키는 존재이며, 미궁의 파수꾼으로서 적합하다. 또한 수수께끼 같은 게임을 좋아하는 것으로도 유명해서 위기 상황에 변화를 줄 수도 있다.

키메라는 원래 그리스 신화에 등장하는 괴물이다. 그 모습에 대해서는 여러 가지 설이 있지만 기본 토대는 사자, 몸통은 산양, 꼬리는 뱀의 모습이 일반적이다. 이를 바탕으로 여러 동물의 특징이 합쳐진 괴물을 키메라라고 부르기도 한다. 스핑크스도 키메라의 일종이라고 볼 수 있겠다.

바다와
하늘의 괴물

◆ 인간이 없는 곳에서

새들이 춤추는 하늘과 물고기들의 세상인 강과 바다. 모험의 무대가 이쪽으로 확대되면 당연히 그곳에 사는 괴물들과 만나게 된다. 혹은 하늘에서 쏟아져 내려온 괴물들에게 마을이 습격당하거나, 해안을 걷다가 바다에서 튀어나온 거대한 괴물과 맞닥뜨릴지도 모른다. 인간과 사는 영역이 다르다고 해도 그 경계에서 우연히 충돌할 가능성은 얼마든지 있으며, 그것이 자연스럽다.

하늘, 강, 바다는 기본적으로 인간의 영역이 아니다. 거기에 도달하려면 탈것이나 마법의 힘이 필요하다. 그래서 괴물과 싸울 때 움직임이 종종 제한되고, 탈것이 망가지면 즉사하는 상황도 벌어진다.

또한 장비 문제도 생각해야 한다. 금속 갑옷을 입고 바다로 나가면 바닷바람에 녹슬고, 바다에 빠지면 수면 위로 떠오르기 어렵다. 페가수스를 타고 하늘을 날 때도 너무 무거운 갑옷은 피해야 하지 않을까. 또한 수중 전투는 물 저항 때문에 칼처럼 휘두르는 무기와는 궁합이 안 좋다. 찌르는 창을 추천한다.

한편, 하늘과 바다에서 싸울 때 탈것을 이용한다면 거기에 무기나 병기를 실을 수 있다. 특히 전투용 함선을 타면 대포, 투석기, 노포 같은 무기로 바다 괴물을 공격할 수 있다.

◈ 다양한 괴물들

하늘과 물의 괴물에 관해 구체적인 사례를 소개한다. 페가수스는 날개 달린 말이다. 원전인 그리스 신화에 따르면 괴물 메두사가 흘린 피에서 태어났다고 하는데, 판타지 세계에서는 일반적으로 하늘을 나는 말로 그려진다. 그리핀(또는 그리폰)은 상반신은 독수리, 하체는 사자(일설에는 반대라고도 한다)의 모습을 한 괴물이다. 영역을 지배하고 있으며, 용맹한 성격이라고 한다. 덧붙여서 이 그리핀과 말의 혼혈인 히포그리프는 상반신은 독수리지만, 하반신은 말의 형상이다. 모두 독수리의 날개로 하늘을 날 수 있다.

하르피이아(또는 하피)는 여성의 얼굴에 새의 몸을 가진 존재이며, 세이렌은 여성의 상체에 조류의 하체를 지녔다. 이것만 들으면 동종의 괴물로 보이지만, 그 모습은 사뭇 다르다. 세이렌은 아름다운 외모와 목소리로 사람을 홀리는 힘을 가졌지만, 하피는 못생긴 외모로 항상 굶주려 있으며, 사람을 잡아먹는 잔인한 괴물로 묘사된다.

하늘의 괴물 중에서도 최대급의 존재가 로크roc일 것이다. 각지에서 내려오는 전설과 『아라비안나이트』 속 신드바드의 모험을 통해 알려진 이 괴물은 코끼리보다 몇 배나 커서 '날개를 펼쳐서 내려오는 그림자 때문에 주변이 밤처럼 변한다'는 말까지 있다. 드래곤과도 대적할 만한 크기다.

피닉스는 불사조라는 이름으로 알려졌듯이, 죽지 않는 새다. 자신의 임종이 다가오면 향료를 땔감으로 만들어낸 불꽃으로 스스로 몸을 태워서 소생한다. 전체적으로 붉은색이지만, 머리의 깃털은 금색, 꼬리는 파란색이라고 전설에서 전해진다. 판타지 세계에서는 종종 불꽃을 휘감은 조류로 묘사된다.

크라켄은 바다에 사는 거대한 괴물이다. 큰 문어처럼 그려질 때가 가장 많지만, 애초에 전체 모습이 목격된 적이 없어서 옛날에는 오징어나 불가사리 형상을 한 괴물이라는 소문도 있었다. 즉, 거대한 촉수만 사람들 눈에 띄었던 것이다. 배를 덮쳐서 가라앉혀버릴 정도였으니, 배만큼 혹은 그 이상으로 컸음이 틀림없다.

바다의 거대한 생물인 시 서펀트는 거대한 뱀이다. 그 크기는 수십 미터에서 수백 미터에 이른다고 하니 이것 역시 배를 침몰시킬 만한 충분한 힘이 있다. 어쩌면 드래곤의 일종일지도 모른다.

머맨이나 머메이드는 바다에 살며, 종종 이종족으로 여겨진다. 하반신이 물고기 형상(이른바 '인어')인 것이 일반적이지만, 그렇지 않은 경우도 있다.

언데드

♦ 언데드는 삶과 죽음의 경계에 선 존재

언데드(불사자)는 죽지 않는 괴물, 죽음으로부터 되살아난 괴물이다. 되살아났다 해도 정상적인 상태로 부활한 것은 아니다. 살이 문드러져 뼈가 노출되거나, 영혼의 모습 그대로이거나, 혹은 피를 빨지 않으면 죽는다. 즉, 죽었다고 하기도 살았다고 하기도 어려운 어중간한 존재. 이것이 많은 판타지 세계에 등장하는 언데드의 모습이다. 생전의 의식이나 기억이 일부 혹은 전부 남아 있거나, 기억이 전혀 없이 단지 날뛰기만 하기도 한다.

언데드는 일반적으로 부정하고 악한 존재로 여긴다. 생물은 태어나면 죽고 그대로 흙으로 돌아간다. 그래서 신이 인간의 힘을 빌려서 행하는 기적 중에는 언데드를 멸하거나 강제로 성불시키는 효과가 종종 포함된다. 이것은 현실에서 죽은 자가 평안히 잠들 수 있도록 승려나 신부가 기도를 올리는 행위를 모티프로 삼은 것으로 보인다.

반대로 말하면, 언데드 조종 능력을 지닌 사람은 위험한 존재로 여겨져서 박해받을 가능성이 매우 크다. 네크로맨서(사령술사)는 악역으로 자주 등장한다. 실제로 그들은 무덤이나 전장 등 시체가 널린 곳이라면 무수한 부하들을 깨울 가능성이 있는 만큼, 상대하기 힘든 강적이 될 것이다.

하지만 모든 언데드와 네크로맨서가 악인이거나 사회의 적은 아니다. 언데드가 나쁘지 않다는 가치관을 지닌 나라가 있다면 어떨까. 그런 나라에서는 사망자를 언데드로 만드는 것이 간단하고 편리한 소생 수단으로서 인정되거나, 급사한 아버지가 네크로맨서 덕분에 가족과 마지막 시간을 보내는 훈훈한 광경이 벌어지지 않을까. 또는 나라를 위해 목숨을 바친 영웅과 기사가 나라의 존망이 걸린 위기 상황에서 언데드로 되살아나 죽음의 군단을 이끌고 적에게 맞서는 일도 가능하다. 하지만 죽은 자의 의사를 무시하고 되살려낸다면 사람들에게 인정받지 못할 수 있고, 생전에 동의한 자에게만 네크로맨서 의식을 치를 수 있다는 식의 법률이 필요할지도 모른다.

◈ 언데드의 다양한 사례

다음으로 언데드로 꼽히는 괴물을 소개한다. 좀비는 원래 부두교에서 주술사가 만들어낸 움직이는 시체였다. 영화 작품을 중심으로 다양하게 다루어지고 지명도를 얻으면서 '마력 등으로 부활한 시체가 움직이기 시작한 것'으로 묘사되기 시작했다.

스켈레톤은 살이 없고 뼈만 남은 움직이는 시체다. 좀비의 살점이 모두 썩어서 떨어진 것일 수도 있고, 처음부터 해골로만 만들어졌을지도 모른다.

구울은 아라비아의 전설에서 유래했는데, 식시귀(시체를 먹는 귀신)라고도 한다. 그 이름처럼 시체를 먹는 괴물이다.

고스트는 유령을 가리킨다. 육체는 이미 사라져버렸기에 흐릿한 환영이나 도깨비불 같은 형태로 나타난다. 머리가 잘린 채 죽어서 머리가 없는 모습으로 나타나기도 하고, 서양에서는 정장을 입은 모습으로도 자주 나온다. 영혼이기 때문에 그들을 물리적으로 물리치기는 어렵고, 마법과 신의 기적이 없다면 퇴치하기 쉽지 않다. 덧붙여서 현대 일본에서는 유령에게 다리가 없다고(보이지 않는다고) 생각하는 경우가 많은데, 에도 시대에 마루야마 오쿄의 그림이 유명해진 이후에 정착된 이미지다.

밤파이어는 가장 유명하고 강력한 언데드라고 할 수 있다. 흡혈귀라고도 하며, 무엇보다 인간의 피를 빨아 먹는다는 이미지가 가장 대표적이다. 원래는 특별한 사연을 가진 시체가 무덤에서 되살아나 피를 빨아들이는 괴물로 변한 것이었는데, 많은 창작 작품을 통해 이미지가 바뀌었다. 지금은 다양한 능력(매료, 변신, 비행……)과 약점(햇빛, 나무 말뚝, 흐르는 물, 십자가……)을 지닌 귀족적인 이미지의 괴물로 작품에 등장한다. 피를 빨아들임으로써 상대를 뱀파이어나 종복으로 만드는 것도 중요한 능력이다.

드래곤

◈ 드래곤의 이모저모

용이나 드래곤과 같은 이름으로 불리는 이 괴물이야말로 대표적인 대형 몬스터라고 할 수 있다. 때때로 한 나라의 군대를 전멸시키는 최상위의 존재이자 신에 필적할 만한 존재인 드래곤을 처치하면 드래곤 슬레이어(용 살해자)로서 불후의 명성을 얻게 된다. 용사라면 언젠가 꼭 직면해야 할 최강 괴물이다.

다만 똑같이 드래곤이라고 부르긴 해도 그 모습은 다양하다. 우선은 대략 서양풍과 동양풍으로 나눌 수 있다. 전자는 거대한 도마뱀이라고 할 만한 모습으로, 공룡을 연상시키는 부분도 있다. 날개가 달린 경우도 있지만, 그렇지 않을 때도 있다. 서양 전설에서는 악마와 동일시되는 사례도 많은데, 지성이 없는 야수와 같은 존재 또는 사악한 지혜를 가진 자다. 한편, 후자는 뱀처럼 긴 몸통을 지녔다. 비, 바다, 강 등 물에 관련된 사항을 관장하는 신의 성격이 강하고, 인간을 함부로 적대하지 않는다.

그 밖에도 매우 수명이 긴 드래곤은 나이가 들수록 몸집이 커지므로 그 나이

와 체구에 따라 분류하는데, 몸의 색깔에 따라 능력이 다르므로 그것으로 나누기도 한다. 또한 드래곤의 일종으로 와이번이 있다. 이것은 앞발이 없고 날개와 뒷다리가 있는 드래곤으로, 꼬리에 독이 있다고 한다.

◈ 드래곤의 위협

드래곤은 무엇을 할 수 있는가? 우선은 체구가 크다는 점만으로도 위협적이다. 게다가 몸은 단단한 비늘로 덮여 있으며, 송곳니와 발톱이 날카롭고 꼬리의 일격도 강력하다. 물리적으로 대결하여 드래곤을 이길 존재는 그다지 많지 않다. '역린'이라는 거꾸로 붙은 비늘만이 약점이라고도 한다.

그 밖에도 드래곤 브레스가 있다. 입으로 화염(종류에 따라서는 냉기와 번개 등)을 뿜어 광범위하게 공격하는 기술이다. 이것이야말로 드래곤을 대표하는 것이라 할 수 있다. 이에 더하여 현명한 드래곤은 마법을 구사하기도 한다.

날개 달린 드래곤은 하늘을 날 수 있다. 인간에게는 손이 닿지 않는 상공을 유유히 날며 하늘에서 브레스를 내뿜고 마법의 비를 내리게 한다. 군대라 하더라도 쉽게 상대할 수 없는 존재다.

드래곤은 종종 바위산 등에 둥지를 틀고 산다. 인간에게 적대적인 드래곤의 둥지 주변 지역은 사람이 떠나버리거나, 하늘에 대한 방어 태세를 굳히곤 한다. 그러지 않으면 가축이나 인간을 먹이로 잡아갈 수도 있다. 드래곤의 둥지에는 금화와 보물 등이 산더미처럼 쌓여 있는데, 그가 보물을 좋아한다는 사실을 알 수 있다. 단순히 종족의 취향일까? 아니며 어떠한 의미가 있을까? 어느 쪽이든 이러한 보물도 인간이 드래곤에 도전하는 이유가 된다. 그를 잡으면 명성뿐만 아니라 막대한 보물을 얻을 수 있기 때문이다. 또한 드래곤의 사체에는 마력이 깃들어 있어서 가치가 있다고 한다.

실제로 학생들이나 강의 참가자와 마주하며 창작 방법을 지도한 지 어느새 10년 이상이 흘렀다. 그 과정에서 내가 즐겨 본 수많은 작품에서 배운 것, 창작법을 갈고닦은 선인들의 수법, 그리고 내가 직접 고안한 방법 등을 섞고 시행착오를 거듭한 끝에 '에노모토 방법론'이라는 수법을 확립하게 되었다. 이 에노모토 방법론에는 매력적인 캐릭터 만드는 방법, 독자를 질리지 않게 하는 스토리 만드는 법, 그리고 전문 창작가를 꿈꿀 때 필요한 여러 가지 마음가짐에 관한 내용이 포함되어 있다. 그중에서도 특별한 위치를 차지하는 것이 이 책에서도 다룬 '세계 설정 만드는 법'이다.

이것을 가르칠 때는 항상 고민하게 된다. 세계 설정 만드는 방법에 대한 근본적인 요령이나 생각을 지녔더라도(이 책 1장의 내용이 그것이다) 개별적이고 구체적인 내용에 돌입하면 얼마나 다양한 지식을 지니고 있는지가 가장 중요하기 때문이다. 환상적이고 이 세상에는 존재하지 않을 듯한 세계를 만들기 위해서도, 혹은 우리 주변에 어쩌면 있을 법한 세상을 만들기 위해서도 결국 바탕이 되는 지식이 필요하다. 그리고 각각에 필요한 지식은 완전히 다르다. 모든 사람에게 도움이 될 만한 내용을 한 권의 책에 담을 수는 없다. 이것이 고민되는 지점이다.

하지만 장르를 좁힌다면 기초적인 지식을 한 권의 책에 정리할 수 있다. 이 책은 바로 그러한 방향성을 가지고 집필한 것이다. 하이 판타지(이세계 판타지), 그중에서도 중세 유럽을 바탕으로 한 검과 마법의 판타지를 중심으로 창작할 때 필요한 기초적인 정보는 어떻게든 정리해서 담을 수 있었다.

물론, '이 책 한 권이면 끝!'이라고는 할 수 없다. 바탕이 되는 중세 유럽에 대해 자세한 정보가 필요할 수도 있고, 다른 지역, 예를 들면 일본, 중국, 한국 등 아시아 나라나 미국 등이 바탕이 되는 세계를 만들고 싶다면, 이 책의 내용만으로는 부족하다. 하지만 책에 담긴 내용을 기본적으로 배워서 익혀둔다면 얼마든지 응용할 수 있을 것이다.

이 책은 반드시 이런 식으로 세계를 만들면 된다고 말하지 않는다. '이러한 방법이 있고, 이런 것도 좋은데 여러분은 어떻게 하시겠습니까?'라고 대안을 제시한다. 그중 하나를 골라서 실제로 자신의 세계에 사용할 수 있게 정리하고, 부족한 아이디어와 지식을 스스로 보충하는 것. 그것이 여러분이 해야 할 일이다.

조금 겁을 주는 것처럼 되어버렸지만, 그렇게 어려운 일은 아니다. 1장에서 이야기했듯이 세계 설정은 어디까지나 이야기의 '밑바탕'이다. 여러분의 이야기에 어떤 세계가 필요한지, 어깨에 힘을 빼고 즐겁게 세계를 만들어나가길 바란다.

또한 이 책은 여러 시리즈 중 첫 번째 책이기도 하다. 이어서 '실제 중세 유럽'과 '신화'에 대해서 소개하는 책을 잇달아 출간할 예정이다. 구체적인 지식과 정보를 원하는 여러분의 요구에 응할 수 있는 내용이 담겨 있으니 기대해주시면 좋겠다.

에노모토 아키

옮긴이의 말

안녕하세요. SF&판타지도서관장 전홍식입니다. 『판타지 유니버스 창작 사전 1: 이세계 판타지』를 구매해주신 여러분 감사합니다. 이 책은 대중에게 사랑받는 판타지, 그중에서도 독자적인 세계관을 담은 하이 판타지에 초점을 맞춰 이야기를 연출할 때 도움이 되는 세계관 창작법을 소개하고 있습니다. 특히, 상상이 많이 가미된 하이 판타지 설정을 구상할 때 가장 어울리는 책이죠.

저는 요다의 '판타지 유니버스' 시리즈 세 번째 책으로 수십 권이 넘는 창작 사전류를 만든 것으로 유명한 에노모토 아키의 저서를 선택했습니다. '판타지 유니버스' 시리즈 첫 번째 작품인 미야나가 다다마사의 『판타지 유니버스 창작 가이드』와는 방향성이 다르므로 함께 참고하여 보기 좋을 것입니다. 『판타지 유니버스 창작 가이드』가 판타지의 여러 요소와 관련하여 다양한 아이디어를 소개한 책이라면, 이 책은 신화, 역사, 나라, 조직 등 세계관을 만들 때 필요한 아이디어뿐만 아니라, 이를 어떻게 단계별로 구성해야 할지를 이해하기 쉽게 정리했습니다.

이 책은 오래전부터 살펴보고 꼭 번역하고 싶다고 생각했던 책의 개정판입니다. 특히 제가 가르치는 학생들에게 교재로서 매우 도움이 되겠다고 느꼈습니다. 그만큼 실용적이기 때문입니다. 또한 중요한 내용을 글상자로 요약해 정리함으로써 긴 문장으로 된 설명을 읽지 않고도 기본적인 것을 손쉽게 이해할 수 있다는 점에서 매우 친절한 책이기도 합니다. 간추린 내용을 보고 좀 더 내용을 깊이 알고 싶을 때 본문을 보는 방법으로 시간을 절약할 수도 있습니다. 물론 본문 자체도 부담 없이 가볍게 읽을 수 있도록 구성되어 있습니다.

에노모토 아키는 사실 제가 닮고 싶은 사람이기도 합니다. 주로 역사 소설 분야에서 활동하는 소설가이면서 동시에 100권이 훨씬 넘는 창작 관련 책을 냈다는 점에서 매우 정력적인 창작자입니다. 저 역시 저서가 몇 권 있지만, 도대체 어떻게 이런 활동이 가능한지 놀라울 따름입니다. 물론 그의 저서 중에는 이 책처럼 기출간 도서의 개정판도 있습니다. 하지만 단순히 내용을 늘리는 것이 아니라, 완전히 새로운 내용으로 쓴다는 점에서 대단합니다. 실례로 이 책에서 예제로 소개한 아이디어 중에는 원전에 나오지 않은 새로운 내용이 많습니다. 자기 복제에 그치지 않고, 항상 변화하고자 노력한다는 이야기겠지요.

이 책의 가장 큰 장점은 '판타지 파일' 마지막 부분에 정리된 3개의 세계관 예시처럼 다양한 아이디어가 있다는 것입니다. 예시 역시 각각의 설정이나 상황이 완전히 달라서 흥미롭습니다. 하나하나가 생각을 자극해서 '이런 이야기도 재미있겠네'라고 아이디어를 떠올리게 하죠. 물론 이 같은 세계관만으로 이야기가 완성되지는 않습니다. 하지만 독특한 설정 하나가 아이디어를 짜내는 데 얼마나 도움이 되는지는 창작을 해본 분들이라면 다들 이해하시리라 생각합니다.

마지막으로 이 책과의 만남은 제게 한 단계 성장할 수 있는 계기가 되었습니다. 부디 여러분에게도 그 같은 행운이 찾아오기를 바랍니다.

전홍식

참고 문헌

※한국에 출간된 것은 굵게 표시했으며, 번역 작품은 가능한 한 원서 제목으로 표기했다.
_옮긴이 주

- **J. M. 로버츠, 『히스토리카 세계사 5: 동아시아와 새로운 유럽』, 이끌리오**
- 『개정 신판 세계 대백과 사전(改訂新版 世界大百科事典)』, 헤이본샤(平凡社)
- 고바야시 유야, 『나의 판타지 세계 고찰(うちのファンタジー世界の考察)』, 신키겐샤(新紀元社)
- 고바야시 유야, 『나의 판타지 세계 고찰 플러스(うちのファンタジー世界の考察+)』, 신키겐샤(新紀元社)
- 구사노 다쿠미, 『에프 파일즈 No. 009: 도해 천국과 지옥(F Files No.009:図解天国と地獄)』, 신키겐샤(新紀元社)
- 구사노 다쿠미, 『트루스 인 판타지 48: 요정(Truth in Fantasy 48: 妖精)』, 신키겐샤(新紀元社)
- 다나카 다카시, 『트루스 인 판타지 53: 코스튬(Truth in Fantasy 53: コスチューム)』, 신키겐샤(新紀元社)
- 로버트 바틀렛, 『중세 파노라마(Medieval Panorama)』, 옥스포드대학출판(Oxford University Press)
- 마이클 조던, 『세계의 신화: 주제별 사전(Myths of the world: A thematic encyclopedia)』, K. 캐시(K. Cathie)
- 마틴 도허티, 『중세 전사의 무기와 전투 기술: AD 1000-1500(Weapons and Fighting Techniques of the Medieval Warrior: 1000-1500 AD)』, 차트웰북스(Chartwell Books)
- **미야자키 마사카쓰, 『물건으로 읽는 세계사』, 현대지성**
- **시모다 준, 『선술집의 모든 역사』, 어젠다**
- **시오노 나나미, '로마인 이야기' 시리즈, 한길사**
- 야마키타 아쓰시 감수, 『마법 사전(魔法事典)』, 신키겐샤(新紀元社)
- 야마키타 아쓰시 감수, 『서양 신명 사전(西洋神名事典)』, 신키겐샤(新紀元社)

- 야마키타 아쓰시 감수, 『환상 지명 사전(幻想地名事典)』, 신키겐샤(新紀元社)
- 야마키타 아쓰시, 『현대 지식 튜토리얼(現代知識チートマニュアル)』, 신키겐샤(新紀元社)
- **이치카와 사다하루, 『도감 무기 갑옷 투구』, AK(에이케이)커뮤니케이션즈**
- **이치카와 사다하루, 『무기사전』, 들녘**
- **이치카와 사다하루, 『무기와 방어구: 서양 편』, 들녘**
- **이케가미 쇼타, 『중세 유럽의 문화』, AK(에이케이)커뮤니케이션즈**
- 『일본 대백과 사전(日本大百科事典)』, 쇼가쿠칸(小学館)
- 『지역으로 보는 세계사: 세계사를 읽는 사전(地域からの世界史: 世界史を読む事典)』, 아사히 신문사(朝日新聞社)
- 피에르 라메종, 『서구 문명의 역사: 유럽의 계보(Histoire de la civilisation occidentale: généalogie de l'Europe)』, Hachette Littératures
- 호리코시 고이치, 『세계사 리플렛 24: 중세 유럽의 농촌 세계(世界史リブレット24中世ヨーロッパの農村世界)』, 야마카와출판사(山川出版社)
- 호리코시 고이치·진노 다카시, 『15개 주제로 배우는 중세 유럽사(15のテーマで学ぶ中世ヨーロッパ史)』, 미네르바 쇼보(ミネルヴァ書房)

판타지 유니버스 창작 사전 1: 이세계 판타지

2021년 12월 22일 1판 1쇄 발행
2023년 6월 30일 1판 2쇄 발행

지은이 에노모토 아키, 에노모토 구라게, 에노모토사무소
옮긴이 전홍식
일러스트 니시다 아스카
펴낸이 한기호
책임편집 유태선
편 집 도은숙, 정안나, 김미향
마케팅 윤수연
경영지원 국순근
펴낸곳 요다
출판등록 2017년 9월 5일 제2017-000238호
주소 04029 서울시 마포구 동교로 12안길 14 삼성빌딩 A동 2층
전화 02-336-5675 팩스 02-337-5347
이메일 kpm@kpm21.co.kr

ISBN 979-11-90749-34-3 03800

· 요다는 한국출판마케팅연구소의 임프린트입니다.

· 책값은 뒤표지에 있습니다.